Zum Buch:

Als Kinder begegneten Emma und Johannes sich schon, haben einander stumm verstanden, sind über Wiesen gerannt und haben wild wachsende Beeren gegessen. Jetzt begegnen sie sich nach Jahren wieder, und für Emma ist es fast wie das erste Mal. Denn seit ihrem Unfall kennt sie sich selbst nicht mehr. Zu gern würde sie die Zeit zurückdrehen und wieder so unbeschwert sein wie früher. Aber so schön der Chiemsee in der Sonne glitzert, zaubern kann er nicht – und dennoch beginnt Emmas Herz zu heilen. Liegt es an Johannes und seinen magischen Geschichten?

Zur Autorin:

Leonie Werdenfels ist Ende zwanzig, lebt mit ihrem Riesenschnauzer im schönen Bayern und ist überzeugt davon, dass die Sonne nirgends heller strahlt als über dem weiß-blauen Himmel. Wenn sie nicht gerade schreibt, schleppt sie stapelweise Bücher für ihre Doktorarbeit durch die Gegend oder streift mit ihrem Hund durch die Natur, am liebsten am Chiemsee. Um sich Geschichten auszudenken, braucht sie glitzernde Wellen, majestätische Berge und ganz viel Torte.

Leonie Werdenfels

Liebeszauber am Chiemsee

Roman

HarperCollins

2. Auflage 2023
Originalausgabe

Umschlaggestaltung von www.buerosued.de
unter Verwendung von Shutterstock
Umschlagabbildung von mauritius images / Christian Bäck,
www.buerosued.de unter Verwendung von Shutterstock
Gesetzt aus der Stempel Garamond und der Lady Love
von GGP Media GmbH, Pößneck
Druck und Bindung von GGP Media GmbH, Pößneck
Printed in Germany
ISBN 978-3-365-00261-2
www.harpercollins.de

Klimaneutral
Druckprodukt
ClimatePartner.com/15109-2009-1001

MIX
Papier
FSC FSC® C014496

Für alle, die nicht gern in den Spiegel gucken.
Für alle, die schon einmal davongelaufen sind.
Und für alle, die eine Geschichte brauchen,
die ihr Herz heilt.

Diese Bibliothek hat tausend Türen.
Wenn es dir nicht gut geht, dann such dir eine aus.
Mach sie auf, und renn davon.

Prolog

Oma sagte immer: Bücher bringen dich, wohin du willst. In fremde Welten, in fremde Zeiten, weit über den Ozean. So weit wollte die fünfjährige Emma gar nicht, sondern nur hinauf zum Lesepult. Denn dort oben hatte Mama ihre Handtasche vergessen. Und da war der tolle dunkelgrüne Lidschatten drin, der so gut zu ihren grünen Augen passte. Der, den Mama ihr schon seit Wochen verbot.

Ein Buch noch, vielleicht auch zwei. Zufrieden betrachtete Emma ihr Werk. Heimlich hatte sie sich aus der Transportwanne der Bibliothek ein paar dicke Wälzer geschnappt und sie übereinandergelegt. Kante auf Kante gaben die Bücher einen prima Schemel ab. Vielleicht fand sie noch ein, zwei Bücher in derselben Größe, und der Stapel war endlich hoch genug, um den Tisch zu erreichen. Mama würde schimpfen, wenn sie es wüsste – sogar heute. Und heute war schließlich Emmas Geburtstag.

In der Bibliothek ihrer Großmutter verkroch sich Emma dann, wenn die Gespräche der Erwachsenen bei Themen angekommen waren, die sie nicht interessierten – ihre Großmutter aber umso mehr. Der schlimme Husten von Onkel Matthew zum Beispiel. Die neuen Medikamente, die Matthews Frau Abigail seit der Geburt der Zwillinge nehmen musste. Und der eingewachsene Zehennagel von Großtante Gillian.

Der Lesesaal war ihr Lieblingszimmer. Er war hell und riesig groß. Durch die Fensterfront, die eine komplette Wand ersetzte, blickte man direkt auf den Chiemsee. Man sah die Segelboote und die großen Dampfer, die Möwen und die Enten. Jede einzelne Welle. Wenn die Fenster geöffnet waren – so wie heute –, dann wehte der Sommerwind herein und trug den Geruch von Seewasser ins Zimmer und von all den bunten Blumen, die Emma nicht unterscheiden konnte. Die Decke des Zimmers war so weit oben, dass Emma ihre Mama, ihren Papa und sich selbst übereinanderstapeln könnte, aber niemand mit dem Kopf oben anstoßen würde. Oma stapelte sie vorsichtshalber nicht, ihr Rücken machte das nicht mehr mit.

Omas Haus war voller Bücher, jedes einzelne Zimmer. Aber hier waren so viele davon, dass Emma sie nicht mehr zählen konnte. Unten und oben und alle Regale bis hoch zur Galerie waren voller Bücher. Sie wusste nicht einmal, welche Farbe die Wand hatte. Vielleicht zog sie irgendwann mal eins raus und guckte nach.

Emma seufzte, als sie die beiden schweren Bücher auf den kleinen Bücherturm hievte und zurechtrückte. Kante auf Kante, ganz säuberlich. Der Stapel schwankte leicht, als sie hinaufkletterte.

»Du tust ihnen weh«, ertönte plötzlich eine Kinderstimme hinter einem großen Regal.

Emma erschrak. Viel zu schnell drehte sie sich in die Richtung, aus der sie die Stimme gehört hatte. Das mit dem Gleichgewicht bekam sie auch nicht mehr hin. Sie ruderte mit den Armen und griff ins Leere. Bevor sie reagieren konnte, kippte der Stapel um. Bücher polterten zu Boden, Emma stürzte auf die dunklen Holzdielen und fing an zu weinen.

Und zwar richtig doll. So sehr, dass ein paar Strähnen ihrer kupferroten Haare, die ihr ins Gesicht hingen, nass und dunkel wurden. Das Handgelenk tat weh, und ihr rechtes Knie brannte. Die Schürfwunde hatte ein winziges bisschen Blut auf ihrem weißen Geburtstagskleid hinterlassen. Was sie schrecklich ärgerte, schließlich hatte sie das Kleid sehr gern.

»Tut mir leid.« Zerknirscht kam ein Junge aus seinem Versteck. Er schien kaum älter als Emma, die dunklen Haare hingen ihm ins Gesicht. Durch ihre Tränen sah sie ihn nur verschwommen. »Hast du dir wehgetan?«

»Bisschen.« Emma wischte sich über die Wangen. Die Sonnencreme auf ihren Händen trübte die Sicht, sie brannte so sehr, dass Emma wieder weinen musste. Dann sah sie geradewegs in seine dunklen Kulleraugen.

»Ich wollte dich nicht erschrecken.« Er zog ein frisches Taschentuch aus seiner Hosentasche. Ganz behutsam tupfte er ihr die Tränen von den Wangen. »Nicht weinen.«

Sie griff nach dem feuchten Taschentuch, das er ihr jetzt hinhielt, und schnäuzte sich erst einmal. »Warum versteckst du dich da?«

»Also, ich …«, fing er an, zögerte aber. »Ich hole dir erst mal ein Pflaster.«

»In Mamas Tasche sind welche.«

Der Junge nickte. Mit ein paar Sprüngen versuchte er, den Henkel zu fassen, der über die Kante ragte.

»Du musst auf die Bücher steigen.«

Sein Blick streifte kurz ihren, irgendetwas glitzerte in seinen Augen. »Auf so was Wertvolles darf man nicht drauftreten. Deine Oma sagt, jedes Buch hat eine Seele.«

»Aber …«, setzte Emma an. Doch genau in diesem Moment sprang der Junge noch einmal hoch, erwischte den

Henkel und zog die Tasche von der Ablage. Geschickt fing er sie auf und stellte sie auf den Boden.

Dann ordnete er erst einmal die Bücher wieder zu einem Stapel. Sorgsam zog er eines davon heraus. So vorsichtig, als wäre es ein kleines Baby. Oder irgendetwas anderes, das auch so leicht kaputtgeht. »Schau mal«, sagte er. Er wischte ein bisschen Erde weg, die bestimmt von Emmas Schuhen stammte. »Das ist hübsch, oder?«

Sie nahm es ihm ab. Schwer war es. Und es roch nach altem Papier. Samtig weich fühlte es sich an, goldene Buchstaben zogen sich über die dunkelblaue Vorderseite. Lesen konnte Emma sie nicht. »Schön.«

Der Junge hatte inzwischen die Handtasche ihrer Mutter durchsucht und ein großes Pflaster gefunden. Er pfriemelte daran herum, um die Klebeseiten zu lösen. »Deine Oma sagt immer: So viele Seiten dein Lieblingsbuch hat, so viele Seiten hat auch dein Herz.«

Sie streckte ihm ihr verletztes Bein hin. »Was bedeutet das?«

»Weiß nicht.« Er zuckte mit den Schultern und lächelte verlegen. Immer wieder drehte er das Pflaster, um die Wunde perfekt abzudecken. Seine Berührung war so sanft, dass Emma sie kaum spürte. »Aber es klingt schön. Deine Oma sagt öfter solche Sachen.«

»Woher weißt du das überhaupt? Dass Oma meine Oma ist?«

»Du bist doch Emma, oder nicht?« Fast liebevoll drückte er das Pflaster fest, dann sah er auf. »Du lebst in England und bist die Enkelin von Josefine.«

»Und du? Wie heißt du?«

»Johannes.« Der Junge lächelte. »Ich bin oft hier. Deine

Oma hat gesagt, ich darf kommen, wann ich mag. Und Bücher lesen.«

»Du kannst schon lesen?«, fragte sie neugierig.

»Na ja.« Jetzt wirkte er fast wieder ein bisschen schüchtern. »Ich bin in der ersten Klasse.«

Ihr Finger zeigte die Regale hinauf. »Und hast du die alle gelesen?«

»Nein«, sagte er. »Das sind bestimmt hundert oder tausend, oder so.«

»Noch mehr.« Sie nickte begeistert.

Johannes' Augen strahlten. »Wenn ich erwachsen bin, will ich alle Bücher auf der Welt gelesen haben.«

Eigentlich hatte sie sich nie für die Bücher ihrer Oma interessiert. Doch wenn Johannes davon erzählte, dann klang das spannend. So spannend, dass sie glatt den grünen Lidschatten vergaß. »Kannst du mir was vorlesen?«

»Klar.«

Emma streckte ihm das Buch hin. Das dunkle, samtige mit den goldenen Buchstaben auf der Vorderseite. Sie tippte auf die Schrift. »Was steht da?«

Ganz sachte nahm er es ihr aus den Händen. »Die schöne … Kö…Königstochter«, las er vor.

»Ich mag es gern hören«, flüsterte sie und lehnte sich zurück, gegen das Lesepult.

Als er das Buch aufschlug, betrachtete sie ihn. Seine großen braunen Kulleraugen. Die zerstrubbelten dunklen Haare.

»Es war einmal eine … Königstochter«, begann Johannes zu lesen. Sein Finger fuhr langsam über die Zeilen, und Emma hing schon an seinen Lippen, während er Wort für Wort entzifferte. »Doch sie wusste nicht, dass sie eine Königstochter war … Sie war so schön, dass alle Vögel sangen und alle Pflanzen …« Er stockte kurz. »… er-blüh-ten, wenn sie … vo-rüber-ging. Doch sie wusste nicht, wie schön sie war … Sie lebte in einem Schloss, das ganze sieben Schritte lang und fünf Schritte breit war. Doch sie wusste nicht, dass es ein Kö-nig-reich war.«

»Wo ist Johannes?«, schallte plötzlich eine Frauenstimme draußen durch den Flur. Freundlich klang sie nicht.

»Mist!« Panisch sprang er auf, klappte das Buch zu und schob es zurück auf den Stapel. »Du hast mich nicht gesehen, okay?«

»Aber …«

»Psssssst!«, machte er.

Emmas Knie schmerzte, als sie es beugte. Umständlich zog sie sich am Lesepult hoch. Ausnahmsweise brauchte sie nun dafür so lange wie Oma, wenn sie aus dem Wohnzimmersessel aufstand, um die Chipsschüssel aufzufüllen.

»Warte, ich helf dir.«

Sie fasste nach der Hand, die er ihr hinstreckte. Er zog Emma mühelos auf die Beine. »Danke.«

»Ich bin nicht da!«, flüsterte Johannes noch, dann verschwand er hinter einem Regal.

»Das Versteck ist doof!«, wisperte Emma zurück. Sie humpelte zum Regal hinüber, griff nach Johannes' Hand und zog ihn mit sich. Durch die weit geöffneten Fenster der Glasfront hinaus ans Chiemseeufer. »Komm mit!«

Emma biss die Zähne zusammen und lief ihrem Schmerz davon. Sie beide rannten, so schnell ihre Beine sie trugen. Über die Terrasse, an der kleinen Sitzgruppe vorbei, hinunter zum Wasser. Am Ufer entlang. Warfen nervöse Blicke zurück, denn zwei, drei Erwachsene liefen wild gestikulierend hinterher.

Ihr wütendes Rufen ließ Emma so schnell laufen wie noch nie. Ihr Herz klopfte, als würde es jeden Moment zerspringen. Enten flohen laut schimpfend ins Wasser, ein paar Möwen flatterten auf.

Der warme Sommerwind blies ihnen ins Gesicht, der Chiemsee rollte unbeeindruckt in kleinen Wellen heran. In der Ferne segelten ein paar Boote. Mit jedem Meter ließen die Schmerzen in Emmas Knie nach, ihre Schritte wurden immer schneller. Hand in Hand rannten die beiden über Kiesel und Sand, sprangen über große Steine und stapften schließlich durch das seichte Wasser. Die Schuhe sogen sich voll, ihre Zehen wurden nass und kalt.

Als sie das Schilf erreichten, das sie von allen Blicken abschirmte, atmete Johannes hörbar auf. Mit jedem ihrer schnellen Schritte spritzte Wasser auf. Im knietiefen Wasser wurde das Laufen zur Herausforderung. Laut keuchend bahnte Emma sich den Weg durch die Halme. Irgendwo hier hatte sie gestern doch …

»Da!«, flüsterte sie strahlend, sie suchte Johannes' Blick. Ihr Atem ging schnell vom Rennen.

»Ein altes Boot!« Überrascht fuhr er mit den kleinen Fingern über das Heck. Auch er kämpfte um Luft. »Super Versteck!«

»Hilfst du mir?«, fragte Emma.

Johannes drehte sich zu ihr um. Beide standen sie nun fast bis zu den Oberschenkeln im Wasser, das Boot schaukelte neben ihnen. Jede Welle spielte um ihre Beine. Das Versteck im Schilf war so klein, dass sie ganz dicht voreinanderstanden. Sein Gesicht war nur ein paar Zentimeter von Emma entfernt.

»Du hast grüne Augen«, sagte Johannes.

»Ich weiß«, antwortete Emma.

»Und Sommersprossen.«

Kurz standen sie voreinander und starrten sich einfach nur an. Emma wusste nicht, wieso, aber sie guckte ihn sehr gern an. Sie mochte seine braunen Augen. Und er, er schien sie auch gern anzusehen. Vielleicht zählte Johannes gerade ihre Sommersprossen. Aber in der ersten Klasse zählte man nur bis zwanzig, hatte ihre Oma erzählt. Und das würde wahrscheinlich nicht reichen.

»Hebst du mich hoch?«, fragte Emma, und Johannes nickte.

Vorsichtig schlang er die Arme um ihre Hüfte. Emma kicherte, weil es kitzelte. Er gab es nicht zu, aber Emma bemerkte, dass er sich mit ihrem Gewicht abmühte. Bestimmt war er kaum schwerer als sie. Doch er hob sie trotzdem ins Boot, das so friedlich auf den Wellen schaukelte, und kletterte selbst hinterher.

Dann lagen sie auf dem hölzernen Boot und sahen zum Himmel hinauf.

Emma zupfte an ihrem Kleid, das sich nass und kalt und schwer an ihren Oberschenkeln festzusaugen schien. »Mir ist kalt.«

Johannes zog sie näher zu sich. Nur mit Mühe verbarg er sein eigenes Schlottern. »Ich wärme dich.«

Wellen rauschten, als sie sich am Bug brachen. Wenn Emma durch die alten, zersprungenen Holzlatten lugte, erspähte sie eine Wand von Schilfhalmen – und dahinter ein paar Segelboote.

»Du hast dich vor der Frau versteckt. Stimmt's?« Sie sah Johannes an, der sich an der morschen Sitzbank abstützte, um näher zu ihr zu rutschen. Das Boot schaukelte heftig unter ihnen.

Er nickte.

»Was tut die?«

Die Wellen gluckerten unter dem Boot, mit einem sanften Rauschen wiegte sich das Schilf im Wind.

»Das ist meine Mama. Sie holt mich ab. Und wir fliegen nach Italien.«

»Und dafür rennen wir so?« Emma zog ihre Stirn in Falten, trotzig sah sie ihn an. »Magst du keinen Urlaub?«

»Doch, mag ich.«

Eine Ente schwamm an ihnen vorbei, Emma lauschte ihrem Quaken. »Warum magst du dann nicht mit?«, fragte sie schließlich.

Johannes schwieg. Und Emma betrachtete ihn prüfend. In seinem Gesicht spiegelten sich die Lichter, die auf dem See tanzten. Die Sonne warf ihre Strahlen ins Wasser und versprühte dort ihren Glitzerregen, den Emma mehr liebte als alles andere auf dem Chiemsee. Die Funken schienen beinahe durch die Luft zu wirbeln. Sie flogen über die Schilfhalme, über die Wasservögel und drangen sogar durch die morschen Holzlatten des Bootes. Und dann war die ganze Welt für einen Moment aus Glitzer.

»Warum …«, setzte Emma erneut an, als er sie unterbrach.

»Deine Oma sagt, Italien ist ein schönes Land«, sagte Johannes leise. Er schluckte.

»Wenn es da schön ist«, flüsterte Emma, »warum bist du dann so traurig?«

Sanfte Wellen schwappten gegen den Bug, das Boot schaukelte ein wenig stärker. Emma spürte es unter ihrem Rücken schwanken.

»Weiß nicht.«

Emma sah ihn von der Seite aus an. Dichte Wimpern umrahmten seine dunklen Augen. »Deine Eltern …« Sie zögerte.

»Sie haben …«, begann er, und seine Stimme war noch ein bisschen leiser als zuvor.

»Psssst.« Emma legte einen Finger auf seine Lippen, sie beugte sich so nah zu ihm, dass ihr warmer Atem bestimmt in seinem Ohr kitzelte. Sie legte eine Hand auf seine Schulter, presste ihn tiefer ins Boot. »Leise! Ich glaube, da kommt jemand.«

»Emma! Johannes!«, dröhnten Stimmen vom Ufer. Schnelle Schritte hetzten vorbei, und in der Ferne hupte ein Ausflugsdampfer, als fordere auch er wütend, dass sie sich endlich zeigten. »Johannes!«

»Ich will nicht nach Italien«, flüsterte er.

»Was ist so schlimm dran?«, wisperte Emma zurück. »An Italien?«

Johannes blickte plötzlich so traurig drein. »Meine Mama hat mich sehr lieb.«

»Dein Papa nicht?«

»Doch.« Er guckte durchs Schilf auf den Chiemsee hinaus. »Ich glaube schon.«

»Ich kann dich auch lieb haben«, flüsterte sie, beugte sich vor und drückte ihm einen schüchternen Kuss auf die Wange.

Ein Lächeln schlich sich auf Johannes' Gesicht. Er legte seinen Arm um Emmas Schultern, zog sie ein wenig näher zu sich. »Und ich kann auch dich lieb haben.«

»Weil ich so schöne Sommersprossen habe.«

»Lieb haben kann man auch ohne Sommersprossen«, sagte Johannes – und es war eine süße Traurigkeit, die in seinem Lächeln lag.

»Da ist was«, hörte Emma eine energische Frauenstimme.

»Wo?« Fußtrappeln näherte sich wieder.

»Im Schilf! Siehst du das?«

»Oh nein!« Emma packte Johannes an der Hand.

Leise ließen sie sich aus dem Boot ins Wasser gleiten.

»Ach nein, war nur eine Ente! Falscher Alarm!«

Panisch wechselten die beiden Kinder einen Blick. Sie hatten ihr Versteck umsonst verlassen.

»Da sind sie!«, rief jemand.

Emma packte Johannes' Hand und rannte los. Ein paar Enten flogen aufgeschreckt davon. Das Wasser spritzte links und rechts von ihnen, Schilfhalme peitschten ihnen ins Gesicht. Die Stimmen der Erwachsenen kamen immer näher.

Und plötzlich stand da Oma im knietiefen Wasser.

Um ein Haar hätte Emma sie umgerannt. Bevor einer von beiden reagieren konnte, hatte sie schon die Zipfel der nassen Kleider gepackt. »Was ist denn los, ihr beiden? Ihr tut ja so, als wäre ein Italienurlaub die schlimmste aller Strafen! Ach herrje. Kommt mit, ich gebe euch was Trockenes.«

Kapitel 1

Das Tageslicht spiegelte sich auf der von Fingerabdrücken verschmierten Scheibe. Landschaften zogen verschwommen dahinter vorbei, als der Zug die Geschwindigkeit drosselte.

Ich sah hinauf in den Himmel. Mächtig und strahlend kämpfte sich die Sonne zwischen den Wolken hindurch, die seit dem Morgen schwer und dickbäuchig über dem Land hingen. Also schien sie doch. Ganz egal, wo man war. Und ganz egal, wie viele Regenwolken die Sicht auf sie versperrten. Sie war da.

»Uuuuhaaaa«, hörte ich einen kleinen Jungen rufen, das Poltern eines Koffers folgte kurz darauf. »Dad? Archie hat seinen Teddy verloren.«

Der junge Vater in Jeans und Shirt, der gerade mit seinen zwei Söhnen durch den Mittelgang eilte, hielt sich im letzten Moment an den Sitzen rechts und links fest, als der Zug im nächsten Bahnhof über ein paar Weichen die Gleise wechselte und anschließend abrupt bremste. Ein Teddy flog durch die Luft und landete vor meinen Füßen. Ohne zu zögern, bückte ich mich danach.

Stechender Schmerz zog sich durch meinen Oberschenkel. Seit dem Unfall war ich einfach nicht mehr beweglich genug.

»Na, junger Mann?« Lächelnd hob ich das Kuscheltier hoch und hielt es dem kleineren der beiden Kinder entgegen, das ihm panisch hinterherkrabbelte.

Ich verstellte die Stimme und wedelte mit den flauschigen Armen des Teddys. »Huuii, das hat Spaß gemacht. Ich kann fliegen! Aber vielleicht sollte ich mir noch mal von Frau Amsel erklären lassen, wie das geht. Mein Fell ist ganz zerzaust! Und bestimmt hab ich jetzt einen blauen Fleck am Popo.«

Der kleine Junge starrte mich erschrocken an. Ein paar Sekunden lang glomm etwas Undefinierbares in seinen Augen auf, dann riss er mir den Teddy aus den Händen und fing lauthals an zu weinen.

»Keine Angst.« Ich schluckte. Erst jetzt wurde mir bewusst, dass ich meine Mütze abgelegt hatte. »Ich tu dir nichts.«

»Bitte entschuldigen Sie.« Der Vater hob den kleinen Jungen hoch, der heftig strampelte. »Er sieht so was zum ersten Mal. Kinder wissen da einfach nicht so genau, wie man sich verhält ...«

Erwachsene auch nicht. »Schon gut«, antwortete ich und zwang mich zu lächeln.

Der junge Vater schob seine Kinder und das Gepäck auf die Plätze des Vierertischs gegenüber.

Ich wandte mich ab. Um seinen Bruder nicht auch noch zu schockieren, zog ich mir meine Mütze über. Zumindest den oberen Teil der riesigen Narbe würde sie verdecken. Das wulstig wuchernde Narbengewebe, einen Krater, der sich von der rechten Schläfe aus quer über das komplette Gesicht zog.

Seufzend lehnte ich den Kopf an die Scheibe und schloss die Lider.

Die Wärme lullte mich bald ein. Traumbilder formten sich vor meinem inneren Auge – und ich fiel in einen unruhigen Schlaf.

Ich sauste mit dem Mini meiner Mum zwischen den kahlen Feldern hindurch, die sehnsüchtig den Beginn des Frühlings erwarteten. Die Landstraße flimmerte im sanften Licht des ersten Februartags. Die Lüftung blies auf höchster Stufe warme Luft in das vom Stehen abgekühlte Auto, meine Haare flogen. Nach der Kurve drehte ich das Radio auf. Mit dem Kopf wippte ich zum Beat und sang so laut und so falsch mit, dass alle Mitfahrer bei nächster Gelegenheit ausgestiegen wären, hätte ich welche gehabt.

Heute durfte ich das. Schließlich kam ich gerade aus London, vom Fotoshooting meines Lebens: Bald würde ich auf dem Cover der Vogue *zu sehen sein!* Vogue! VOGUE!

Ich sang noch lauter. Später würden Mum, Dad, mein Freund Tyler und ich nobel essen gehen, um zu feiern. Zu unserem Lieblingsinder in der Innenstadt von Birmingham. Mum und Dad würden vor Stolz platzen. Vermutlich würden sie so viele Exemplare der Zeitschrift kaufen, dass sie damit ihr Wohnzimmer tapezieren könnten. Und sicher würden sie Oma und Opa ein riesiges Paket nach Bayern schicken. Und allen anderen Verwandten.

Gorgeous!, hörte ich die Stimme des Fotografen noch in meiner Erinnerung. Super, genau so!, hatte er immer wieder gerufen, während die Nebelmaschine die eiserne Brücke hinter mir in weiße Schwaden hüllte und ich vor der Kamera alles gab. Mehr, als ich je zu träumen gewagt hatte.

Vor einer engen Kurve bremste ich ab.

Leise summte ich zur Musik. Ein seliges Lächeln auf den Lippen, drehte ich das Lenkrad.

Dann sah ich mit einem Mal nur noch die Sonne. Gleißend hell spiegelte sie sich auf der Windschutzscheibe eines entgegenkommenden Autos, das gerade die Kurve schnitt. Die

Sonne selbst raste mir entgegen. Auf meiner Spur. Für einen Moment stand die Zeit still.

Krachen. Splittern von Glas.
Schwerelosigkeit. Orientierungslosigkeit.
Adrenalin.
Leere. Mein eigener Atem.
Und dann wurde alles schwarz.

»Miss?«

Ich stöhnte.

»Miss, Ihre Fahrkarte bitte.«

»Sorry«, murmelte ich. Verschlafen schob ich die Mütze ein wenig hoch und blinzelte gegen die Helligkeit an. Es dauerte eine Ewigkeit, bis ich die verknickte Fahrkarte aus meiner Hosentasche gepfriemelt hatte. Ich hielt sie dem Schaffner hin.

Der nickte und wandte sich ab. Undeutlich hörte ich seine Stimme ein paar Sitzreihen weiter hinten. »Fahrscheine, bitte!«

Ich rieb mir die Augen. Mit einem verhaltenen Gähnen setzte ich mich auf. Dieser Traum verfolgte mich seit dem Unfall. Jede Nacht wieder die Erinnerung. Seit Wochen.

Wenn der Schaffner mich nicht geweckt hätte, wäre der Film in meinem Kopf weitergelaufen. Das Aufwachen nach ein paar Minuten im Wrack. Das Adrenalin, das mich glauben machte, ich sei unverletzt. Der Qualm, der mich umwaberte wie der künstliche Nebel beim *Vogue*-Shooting. Und die Todesangst, als ich merkte, dass ich ein Bein nicht bewegen konnte. Dass sich die Autotür nicht öffnen ließ. Dass ich eingeklemmt war in einem Auto, das jede Sekunde zu brennen anfangen konnte.

Auf dem Viererplatz gegenüber stritten die beiden Jungen um den letzten Schokoriegel. Die Augen des kleinen Archie waren tränenverschmiert, in den Mundwinkeln klebte etwas Braunes, vermutlich Schokolade. Geduldig wischte sein Vater ihm den Mund mit einem Taschentuch sauber. Aus dem Augenwinkel warf er mir ein paar unauffällige Blicke zu. Ich zog mir wieder Halstuch und Mütze über das Gesicht und drückte meine Wange an den Sitz.

In dieser Hitze schnürte es mir beinahe die Luft ab, Schweiß rann über meine Schläfen. Dieser Sommer war viel zu warm. Trotzdem. Lieber halb ohnmächtig unter einer Mütze als noch mehr Blicke auf meinem Gesicht.

Nicht einschlafen, Emma. Nicht einschlafen. Sobald ich die Augen schloss, würde es mich wieder zurückbringen an jene Landstraße kurz hinter Londons Vorstadt. Wo mein Handy unerreichbar im Fußraum lag und ich eingeklemmt zusehen musste, wie ein Autofahrer nach dem anderen abbremste, wendete und weiterfuhr – ohne zu gucken, ob ich Hilfe brauchte. So, als wäre mein Auto nichts als ein umgestürzter Baum, der eine Straße versperrte ... Bis nach einer Ewigkeit endlich jemand stehen blieb ...

Ein Klingeln ließ mich zusammenzucken. Ich schob die Mütze wieder ein Stückchen hoch und kramte im Rucksack nach meinem Handy, auf dessen Display mich Omas Gesicht anstrahlte.

»Oma? Bist du's?«, fragte ich und zog mir das Halstuch vom Mund, damit sie mich besser verstand. »Ihr seid ja früh wach.«

»Ja! Wie geht's dir?« Omas Stimme klang wohlig vertraut. »Du hast die letzten Tage immer wieder mal angerufen, oder? Opa und ich waren unterwegs, haben ein paar kleine, urige

Buchhandlungen abgegrast und neue Bücher für die Bibliothek ausgesucht.«

»Wie schön.« Ich versuchte, munter zu klingen. Fröhlich. »Die musst du mir unbedingt zeigen, sobald ich da bin.« Nebenbei griff ich nach meinem Thermobecher, öffnete den Verschluss und nahm ein paar Schlucke Schwarztee.

Oma lachte vergnügt. »Ich freue mich schon so sehr darauf, wenn du in zwei Wochen endlich nach Bayern kommst. Und mir deinen Tyler vorstellst! Wie geht's euch?«

»Ganz gut, denke ich.« Unwillkürlich musste ich schlucken. »Kann ich auch schon früher kommen?« Ich konnte nicht verhindern, dass sich meine Stimme gepresst anhörte.

»In der Früh statt am Abend?«, fragte Oma vorsichtig. »Oder … einen Tag früher?«

»Nein, ich dachte eher so an … heute.«

»Oh.«

Das war nicht die Reaktion, auf die ich gehofft hatte. Ich stützte mich auf die Armlehne, als der Zug an der nächsten Haltestelle abbremste. Starrte aus dem Zugfenster, wo ein Werbebanner von Yorkshire Tea an mir vorbeizog. *Let's have a proper brew.* »Tut mir leid, ich hab euch nicht früher erreicht«, sagte ich. »Bin davon ausgegangen, dass es okay ist. Wenn ich meinen Unfall nicht gehabt hätte, wäre ja sowieso Ende Juni ausgemacht gewesen …« Am anderen Ende der Leitung blieb es still. »Keine gute Idee?«, fragte ich, zog ein Taschentuch aus der Hosentasche und schnäuzte mich so leise wie möglich.

»Emma, Liebling.« Oma seufzte. »Du darfst immer und jederzeit bei mir auftauchen. Auch ohne dich anzumelden. Ich freue mich riesig. Es ist nur …«

»Ja?« Grandios. Schließlich war ich es gewesen, die darauf

bestanden hatte, dass meine Eltern trotz des Unfalls zu ihrer großen Afrikareise aufbrachen, die sie schon vor einem Jahr gebucht hatten. Überstürzt war ich zu meinen besten Freunden gezogen, die sich eine Wohnung im Süden Londons teilten, gleich beim Croydon University Hospital. *Ich schaffe das*, hatte ich gesagt. Und hatte allen die Unverwundbare vorgespielt, manchmal sogar mir selbst. Doch das funktionierte nur bedingt, wenn ständig eine Ambulance vorbeirauschte, die schreckliche Erinnerungen an den Unfall hochkommen ließ.

Abstand. Das war es, was ich brauchte. Ich wollte nur noch vergessen. Mir vorgaukeln, nichts sei passiert. Also hatte ich meine Sachen gepackt und einen Flug nach Deutschland gebucht, ohne nachzudenken.

»Siehst du, es ist nicht so einfach.«

»Weil?« Ich räusperte mich, meine Stimme fühlte sich schon wieder so belegt an. Schnell nahm ich noch einen Schluck Tee.

»Mäuschen. In der nächsten Woche ist hier alles voller Menschen. Ich weiß nicht, ob es dir so guttut, wenn du … Na ja, ich meine … Vermutlich wäre es besser, du würdest erst kommen, wenn …«

»Am Chiemsee sind doch immer viele Urlauber«, warf ich ein. »Darauf habe ich mich schon eingestellt.«

»Schätzchen.« Oma druckste ein wenig herum. »Das meine ich nicht. Bei uns im Haus … Siehst du … Es ist momentan recht schwierig.«

»Habt ihr die Handwerker da?« Sag es. Sag, was wirklich los ist.

»Nein. Mäuschen … Magst du nicht noch zwei Wochen warten?«

Dafür war es zu spät. »Ich … sitze im Zug, bin schon bald am Flughafen. Mein Flug nach München geht in drei Stunden.«

Einen Moment lang schwieg sie. »Hat Tyler dich sitzen lassen?«, fragte sie leise.

»Es ist nicht so, wie du denkst.«

»Das will ich hoffen.«

Wieder schwieg sie. Im Hintergrund hörte ich die Vögel zwitschern, irgendwo dröhnte das Horn eines Ausflugsschiffes. Als ich nichts erwiderte, seufzte sie.

»Welchen Zug nimmst du?«

»Uff, lass mich kurz überlegen …«

Auf der Sitzbank neben meiner quengelte der ältere der beiden Jungs. *Daaaaaad*, dröhnte seine Stimme von rechts an mein Ohr. *Daaaaaddyyyy?* Währenddessen musterte mich der kleine Archie aus sicherer Entfernung. Die Stirn in Falten, den Mund leicht geöffnet.

»Mein Flug geht in drei Stunden. Wenn ich den Anschluss erwische und der Umstieg in Rosenheim klappt, bin ich um kurz nach vier an der Bushaltestelle.«

»Okay«, sagte sie, und ich fragte mich, wo die Beschämung herrührte, die ich in ihren Worten hörte. »Rufst du an, sobald du im Bus sitzt? Ich hole dich dann von der Haltestelle ab.«

»Ich könnte erst mal bei Biene übernachten«, schlug ich vor und konnte nicht verhindern, dass es ein wenig trotzig klang. Theoretisch könnte ich das. Allerdings hatte sich meine Kindheitsfreundin über die letzten Wochen hinweg nur per SMS und Sprachnachricht gemeldet. Meinen Vorschlägen, doch mal zu telefonieren, war sie immer ausgewichen.

Anfangs hatte ich es darauf geschoben, dass sie besonders im Mai viel als Hochzeitsfotografin unterwegs war. Aber nach Wochen der Reha begann ich, mir Sorgen zu machen. Vielleicht war etwas passiert. Ob sie mich für ein paar Tage aufnehmen konnte, stand demnach sowieso in den Sternen.

Oma gab einen undefinierbaren Laut von sich. »Ihr Zimmer misst zwei Quadratmeter.«

Jetzt musste ich trotz allem lachen. »Na, ganz so schlimm ist es auch nicht.«

»Mach dir keine Sorgen, Liebes«, sagte sie, doch ich konnte hören, dass ihre Stimme ein wenig schwankte. »Ich stehe pünktlich an der Bushaltestelle.«

Der kleine Junge quengelte wieder. *Dad*, hörte ich ihn laut und deutlich neben mir. *Was hat die Frau da?* Und fast ebenso laut das genervte *Pssssst* des Vaters.

»Danke.«

»Bis später, Mäuschen. Ich freu mich auf dich. Sehr!«

Die Verbindung brach ab, Oma hatte aufgelegt und ließ mich verwirrt zurück. Ich sank tiefer in meinen Sitz und schob das Halstuch wieder über Mund und Nase.

»Daaaad, was hat die Lady im Gesicht?«, fragte der Junge im selben Moment.

»Psssst«, zischte der Vater nur. »So was fragt man nicht.«

Vielleicht wäre es gut gewesen, dem Jungen meine Narbe zu zeigen. Ihm zu erklären, dass es nicht schlimm war, danach zu fragen. Dass in England jedes Jahr mehr als hunderttausend Verkehrsunfälle passierten, wie mein Doc mir erklärt hatte. Dass ungefähr dreißigtausend Menschen dabei schwer verletzt wurden und über tausend von ihnen starben.

Dann hätte ich dem Kleinen gesagt, dass ich eine von denen war, die überlebt hatten. Dass ich stolz darauf sein konnte. Und dass mein Gesicht davon eine Geschichte erzählte.

Stattdessen zog ich meine Mütze noch ein wenig tiefer über die Augen und tat so, als hätte ich nichts gehört.

Kapitel 2

Ein frischer Luftzug drang in den Bus, als sich die hinteren Türen an der nächsten Haltestelle öffneten. Ich quetschte mich zwischen zwei verschwitzten Herren hindurch, warf meinen Koffer mit Schwung hinunter ins Gras und sprang hinterher. Falls man es springen nennen kann, wenn man sich bei der Plumpsaktion mit beiden Händen am Haltegriff der Bustür festhalten muss. Schmerz bohrte sich in mein rechtes Bein, mir entfuhr ein Stöhnen. Kurz presste ich eine Hand auf den Oberschenkel, um durchzuatmen.

»Brauchen's Hilfe?«, dröhnte der Bass des Busfahrers bis zu mir hinaus.

Im Außenspiegel sah ich sein besorgtes Gesicht. »Danke, alles gut!«, rief ich verlegen zurück und spürte meine Wangen warm werden.

Ein Zitronenfalter flatterte an mir vorüber. Leicht und frei zog er in der Luft seine Kreise, wohingegen mich jeder Schritt Energie kostete. Dennoch. Jeden davon wollte ich genießen.

»Emma, hier bin ich!«, hörte ich auch schon Oma von Weitem rufen, als der Bus die Türen hinter mir schloss und weiterfuhr.

Gebückt stapfte sie mit kleinen Schritten den Feldweg entlang in meine Richtung. Die vielen Perlmuttknöpfe ihres ärmellosen Baumwollkleides reflektierten das Licht. Links und rechts von ihr wogten Weizenfelder, die Ähren bogen sich im Wind, als duckten sie sich vom Leben weg.

Ich winkte. Biss mir auf die Lippe, bis der Schmerz stärker war als das flaue Gefühl in meinem Magen.

»Wie schön, dass du da bist!«, rief sie, als sie näher kam. Ihre Hand fand meine, bevor ich richtig vor ihr stand. Sie drückte kräftig zu. »Ich hab dich so vermisst!«

»Oma!« Jetzt stahlen sich doch ein paar Tränchen in meine Augen. Wie lange war es her, dass ich Oma und Opa das letzte Mal besucht hatte? Ein Jahr? Oder länger? »Moment, ich muss nur kurz …« So weh es auch tat – wenigstens vor Oma wollte ich mich nicht verstecken. Erschöpft löste ich das Halstuch und zog mir die Mütze von der verschwitzten Stirn. Eine Scheißidee, das mit der Mütze.

Ich konnte sehen, wie sehr Oma sich bemühte, mir geradewegs in die Augen zu gucken.

»Lass dich drücken, meine Kleine.«

Für sie würde ich immer die Kleine bleiben. Auch wenn ich längst zweiundzwanzig Jahre alt war und sie um fast zwei Köpfe überragte.

Ich drückte mich an sie. Sie erschien mir noch ein wenig runder als letztes Jahr, und sie roch nach Penatencreme. Ihr dunkles Kleid war warm von der Sonne. Aus ihrer Hochsteckfrisur hatten sich einige weiße Strähnen gelöst.

»Lass mich leben! Du erdrückst mich ja.«

Ihr Lachen klang so vergnügt wie eh und je. »Entschuldige.« Tatsächlich hatte ich nicht einmal gemerkt, wie fest ich zugedrückt hatte.

Oma sah mich an. Liebevoll strich sie mir eine Haarsträhne aus dem Gesicht, und ich schwitzte unter ihrem Blick. Ein prüfender Blick, der wehtat.

»Hübsch bist du … Wie immer.«

Ich öffnete und schloss meinen Mund wie ein Fisch. Momentan gab es viele Adjektive, mit denen ich mich identifizierte. Hübsch gehörte definitiv nicht dazu.

Ihr Lächeln bekam einen Hauch von Bitterkeit. »Hab ich was Falsches gesagt?«

»Nein, nein«, antwortete ich und schluckte meinen Unmut hinunter. Was war jetzt schon falsch? Und überhaupt, was wäre richtig? Ehrlich gesagt wüsste ich das selbst nicht mal so genau.

»Komm.« Oma nahm mich an der Hand und führte mich den Feldweg hinab. So, wie sie es schon getan hatte, als ich noch ein kleines Mädchen gewesen war. »Du hast dich nicht verändert.«

»Doch«, sagte ich und konnte nicht verhindern, dass es verbittert klang. Den Plan, hier am Chiemsee alles zu vergessen, konnte ich wohl knicken. Der Koffer schleifte schwer hinter mir durch das Gras.

»Ach, Mädchen.« Unsicher blinzelte sie. »Auch wenn ein Buch in einer Schmuckausgabe erscheint, ist es noch immer dasselbe Buch. Oder nicht?«

Für einen Moment geriet mein Herz aus dem Takt. Hatte sie gerade ernsthaft *Schmuckausgabe* gesagt?

»Entschuldige.« Ein, zwei Male setzte sie noch an, etwas zu sagen, doch kein Ton kam über ihre Lippen. Sie drückte meine Hand angestrengt, als sie über ein paar größere Mistbrocken stieg, die wohl ein Traktor auf dem Feldweg verloren hatte.

Mit einem Seitenblick half ich ihr darüber hinweg, auch wenn ich nach der komplizierten Fraktur im Oberschenkelknochen selbst kaum besser auf den Beinen war als sie. »Schon gut.«

Selten hatte ich Oma sprachlos erlebt. Doch mein Anblick schien sie zu verunsichern. Was ich ihr nicht verdenken konnte. Ihr Blick war dennoch warm und fürsorglich wie immer – und das war es, was mir das Gefühl gab, endlich an dem einen Ort angekommen zu sein, an dem ich alles hinter mir lassen konnte. Ich warf ihr ein Lächeln zu, das sie erwiderte.

In der Ferne, zwischen den Stämmen einer Birkengruppe, blitzte bereits der Chiemsee hindurch, der mir heute grauer und trauriger vorkam als in meiner Erinnerung.

»Weißt du …« Oma blieb einen Moment stehen. Eine Strähne ihrer weißen Haare wippte im Wind. Dann winkte sie ab. »Ach.«

»Ich weiß«, sagte ich und versuchte ein Lächeln, auch wenn es nicht ganz gelingen mochte.

Ich sog die Landluft ein und lauschte in die Stille. Hier herrschte immer Ruhe. Im Gegensatz zu London und Birmingham, wo alles laut und eng und hektisch war.

»Zumindest die Natur hat sich nicht verändert.« Ich deutete auf die Weizenähren, die in der Sonne golden leuchteten. Beinahe so, als hätten sie sich extra herausgeputzt, um mir ein mieses Gefühl zu geben.

Omas Blick, der mich traf, war noch ernster als erwartet.

»Du kennst hier nur den Sommer. Aber jedes Jahr wieder stehen die Felder voll Stoppeln, die langsam verdorren. Schnee liegt drauf, es wird kalt und matschig. Und irgendwann ist von der goldenen Weite nur noch elendes Gestrüpp übrig.«

»Das klingt trostlos.«

»Ist es nicht.« Erneut drückte sie meine Hand. »Weil jeden Frühling wieder alles zum Leben erblüht.« Sie zögerte.

»Verstehst du, was ich meine? Oder macht dich das irgendwie ... traurig?«

»Nein. Mir geht es gut«, log ich und fingerte an meinem Halstuch herum, das inzwischen locker um meinen Hals lag.

»Aber ... vielleicht hilft das ja? In deinen Gedanken, meine ich?«, stopselte sie herum und fand schließlich ein Lächeln. Ein vorsichtiges Lächeln, mit einer Prise Unsicherheit, doch immerhin. Es schien, als sei meine Großmutter genauso überfordert mit meiner Verletzung wie ich. »Alles erblüht zum Leben.«

»Ja, das ist ... schön.«

Hoffentlich würde Oma nicht die ganze Zeit damit verbringen, vorsichtig um mich herumzutänzeln. Meine ganze Kindheit lang war sie die Starke gewesen. Die nichts aus der Ruhe bringen konnte. Nerven wie Stahlseile – und dabei immer ein Lächeln auf den Lippen. Sogar damals, als mein Kindheitsfreund Johannes und ich beim Küchendienst eine kräftige Ladung Waschpulver in die Spülmaschine kippten und der Schaum, den es kurz darauf aus allen Ritzen presste, Omas Küche zu einer Schaumparty verwandelte.

Ein paar Schritte weiter, dann gaben die Bäume vor uns den Blick auf den See frei. Ich atmete tief durch, als wir in den Uferweg einbogen. Wie oft hatte ich vom Chiemsee geträumt, als mich ein dicker Gips an das Bett des Krankenhauses gefesselt hatte. Und nun kam er mir so fremd vor.

Groß und dunkel erhoben sich die Berge über dem See, zu ihrem Fuße floh das Wasser in kleinen Wellen Richtung Ufer. Mit jeder Bewegung veränderten sich ihre Farben. Segelboote glitten durch das Durcheinander an Grün- und Blautönen. Der Chiemsee hatte viele Gesichter. Gelegentlich kam es mir vor, als durchlebte er Stimmungen wie wir. Besonders dann, wenn wir seine schlechte Laune ertrugen, erkannte ich mich in den Wellen wieder.

Ich wartete auf Oma, deren Schritte noch ein wenig langsamer wurden. Gemeinsam steuerten wir auf ihr Haus zu, das einsam und friedlich am Ufer lag und auf das Wasser hinauszublicken schien. Hier schien die Welt noch in Ordnung. Rosen rankten sich die Hauswand entlang, Fensterläden blinzelten verschlafen auf den See hinaus. Ein paar Hühner pickten zufrieden im Gras, die meisten hatten sich vermutlich auf den Misthaufen eines nahe gelegenen Bauernhofes verkrümelt.

Genau hier hatte alles angefangen – als ich meine Modelkarriere beinahe aufgegeben hätte, weil die Laufstege dieser Welt sich nicht für mich interessierten. Und dann hatte sich alles gefügt. Mit der Empfehlung einer Anwohnerin unseres Dorfes (Oma bestritt tatsächlich bis heute, bei ihr ein gutes Wort für mich eingelegt zu haben!) stand mir plötzlich die Tür zu einer namhaften Modelagentur offen. Ein Covershooting für die *Vogue* folgte ein paar Monate später – und plötzlich hatte ich mich kaum retten können vor Angeboten. Hätte ich den Unfall nicht gehabt, meine nächsten Auftraggeber wären Armani gewesen, Dior und Chloé. Doch statt Fotos gab es Röntgenbilder, statt Mailand und Paris nur eine Rehaklinik nahe Birmingham.

Gedankenverloren sah ich einem Falken nach, der über den Feldern kreiste. Bald würde er im Steilflug nach unten schießen und sich sein Mittagessen fangen. Grausam und blutig, wie das Leben eben war.

»Woran denkst du?« Oma strich mir liebevoll über den Rücken.

»Daran, wie schön es hier ist.« Knapp daneben war auch vorbei. Beiläufig verfrachtete ich meinen Koffer in die andere Hand. Seine Rollen wirbelten ein wenig Sand auf, als der Weg direkt am Haus staubiger wurde. Hoffentlich saß nicht gerade die ganze Terrasse voller Leute. »Ich hoffe …«

»Du musst nicht hoffen«, unterbrach Oma mich, bevor sie wusste, was ich hätte sagen wollen. »Da kannst du völlig sicher sein … Darf ich dir das so sagen, meine Kleine? Am Chiemsee werden alle Lebensgeschichten gut. Auch deine.«

Schweigend starrte ich auf das Ufer. Hier endete die Flucht der Wellen im Nichts, rauschend und gluckernd zerbrachen sie an den Steinen. Und mit ihm kleine Sonnenstrahlen, die in den Wellen funkelten. Wie die Abbilder unzähliger Sternschnuppen, die Hunderte stille Wünsche mit sich trugen und nun verschwanden.

»Komm mit.« Oma nahm mir den Koffer aus der Hand. »Geht die kleine Steigung zum Haus? Mit deinem verletzten Bein? Ja? Dein Gepäck bringen wir später nach oben. Hier klaut niemand was.«

Sie deutete auf die Terrasse. Eine Sitzgruppe lud dort zum Verweilen ein, direkt neben der dichten Rosenhecke, die ich so liebte. Die große, sechs Meter breite Fensterfront zum Lesesaal stand weit offen, der Geruch von Büchern, altem Papier und warmen Erinnerungen mischte sich mit dem der Rosen.

Hätte ich nicht die Nase in die Luft gereckt und geschnuppert, dann wäre mir die feine Nuance von Kaffeeduft gar nicht aufgefallen, die beinahe schüchtern hinter all den anderen Gerüchen zurücktrat. Ich ging näher. Topfblumen zierten den Tisch, die weiße Tischdecke mit den edlen Borten wehte im Sommerwind. Neben einer Kanne dampfendem Kaffee warteten bereits ein Marmorkuchen und eine Tarte. Himbeeren und weiße Schokolade, wenn ich mich nicht täuschte.

»Sag mal, kenn ich diese junge Frau?«, tönte eine tiefe, gut gelaunte Stimme aus dem Haus.

»Opa?«

»Das gibt's ja nicht!«

Ein braun gebranntes Gesicht lugte hinter einem Bücherregal hervor. Bei seinem breiten Lächeln gruben sich unzählige Falten in seine Wangen.

»Du bist da! Und ich dachte tatsächlich, deine Großmutter macht Scherze. Heute Morgen, als du am Telefon warst. Hast dem Piloten gezeigt, wo das Gaspedal ist?«

Ich musste grinsen.

»Flugzeuge haben kein Gaspedal«, tönte eine kräftige Frauenstimme aus dem Lesesaal, offenbar hinter einem anderen Regal.

Ich blickte irritiert nach drinnen, doch mir blieb keine Zeit, nachzusehen, denn da kam Opa bereits auf mich zu, die Arme weit ausgebreitet. Erst einen Schritt vor mir stutzte er und starrte auf die Mütze, die ich noch immer in der Hand hielt.

»Mädchen! Was willst du denn um Himmels willen mit der Mütze? Es hat dreißig Grad im Schatten! Wir sind hier nicht im kalten England, was?«

Grinsend fiel er mir um den Hals, schloss die Arme fest um meine Hüften und hob mich hoch. So schwungvoll und unerwartet, dass ich quiekte.

»Franz, jetzt pass doch auf!«, schimpfte Oma. »Du weißt doch nicht, ob sie ... na ja.«

Opa ließ mich vor Schreck fallen. Glücklicherweise landete

ich auf den Füßen. Trotzdem. Schmerz zuckte durch mein verletztes Bein, geradewegs bis zur Hüfte.

»Bist du …? Hab ich was kaputt gemacht?« Sein prüfender Blick scannte mich von oben bis unten. »Naaaahach, sieht gut aus. Alles noch dran, oder?«

»Franz!« Warnend hob Oma die Augenbrauen. »Jetzt sei mal ein bisschen sensibler. Denk doch mal, was sie alles durchgemacht hat.«

Opa hob beschwichtigend beide Hände.

»Ist ja alles gut«, schaltete ich mich ein und versuchte, mir den Schmerz in meinem rechten Bein nicht anmerken zu lassen. Durch das beschädigte Gelenk hatte ich noch immer mit Schmerzen zu kämpfen, die bei einem einfachen Bruch längst ausgestanden wären. Ich zwinkerte Opa zu. Es tat gut, dass er keine Sekunde mit meinem Unfall verschwendete. Oder darauf, mich wie ein rohes Ei zu behandeln. Für ein paar Augenblicke war ich einfach nur Emma, die mal wieder zu Besuch war. Wenngleich er solche Aktionen nicht oft bringen durfte, wenn mir mein Bein lieb war.

Grinsend fasste er nach meiner Hand und führte mich zum gedeckten Tisch. »Wir beide setzen uns jetzt erst mal in Ruhe hin und trinken Kaffee. Oma kann dir derweil von der Post einen Aufkleber holen. *Vorsicht, zerbrechlich.*«

Ich musste lachen.

»*Fragile! Handle with care.* So heißt das! So steht das immer drauf, oder?«, fragte er.

»Ja. Ganz genau so steht es drauf.« Ehe ich mich versah, hatte er mich an der Schulter herumgedreht und mich auf einen Gartenstuhl geschoben.

»Und vorsichtshalber auch noch einen, der markiert, wo oben und unten ist!«, rief er Oma zu.

Die lachte nur und setzte sich zu uns. Liebevoll strich sie über meine Schulter. »Kaffee oder Tee?«

»Tee, ich danke dir«, sagte ich. Ein kurzer, stechender Schmerz fuhr durch mein verletztes Bein, und ich lehnte mich für einen Moment zurück, um durchzuatmen.

So starrte ich auf den Chiemsee hinaus und konzentrierte mich auf die Wellen, die ans Ufer plätscherten, atmete mit dem Rhythmus gegen den Schmerz an.

»Und Kuchen!« Opa streckte sich quer über den Tisch, um den großen Stapel Teller zu erreichen. »Ich habe gebacken wie ein Wilder, weil deine Großmutter sagte, heute brauchen wir ein bisschen mehr davon.«

»Warte, ich mache das«, bot ich an. Energisch strich ich mit den Händen über meinen Oberschenkel, als könnte ich damit den Schmerz vertreiben, und nahm drei Teller vom Stapel.

Ein Lächeln kitzelte meine Mundwinkel. Dieser Stapel mit Geschirr stand jeden Morgen wieder auf dem Gartentisch, solange ich denken konnte. Und würde auch immer dort stehen. Es könnte ja jemand zu Besuch kommen, das war seit jeher Opas Philosophie. Egal, wer diese Terrasse betrat, ein Stuhl, eine Kaffeetasse und ein Kuchenteller sollten bereits auf ihn warten. Und Servietten natürlich!

Opa war bekannt dafür, die schönsten Exemplare aufzutreiben. Heute hatte er sich für ein zartes Puderrosa entschieden. Kleine goldene Herzen verteilten sich über die Serviette, und in handschriftlich wirkenden Lettern prangte in der Mitte: *Schön, dass du da bist.*

Als ich einen Teller vor Opa absetzte und ihm eine Serviette hinhielt, kreuzten sich unsere Blicke. Und ich lächelte. »Die Kuchen sehen übrigens fantastisch aus, Opa.«

Ein Räuspern ließ mich aufhorchen, beinahe ging es im Zwitschern der Vögel unter. Drinnen im Lesesaal, hinter der weit geöffneten Fensterfront, schien noch immer jemand nach einem Buch zu suchen. Irgendwo zwischen all den vielen Regalen glaubte ich, ein genervtes Schnalzen ausmachen zu können. Mit dem Kaffeetisch direkt an der Schwelle zwischen Garten und Lesesaal waren meine Großeltern nahe genug am Geschehen, um sich jederzeit um Besucher der Bibliothek kümmern zu können.

»Wo ist *Anna Karenina*?«, tönte es auch schon aus dem Lesesaal.

»Die hat zwei Wochen Mallorca gebucht. Soll liebe Grüße sagen«, rief Opa.

»Sehr witzig«, drang die energische Stimme wieder auf die Terrasse heraus.

»Wer ist das?«, flüsterte ich. Dass ich an diesem Ort eine Stimme nicht erkannte, war mir noch nie passiert.

»Anna Karenina?«, fragte Opa. »Das ist ein Roman von Lew Tolstoi.«

»Nein«, flüsterte ich und verdrehte in gespielter Verzweiflung die Augen. »Die Frau.«

»Frau Behr«, antwortete Opa.

»Sie wird gesiezt?« Überrascht ließ ich meine Kuchengabel sinken.

»Ja. Sie … mag das Du nicht so gern.«

Omas Miene war neutral. Aber ich fühlte trotzdem, dass da jemand war, der sich noch nicht so ganz in dem idyllischen Dorf eingelebt hatte. Unserem Dorf, das allen eine große Familie war.

»Also, was ist nun mit *Anna Karenina*?« Die Stimme klang ungeduldig.

»*Anna Karenina* ist leider gerade ausgeliehen«, rief Oma. »Aber *Krieg und Frieden* steht direkt neben dem Lesepult, drittes Regalfach von unten.«

Undeutliches Grummeln antwortete ihr. Das Schleifen des Tritthockers auf dem Boden verriet, dass die Dame sich offenbar an die entgegengesetzte Seite des Lesesaals begab.

»Marmor oder Himbeer-Weiße-Schokolade?«, fragte Opa schließlich.

»Ähm«, machte ich – und ehe ich mich versah, stand mein Teller wieder vor mir. Mit einem so riesigen Stück von jeder Sorte, dass der Marmorkuchen zu einem Drittel über den Rand hinausragte.

»Das schaffst du schon«, kommentierte Opa meinen belustigten Blick.

»Und ... setzt sie sich zu uns, diese Frau Behr?«, fragte ich.

»Selten.« Oma hob die Schultern, ihre Mundwinkel zuckten. »Na ja.«

»Scheint ... distanziert zu sein.« Ich nahm einen Schluck Tee.

»Sehr.« Opas Blick nach zu urteilen, sah er längst Hopfen und Malz verloren, Frau Behr noch irgendwann in die Dorfgemeinschaft einzugliedern. Doch versuchen würde er es. Notfalls bis zum Ende. Opa gab nie einfach so auf.

Oma räusperte sich. »Und ... wie sind deine Schmerzen, Emma? Ich meine, falls du drüber reden magst ...«

»Mir fehlt nichts, mir geht es prächtig.« *Hör auf, mich ständig daran zu erinnern.* Ich wandte mich meinem Kuchenteller zu, damit Oma nicht sah, wie ich schluckte. Fast andächtig stach ich ein Stück von der Tarte ab, um meine Gedanken abzulenken. Wie pflegte Opa immer zu sagen? Leinenhosen knittern edel – und Mürbteigböden krümeln edel.

Die Himbeerfüllung quoll tiefrot heraus, zartcremig beugte sich die weiße Schokoladencreme der Kuchengabel. Doch ich war nicht recht bei der Sache. »Mmmmh«, machte ich trotzdem, und Opa schmunzelte wissend.

»Das kann er.« Mit stolzem Lächeln tätschelte Oma seinen Arm.

»Aber hallo«, bekräftigte Opa nickend.

Aus seinen Augen funkelte der Schalk, und ich fragte mich wieder mal, wie er es schaffte, sich selbst großartig zu finden, ohne dabei überheblich zu erscheinen.

»Und?«, erkundigte ich mich schließlich. »Wie läuft es mit der Bibliothek?«

»Neulich war Oma in der Zeitung«, erzählte Opa stolz. »Wir sind die größte Privatbibliothek Bayerns.«

»Gratulation!«

»Na, schon wieder beim Kuchennaschen?«, schallte eine vertraute Männerstimme aus dem Lesesaal heraus auf die Terrasse. Hörte sich verdächtig nach Peter an. »Gibt's noch was für mich?«

Höchstens eine halbe Sekunde dauerte es, dann saß Opa aufrecht. »Was für eine Frage!« Die Teller klapperten, als er einen vom Stapel zog. »Marmor oder Himbeer-Weiße-Schokolade?«

»Wozu fragst du?« Ein Lächeln ließ die Stimme weicher klingen als zuvor. »Am Ende packst du ja doch alle zwei drauf!«

»Wo er recht hat, hat er recht.« Oma lachte, und Opa zuckte nur belustigt die Schultern.

Ich reckte den Hals, konnte aber niemanden ausmachen. Vermutlich steckte Peter ebenfalls hinter einem Regal.

»Bin gleich da! Die Lotte, die Anni und der Staudi kommen auch noch. Wollte nur kurz ... Brauche ein Buch für Lea.« Sein Seufzen verebbte zwischen den Regalen, die Bücher schienen es aufzusaugen. »In der Schule ... Die anderen Mädchen haben es schon alle gelesen ... Moment, hab's gleich!«

»Lass dir Zeit.« Opa neigte sich näher zu mir und senkte die Stimme ein wenig. »Das ist der Schmidt Peter, erinnerst du dich an ihn?«

Wie könnte ich Peter vergessen? Schließlich hatte er meine komplette Kindheit lang versucht, Oma und Opa zu überzeugen, dass Kuchen als Hauptmahlzeit durchging. Peter hatte sich dann einen Spaß daraus gemacht, an der Kaffeetafel Bingo zu rufen und theatralisch zu verkünden, er habe drei Vitamine in Opas Kuchen entdeckt. Gemeinsam mit mir philosophierte er dann, wie man Vitamine schnell genug auf eine Gabel aufspießt, bevor sie entkommen.

»Habt ihr es eigentlich mitbekommen?«, rief Peter gerade von irgendwo hinter den Büchern.

Ich kniff die Augen zusammen. Zwischen den Büchern und dem nächsten Regalbrett oberhalb war jeweils so viel Zwischenraum, dass ich Peters Umriss ein Stück nach rechts huschen sah.

»Die Lotte hat gesagt, bei der Wiese hinterm Marterl am See hat sich ein Geschichtenerzähler niedergelassen. Ein relativ junger Kerl, sehr sympathisch. Sitzt am Lagerfeuer und erzählt Geschichten.«

»Wir haben nichts mitbekommen, nein. Waren ja die letzten Tage nur unterwegs.« Opa verfrachtete zwei großzügige Stücke Kuchen auf einen frischen Teller. »Kennt man ihn? Ist es jemand von auswärts?«

»Keine Ahnung«, kam es von drinnen. »Der Meier Schorsch meinte, er kommt ihm bekannt vor. Aber er weiß nicht, woher.«

»Okay.« Opa nickte, was Peter natürlich nicht sehen konnte.

»Verrückte Sache übrigens«, rief der. »Es heißt, er kann den Menschen ins Herz schauen. Und dann erzählt er die Geschichte, die es heilt.«

Oma reckte den Hals ein wenig. Da war sie natürlich sofort hellwach, schließlich bedeuteten Bücher ihr die Welt. »Klingt spannend.«

»Funktioniert's?«, fragte Opa.

»Die Tochter vom Meier Schorsch hat sich eine Geschichte erzählen lassen.« Peter schien sich durch ein Regal am hinteren Ende des Lesesaals zu kramen. »Theresa hat geheult.«

»Dann war's wohl 'ne traurige Geschichte«, antwortete Opa belustigt.

»Tränen der Rührung!«, präzisierte Peter sofort. »Ich dachte mir, das wäre doch vielleicht was für Emma?«

»Peter«, klinkte Oma sich sofort ein, einen nervösen Blick zu mir. »Weißt du denn schon, dass ...«

»Im Ernst!«, schallte es wieder aus dem Lesesaal. »Könnte mir vorstellen, dass es mit einer so riesigen Narbe im Gesicht erst mal schwer ist, oder? Sich selbst gernzuhaben? Wenn sie kein geheiltes Herz brauchen kann, wer dann?«

Ich zuckte zusammen.

»Peter«, versuchte Oma es noch einmal. Hastig schob sie den Kuchenteller näher zu mir und schenkte mir Tee nach. Als könnte ich dann weniger hören.

Doch Peter plapperte munter weiter: »Der Staudi hat es mir erzählt. Ist echt übel. Geht die Narbe wirklich quer durchs Gesicht? Vorher war sie so ein hübsches Mädchen. Da, hier! Ist das nicht die *Vogue*, wo sie nur ein paar Stunden vor dem Unfall fotografiert wurde? Schaut euch das an. Eure Emma in der *Vogue*. Räumt die bloß weg, bevor sie in zwei Wochen hier ankommt.«

»Sie ist da!«, rief Opa laut.

»Ja, klar ist sie da. Hab sie schon gefunden, die *Vogue*. Mitten auf dem Lesepult. Stopft die mal lieber in irgendein Eck, sonst vergesst ihr das noch, wenn Emma nach Deutschland kommt. Habt ihr eigentlich …«

»Emma ist schon da.«

Opas tiefe Stimme übertönte ihn mühelos. Und ich wünschte, er hätte sich anstatt von Oma bereits am Anfang eingeklinkt.

»Emma … ist hier?« Peters Überforderung war ihm in der Stimme anzuhören. Blanke Panik lag in seinen Worten. »Jetzt?«

»Hi«, rief ich, doch es klang so leise, dass ich nicht einmal sicher war, ob meine Begrüßung überhaupt zu ihm durchdrang. Nervös räusperte ich mich. »Schön, dich mal wieder zu hören, Peter.«

»Emma!«

Offenbar stellte er Bücher zurück ins Regal. Eingeschüchtert starrte ich auf den Boden. Zählte rückwärts von zehn bis eins, kaute auf meiner Lippe herum. Alles gleichzeitig. Ich spürte Peters Blick, noch bevor er um die Ecke kam. Ahnte, dass es wehtun würde. Doch allein die Höflichkeit gebot, am Kaffeetisch sitzen zu bleiben.

Andererseits ist Höflichkeit etwas, das unwichtig wird, sobald man Dinge erlebt hat, die einem das Leben aus einem anderen Blickwinkel zeigen. Prioritäten verschieben sich gnadenlos, wenn man frontal mit dem Gegenverkehr zusammenstößt. Eingeklemmt in einem Auto auf Hilfe wartet. Sich nach ein paar Tagen Krankenhaus im Spiegel anschaut und das arme Mädchen grüßt, das so schrecklich aussieht. Bis man merkt: Das bin ich. Tja. Höflichkeit hin oder her. Nach alledem ertrug ich keine weiteren Blicke auf meinem Gesicht.

Peter hatte inzwischen die Klassiker der Belletristik von S wie Friedrich Schiller bis Z wie Stefan Zweig erreicht – und bog um die Ecke.

Krrrrrch. Der Gartenstuhl schabte unschön auf dem Steinboden, als ich fluchtartig die Terrasse verließ. »Sorry!«, rief ich über die Schulter und humpelte – so schnell mich mein lädiertes Bein trug – durch den Hintereingang die Stufen hinauf. »Ich muss mal kurz auf die Toilette!«

Nur schwach drang das Rufen meiner Großmutter an meine Ohren.

Nein, jetzt musste ich allein sein.

Kapitel 3

Meine Haare flogen im Wind, jedes Mal, wenn ich mich mit der Korbschaukel abstieß. Langsam wurde es dunkel. Der Chiemsee leuchtete. Seine glitzernden Wellen knitterten aus dieser Entfernung, als hätte man goldenes Geschenkpapier zerknüllt und wieder glatt gestrichen. So, als wäre er um ein Haar dem Mülleimer entkommen. Jeder kleine Knick warf ein paar Strahlen der untergehenden Sonne zu mir zurück.

Opa hatte die beiden Korbschaukeln vor einigen Jahren auf dem Freisitz montiert, sie mit Decken und Kissen ausgestattet und die Halterung mit einer Lichterkette umwickelt. Die Schaukel hatte mir immer dann als Rückzugsort gedient, wenn das Leben mir ein kleines bisschen zu nahe gekommen war. So wie heute. Meine Großeltern stellten keine Fragen. Wenn ich den Freisitz betrat, gehörte die Welt nur mir allein.

Opa hatte mir vor einer Stunde ein Tablett mit Eistee, Schwarzgeräuchertem und ein paar Scheiben Bauernbrot heraufgebracht und war mit wissendem Lächeln wieder ins Haus verschwunden. Dankbar hatte ich ihm eine Kusshand nachgeworfen. Manchmal brauchte es einfach eine deftige Brotzeit, Stille und den Blick auf den See, um den Kopf frei zu bekommen.

Mit jedem Schwung flog ich zum Himmel hinauf. Zu seinem endlosen Nachtblau und den Schäfchenwolken, die so fluffig und flauschig aussahen wie die Kuscheltiere meiner Kindheit, als ich von den Problemen dieser Welt noch nichts geahnt hatte. Über der Lichterkette wirkte der Abend noch dunkler, als er um diese Tageszeit ohnehin schon war.

Meine Haare peitschten mal nach hinten, mal nach vorn, kühl fegte mir der Wind ins Gesicht. Allmählich spürte ich, wie ein Lächeln den Weg zurück auf meine Lippen fand.

»Bist du sicher, dass die Schaukel das aushält?«, tönte von der Balkontür her eine Stimme, die mir verdächtig bekannt vorkam.

War das etwa …? Ich hatte zu viel Schwung, als dass ich die Gestalt im Halbdunkel hätte erkennen können. Ihr Gesicht sauste an mir vorbei. Kaum hatte ich den Kopf gedreht, flog ich auch schon wieder weiter. Es dauerte eine Weile, bis die Schaukel sich beruhigte.

»Biene!«, quietschte ich, als ich meine Freundin aus Kindertagen erkannte. Kurz musste ich mich an den Seilen festhalten. Der Schwindel wusste ganz genau, dass ich keine dreizehn mehr war. Ab einem gewissen Alter erwischt er uns alle.

»Lass dich drücken!«

Nur mit Mühe schälte ich mich aus der Kuscheldecke, in die ich mich gehüllt hatte, und ließ mich vorsichtig von der Schaukel gleiten. Schmerz durchzuckte mein Bein, als ich auftrat. Doch den kurzen Anflug von Ärger darüber wischte ich weg. Immerhin waren sie noch dran, meine Beine. Und so funktionstüchtig, dass ich Schmerz spüren konnte.

»Schön, dich zu sehen«, sagte ich.

Biene strahlte, doch sie drückte mich so vorsichtig, dass ich ihre Berührung kaum fühlte. Vermutlich spürte mein weites Oberteil mehr von ihrer Umarmung als ich.

Ich lachte, als ich ihre besorgte Stirnfalte bemerkte. »Keine Sorge, mein Oberkörper ist heil.«

»Ja?« Ihr Blick kreuzte sich mit meinem.

Ein Junikäfer flog die Lichterkette entlang, sein Summen klang unwirklich laut in der Stille.

»Ehrlich? Ich darf …?«

»Na klar, wenn du …«, setzte ich an, doch da fiel Biene mir auch schon übermütig um den Hals. Viel fehlte nicht, und sie würde Opas Kuchen aus mir herausquetschen wie Senf aus einer Senftube. »Gnnnnnhhh«, machte ich.

»Sorry. Ich wollte nicht …« Erschrocken ließ sie wieder locker.

»Alles gut.« Lachend winkte ich ab.

»Echt? Hab ich …?« Die Worte sprudelten so schnell aus ihrem Mund, dass ihre Zunge offensichtlich Mühe hatte, dem Tempo zu folgen. »Hab dir hoffentlich nicht wehgetan oder so?«

Bienes Turbomodus, wie wir ihn als Kinder immer liebevoll genannt hatten, kannte ich von Omas Lesenächten. Wie oft hatte Oma die Kinder des Dorfes zu einer Übernachtungsparty in die Bibliothek eingeladen. Mit Pyjama und Schlafsack hatten sich dann alle im großen Lesesaal versammelt und Omas Geschichten gelauscht. Je älter wir wurden, desto öfter hatte sie Biene, Johannes und mich als Aufpasser engagiert und gelegentlich sogar die schüchterne Biene genötigt, ein Kapitel vorzulesen. Aufgeregt, mit zitternden Händen und im Turbomodus – egal, wie oft Johannes und ich ihr versicherten, dass sie ihre Sache gut machte.

»Wirklich?«, fasste sie noch einmal nach.

»Alles gut«, beteuerte ich.

Etwas war anders. Unauffällig musterte ich sie. Ihre dunklen Augen strahlten, ihre beinahe schwarzen Haare trug sie locker hochgesteckt. Einzelne Strähnen hatten sich gelöst, eine davon hing ihr über das linke Auge. Hängeohrringe blitzten unter ihren Haaren hervor. Doch das war es nicht, was mich irritierte.

Püppchen, so hatten alle sie genannt, weil sie so ein zartes, zerbrechlich wirkendes Gesicht hatte – das sie schon seit Jahren stets mit einem feinen Lidschatten, Kajal und einer matten Grundierung perfektionierte. Um von ihren Pickelmalen abzulenken, wie sie immer sagte. Doch die leuchteten mir heute selbst im Halbdunkel deutlich aus ihrem gebräunten Gesicht entgegen.

»Du bist ungeschminkt«, platzte ich heraus.

Einen kurzen Moment lang guckte sie so, als wäre sie nicht ohne Make-up, sondern ohne Hose unterwegs.

»Ja. Ich wollte … Na ja, hatte keine Zeit mehr.« Sie blinzelte nervös. So, wie sie immer geblinzelt hatte, wenn wir meiner Oma versprochen hatten, keine Kekse mit in den Lesesaal zu nehmen. Biene konnte einfach nicht lügen.

»Steht dir«, sagte ich nur und grinste. Unter dem Kinn hatte sie einen schmalen Streifen Make-up vergessen. Offenbar hatte sie sich extra meinetwegen abgeschminkt. Damit ich mich nicht so einsam fühlte vielleicht. Mich rührte die Geste. »Du bist die Beste.«

»Ich … nein … Also …«

»Es ist so schön, dich wiederzusehen.« Nickend drückte ich ihre Hand. »Wie geht es dir denn? Was hab ich alles verpasst? Was gibt's Neues im Job? Und überhaupt?«

Biene setzte an, etwas zu sagen. Ihr Mund öffnete und schloss sich ein paar Mal, doch sie blieb stumm. Weit unter uns schwappten Wellen sanft ans Ufer, begleitet vom Rufen eines Käuzchens.

»Emma«, meinte sie schließlich in die Stille hinein. »Weißt du …«

»Ja?«

»Ich …« Unvermittelt schossen ihr Tränen in die Augen. »Es tut mir so leid, dass ich nach deinem Unfall nicht nach England gekommen bin.«

»Biene!« Bestürzt legte ich einen Arm um sie und fischte in meiner Hosentasche nach einem Taschentuch. Die Reflexion der Lichterketten glänzte in ihren Augen, schimmernd rann eine Träne über ihre Wange.

»Vermutlich hältst du mich für eine lausige Freundin.« Sie griff nach dem Taschentuch, das ich ihr entgegenhielt, und schnäuzte sich. »Krankenhaus, Reha … So viele Wochen, und ich hab es nicht geschafft.«

»Du warst beschäftigt«, tröstete ich sie. »Im Mai und Juni heiraten viele Leute.«

»Ein Angsthase, das war ich. Weiter nichts.«

»Angsthase?«, echote ich. Sanft schob ich sie auf eine der beiden Korbschaukeln, reichte ihr eine Decke und ließ mich auf die andere sinken. Mit einem auffordernden Nicken ermunterte ich sie, weiterzusprechen.

»Ich wollte für dich da sein, weißt du? Aber irgendwie … das hört sich jetzt blöd an … irgendwie wusste ich nicht, wie.«

Die Worte purzelten so schnell aus ihrem Mund, dass ich Mühe hatte, zu folgen. Ihr Gesicht glänzte nass im Schein der Lichterkette.

»Was sagt man jemandem, der …?« Sie sprach es nicht aus.

»Jemandem, der plötzlich hässlich ist?« Ich räusperte mich und wechselte in den Schneidersitz. Mit Mühe unterdrückte ich ein Keuchen, als sich der Schmerz wie ein Messer in mein verletztes Bein bohrte.

»Du bist nicht …«, setzte sie an, brach jedoch ab. Unsicher blickte sie zu Boden. »Ich hatte Angst, ich sage was Falsches.«

»Keine Sorge. Du kannst nichts Falsches sagen.« Wieder drückte ich ihre Hand. Irgendwie konnte ich verstehen, dass sie sich Gedanken machte. Gerade deshalb, weil von uns beiden immer ich die Stärkere gewesen war. Die, die nie wankte, während die sensible Biene von ihren Mitschülern einiges hatte einstecken müssen. Und plötzlich war es andersherum. »Das hat dich jetzt ganz schön mitgenommen, oder? Sollen wir einen Spaziergang machen, damit du auf andere Gedanken kommst?«

Biene lächelte, doch es war ein bitteres Lächeln. »Siehst du, was für eine beschissene Freundin ich bin? Jetzt lasse ich mich auch noch von dir trösten.«

»Trotz Unfall bin ich noch immer dieselbe«, sagte ich und zuckte belustigt die Schultern. »Nur weil ich jetzt wie eine Vogelscheuche aussehe, muss sich nicht die ganze Welt um mich drehen.« Muss sie nicht – und sollte sie nicht. Genau deshalb war ich hier am Chiemsee. Um endlich zu vergessen. Wie würde ich es hassen, wenn alle Leute für den Rest meines Lebens nichts anderes im Sinn hätten, als peinlichst darauf bedacht zu sein, mir nicht auf den Schlips zu treten. Doch so sprach ich es nicht aus.

»Ich hab dich schrecklich vermisst.« Sie drückte meine Hand noch ein wenig fester.

»Dann haben wir jetzt einiges nachzuholen«, sagte ich grinsend und nutzte den Augenblick, um sie mit Schwung von ihrer Korbschaukel zu ziehen. So unerwartet, dass sie quiekte. Aber sie landete auf den Füßen. »Los, lass uns zum See hinuntergehen und einfach so tun, als wäre ich nie weg gewesen. Als hätte ich den Unfall nie gehabt. Aufs Wasser gucken, nach Mücken schlagen, über Jungs quatschen …«

»Apropos Jungs …« Biene zwinkerte mir verschmitzt zu. »Hast du es schon gehört?«

»Was gehört?«

Sie packte meine Schultern, und für einen kleinen Moment blitzte die Unbeschwertheit vergangener Jahre in ihren Augen auf.

»Du hast es wirklich noch nicht mitbekommen?«

Amüsiert griff ich nach der Kuscheldecke. Momentan umspielte warmer Wind meine nackten Schultern, doch vielleicht würde mein weites Neckholdertop in ein, zwei Stunden den Temperaturen der Nacht nichts mehr entgegenzusetzen haben. »Nein. Raus mit der Sprache, was soll ich gehört haben?«

Biene nahm meine Hand und zog mich ins Haus, durch den Duft von geröstetem Kaffee die Stufen hinab und hinunter in Richtung See, wo sich bereits Dunkelheit über das Wasser legte.

»Wohin gehen wir?«

Biene lächelte. »Er ist hier. Deine Kindheitsliebe.«

»Johannes?«, fragte ich ungläubig. Die Kuscheldecke schlang ich mir locker über den Unterarm.

»Er wohnt in einem Bauwagen ein paar Hundert Meter weiter, direkt am See.« Sie strahlte mich an. »Eigentlich ist es eher ein richtig uriger alter Kasten aus Holz. Mit Blick aufs Wasser.«

Jetzt war ich doch sprachlos. Ich hatte Johannes ewig nicht gesehen.

Sie seufzte. »Schade, dass seine Eltern ihn damals ins Internat gesteckt haben. Wie alt war er da? Dreizehn?«

»Vierzehn.« Ich spürte meine Zunge schwer werden. Ein strenges Internat war es gewesen. Handys und Süßigkeiten waren dort verboten gewesen, sogar die Ferien hatte er dort verbringen müssen. »Es war furchtbar, ich habe ihn so schrecklich vermisst.«

Biene schien meine Stimmung nicht zu entgehen, sie griff nach meiner Hand. »Warum ist der Kontakt eigentlich abgebrochen?«

»Anfangs haben wir uns Briefe geschrieben. Seine waren meist recht kurz. Er hat da nicht viel erlebt, sein Tagesablauf war getaktet …« Ich zuckte die Schultern.

»Und irgendwann hattest du ein schlechtes Gewissen, von deinem unbeschwerten Leben zu erzählen …«, vollendete Biene den Gedanken, und ich nickte.

»Als er dann in einem Brief erwähnt hat, dass gelegentlich Post geöffnet würde, hat es keinen Spaß mehr gemacht«, gab ich zu. »Die Briefe sind weniger geworden, irgendwann ist der Kontakt eingeschlafen.«

»Das ist total traurig.«

»Seit so vielen Jahren habe ich mir gewünscht, ihn endlich einmal wiederzusehen.« Ich biss mir auf die Lippe.

»Aber …«, hakte Biene ein, »hat er nicht nach dem Abitur mehrmals versucht, dich zu erreichen? Er stand doch öfter mal bei deinen Großeltern auf der Matte, oder?«

»Ja«, sagte ich leise und spürte meinen Mund trocken werden. »Zu diesem Zeitpunkt war ich schon mit Tyler zusammen.«

»Ach, richtig.« Biene nickte.

So leicht, wie sie das sagte, hatte sie mit Sicherheit keine Ahnung, wie schwer es mir gefallen war, mich nicht bei

Johannes zu melden. Doch ich hatte mich zusammengerissen. Aus Rücksicht Tyler gegenüber. Aus Angst vor meinen eigenen Gefühlen.

In Bienes Augen funkelte es. »Freust du dich, dass er hier ist?«

»Ist sicher ganz witzig, ihn mal wiederzusehen.«

»Witzig?« Entrüstet blieb sie stehen. »Emma, ihr beiden seid von Kindertagen an füreinander bestimmt. Ihr wart so süß zusammen.«

»Biene!«

»Weißt du nicht mehr?« Ihre Augenbrauen hoben sich. »Wie er dich an deinem sechsten Geburtstag um Mitternacht abgeholt hat?«

Natürlich hatte ich es nicht vergessen. Der Mond hatte unser Geheimversteck im Schilf in sanftes, silbriges Licht getaucht. Für ein paar Stunden hatte es nur uns gegeben – obwohl die ganze Aktion mit einem Anpfiff am nächsten Morgen geendet hatte, als meine Großeltern bemerkten, dass wir die Nacht nicht im Bett verbracht hatten.

»Johannes hatte nur Augen für dich.«

Ja, hatte er. Ich weiß nicht mehr, wie viele Stunden wir damals in unserem Boot verbrachten. Mit Vorliebe zählte er meine Sommersprossen, kam immer zu einem anderen Ergebnis. Noch heute spüre ich das wankende Holz unter meinem Rücken, rieche Schilf und feuchtes Moos – und dann höre ich seine zarte, leise Jungenstimme, die sagt: *Emma, du bist das schönste Mädchen auf der ganzen weiten Welt.*

»Er wird begeistert sein, mein hübsches Gesicht mal wieder zu sehen.«

»So … hab ich das nicht gemeint.« Hilflos zog Biene ihre Schultern hoch.

»War nur ein Witz«, beruhigte ich sie. Ihr schien es ähnlich zu gehen wie Oma. Alle hatten erwartet, dass ich zart und zerbrechlich hier ankommen würde. Mit gebrochenem Willen und verweintem Gesicht. Doch um ehrlich zu sein, ich war leer geweint. Und mein Herz hart von all den Gefühlen, die in den Wochen nach dem Unfall auf mich eingeströmt waren. Ich wollte Abstand haben von all dem Mitleid. Vergessen. Auch wenn ich es selbst noch nicht richtig schaffte.

»Vielleicht tut es dir gut, dich an deine Kinderliebe zu erinnern«, meinte Biene und warf mir einen unsicheren Seitenblick zu.

Ich antwortete nicht. *Vielleicht tut es dir gut …* Wieder so ein Satz, den ich nicht mehr hören konnte. Der Sand knirschte unter unseren Schuhen, als wir unseren Weg fortsetzten.

»Habt ihr euch eigentlich mal geküsst?«

Ich schüttelte den Kopf.

»Nie?« Biene drehte sich abrupt zu mir. »Ihr wart doch unzertrennlich. Noch bis ihr dreizehn, vierzehn wart.«

»Darüber habe ich nie nachgedacht.« Nachdenklich nestelte ich an der Kuscheldecke herum. »Seine Nähe war einfach … normal.« Johannes' Körper war mir so vertraut gewesen wie mein eigener.

»Ich warne dich vor.« Bienes Augen blitzten. »Er ist verdammt sexy geworden.«

»So oft habe ich mir gewünscht, ihn wiederzusehen«, gab ich zu. »Und ausgerechnet jetzt …«

»Das wird gut«, sagte Biene mit Nachdruck. Doch an ihrer hohen Stimmlage, die fast ein wenig gequetscht wirkte, hörte ich mehr als deutlich, wie sehr sie selbst daran zweifelte.

Ich atmete tief durch. Ja, vermutlich würde ich Johannes in diesem Sommer begegnen. Aber das musste wahrlich nicht heute sein. »Lass mich raten, er ist Bibliothekar geworden«, wechselte ich das Thema.

»Fast.«

Amüsiert grinste ich sie an. »Wirklich? Wie nah war ich dran?«

»Wusste ich doch, dass du dich dafür interessierst.« Sie grinste zurück. »Johannes hat sein Psychologiestudium abgebrochen. Angeblich hat er seinen kompletten Bauwagen mit Büchern vollgestopft und zieht jetzt von Schule zu Schule. Die buchen ihn, damit er Kinder spielerisch ans Lesen heranführt. Lesen als Abenteuer.«

Lächelnd sah ich auf das dunkle Wasser hinaus. »Passt zu ihm.«

»Na ja, er …«, setzte Biene an, doch sie brach ab. Ihre Augenbrauen hoben sich, als sie mein fragendes Gesicht bemerkte. »Was ist los?«

»Hörst du das auch?« Ich lauschte. Leise Stimmen drangen durch die abendliche Stille, sanft flackerte der Schein eines Feuers zwischen den Stämmen hindurch. »Vielleicht grillt jemand auf der Lichtung?«

»Das ist Johannes.«

Ich streckte mich, um einen Blick zu erhaschen, doch eine Gruppe Fichten versperrte mir die Sicht. »Hinter den Bäumen ist sein Bauwagen?«

»Ja, die Leute sind unfassbar neugierig. Ein kleines Grüppchen findet sich immer. Zu allen Terminen, die er bekannt gegeben hat.«

»Termine … Was?« Verwirrt sah ich Biene an. »Und die Leute … Warum?«

»Er …« Sie suchte nach Worten. »Inzwischen ist er so was wie eine lebende Legende.«

»Johannes? Eine Legende?« Ich seufzte. »Lass mich raten, es hat was mit Büchern zu tun.«

»Die Leute sagen …«

»Ach!« Plötzlich erinnerte ich mich an Peters Worte. »Johannes? Als Geschichtenerzähler?«

Biene kam mir zuvor. »Er kann den Menschen ins Herz gucken.«

Hoffentlich zielte sie nicht auch noch darauf ab, mein Herz von Johannes' Geschichten heilen zu lassen. Momentan konnte ich mir wirklich Besseres vorstellen, als der Liebe aus Kindertagen nur deshalb zu begegnen, damit er eine Geschichte fand, die mich das hässliche Gesicht vergessen ließ, das mich jeden Morgen wieder aus dem Spiegel anguckte. »Klingt grandios«, brummte ich.

»Für manche hört sich das vielleicht esoterisch an. Aber es stimmt. Er spürt in das Herz der Menschen hinein. Und weiß, welche Geschichte es heilen kann.«

Hinter den Bäumen formierten sich einige Silhouetten, der Wind trug leises Stimmengewirr herüber. »Das klingt, als wäre es ein Erfolgsmodell.«

»Alle sind total berührt. Und Johannes opfert viel von seiner Freizeit. Eigentlich hat er gerade Urlaub.«

»Dann ist es ihm wohl sehr wichtig.« Ich warf mir die Kuscheldecke um die Schultern. Leichtes Frösteln zog über meine Haut, doch es kam weniger vom kühlen Luftzug, der über den nächtlichen See ans Ufer wehte, sondern vielmehr von der Vorstellung, hinter der nächsten Biegung auf eine Menschengruppe zu treffen. »Ich würde jetzt gern umkehren.«

Den Seitenblick, den Biene mir nun zuwarf, kannte ich zu gut.

»Theresa war vor ein paar Stunden bei ihm, sie war zu Tränen gerührt.«

»Hab ich schon mitbekommen«, sagte ich – und als ich Bienes Blick bemerkte, schob ich schnell hinter: »Das freut mich für sie.«

»Emma!« Biene blieb abrupt stehen und griff nach meiner Hand. Ihre sonst so zarte Stimme hatte einen energischen Ton angenommen. »Ich finde, wir sollten hingehen.«

Ich versuchte ein Lächeln. Nervös warf ich einen weiteren Blick durch die Bäume, hinter denen das Lagerfeuer loderte. Johannes' Bauwagen flackerte gelegentlich im Widerschein des Feuers auf. Irgendetwas in mir wollte Johannes wiedersehen, zumindest aus der Ferne. Jetzt. Sofort.

Andererseits hatte ich nun wirklich keine Lust auf so viele Menschen. »Wenn es dir wichtig ist, warte ich hier, bis du zurück bist«, sagte ich. »Bestimmt hat er eine tolle Geschichte für dich.«

Anstatt einer Antwort erntete ich ein tiefes Seufzen. Doch ich wusste genau, was sie damit sagen wollte.

»Nein«, sagte ich und schluckte.

»Komm schon.«

Energisch verschränkte sie die Arme vor der Brust. Doch so sicher schien sie sich ihrer Sache nicht zu sein, denn wieder kamen ihre Worte hektischer hervorgesprudelt: »Ich habe gelesen, Opfer von … also Verletzte, die … na ja, du weißt schon … Es soll gut sein, wenn diese Leute …«

»Leute wie ich«, sagte ich und räusperte mich, da sich meine Stimme belegt anhörte. »Was soll angeblich so gut sein für Leute wie mich?«

Biene sah ein wenig bedröppelt drein. »Rauszukommen. Unter Menschen und so.« Sie atmete tief durch.

Ich hätte ihr gern den Gefallen getan, doch der dumpfe Schmerz in meinem Bein und die Enge um meine Brust hielten mich fest. »Schon. Aber nicht heute.« Schließlich war ich weder geschminkt, noch hatte ich die Mütze bei mir, die ich seit dem Unfall tief ins Gesicht zu ziehen pflegte, wenn ich auf Passanten traf.

»Eine Geschichte von Johannes wird die Blicke wert sein.«

Ich zuckte nur die Achseln.

»Außerdem hab ich gelesen, dass ich dich im Notfall zu deinem Glück zwingen soll.«

»Spannend, was du alles gelesen hast.« Den Kommentar konnte ich mir nicht verkneifen. Und sofort tat es mir leid. Sie meinte es nur gut.

Ich warf einen langen Blick auf das Feuer, dessen Widerschein die Schatten der Bäume tanzen ließ. Menschengruppe hin oder her. Mit dem Gedanken an Johannes breitete sich eine wohlige Wärme in meinem Brustkorb aus, sein Bauwagen schien mich magisch anzuziehen. Und genau deshalb ergab ich mich meinem Schicksal, als Biene nun nach meiner Hand fasste. So klein und zart sie auch wirkte, sie zog mich mit einer Kraft zum Bauwagen hinüber, die mir einen Kloß in den Hals trieb. Zumindest würde mich die Dunkelheit davor bewahren, dass sich bereits aus der Ferne alle Blicke auf mich richteten.

Kapitel 4

Hübsch sah er aus, Johannes' Bauwagen. Das Holz schien im Schein des Lagerfeuers beinahe zu leuchten, das abgerundete Blechdach hatten Wind und Wetter dunkel verfärbt. Vielleicht sechs, sieben Leute standen in einigem Abstand davor und unterhielten sich.

»Komm mit.« Biene zog mich leise weiter nach vorn zum Bauwagen, der dicht am Wasser parkte. Schwärze umgab ihn, den See dahinter ahnte ich lediglich. Eine Wolke hatte sich vor den Mond geschoben. Hinter dem warmen Flackern des Lagerfeuers verschwanden die Wellen in der Dunkelheit der Nacht.

»Hübsch, oder?«, flüsterte ich, und Biene nickte.

Weiße, durchbrochene Gardinen verwehrten einen Blick durch die beiden Fenster ins Innere. Eine Holztreppe führte hinauf zur Eingangstür – und auf der dritten Stufe saß er. Johannes. Mit dem Rücken gegen die hölzerne Tür gelehnt und das Gesicht zum Lagerfeuer gewandt. Direkt vor der Treppe ein Klappstuhl. Noch war er leer.

»Wer geht als Nächstes?«, rief ein Herr und wandte sich suchend um. Ich kniff die Augen zusammen, um ihn im Schatten des Bauwagens besser erkennen zu können. War das etwa der Meier, der mir als Kind beigebracht hatte, mit dem Finger durch eine Kerzenflamme zu fassen? Der mir unter dem Tisch Gummibärchen zugeschoben hatte, wenn ich Opas Gulasch nicht hatte essen wollen? Falls ja, hatte er im letzten Jahr einiges an Gewicht zugelegt. Mit der Linken schob er sich den zerbeulten Hut in den Nacken, mit der Rechten wischte er sich den Schweiß von der Stirn.

»Leute ... Jetzt macht mal. Wer will?«, rief eine junge Frau von schräg rechts. Die Stimme kam mir vage bekannt vor, deshalb drehte ich mich nicht um. Stattdessen starrte ich auf den See, über dem sich der Mond gerade aus einer Wolkenschicht kämpfte. Ich hielt die Nase in den aufkommenden Wind und beobachtete die anderen.

Drei Teenager starrten skeptisch hinüber zum Stuhl, und der Staudinger Fritz, ein guter Freund von Opa, dessen Halbglatze inzwischen nur noch graue Haare umrahmten, rief: »Hab's nicht verstanden!«

Nur Johannes blickte mit halb geschlossenen Augen und einem leisen Lächeln auf den Lippen ins Feuer. Die Hektik der anderen schien ihm fremd. Lässig saß er da. In Jeans und einem etwas zu weiten Shirt, auf dem irgendein Logo prangte, das zu viele Waschgänge über die Jahre ausgeblichen hatten. Den Umrissen nach vermutlich der Name einer Band. Auf dem Kopf trug er ein Cap, das ihn für eine Geschichtenaktion wie diese eigentlich eine Spur zu cool wirken ließ.

Beinahe magisch heftete sich meine Aufmerksamkeit auf ihn – sosehr ich mich auch bemühte, ihn nicht anzustarren. Schließlich wusste ich seit ein paar Wochen, wie unangenehm allzu neugierige Blicke waren. Wer, wenn nicht ich. Dennoch konnte ich es nicht lassen, mit den Augen seine Konturen nachzufahren.

Vom früheren Johannes war kaum mehr etwas übrig. Viel größer war er nun, seine Schultern männlich – das einst liebliche Jungengesicht hatte markante Züge bekommen. Auf den schlecht rasierten Wangen lag ein Lächeln.

»Na los!«, zischte eine helle Stimme.

Zwischen den Teenagermädels wurde es unruhig. Jemand Kleines wurde am Arm nach vorn gezerrt, verhaltenes Kichern hallte über die dunkle Lichtung.

»Lass mich.«

»Stell dich nicht so an!«

Ein kräftiger Schubs – und ein junges Mädchen stolperte errötend in Richtung Johannes, der sofort aufsprang, um es aufzufangen. Auch ich hatte erschrocken einen Satz nach vorn gemacht.

»Alles okay?«, hörte ich Johannes fragen.

Im letzten Moment hatte er das Mädchen an den Achseln gepackt und zog es nun aufrecht. Sie mochte vielleicht zwölf oder dreizehn Jahre alt sein.

Sie versuchte ein cooles Grinsen, als er sie vorsichtig losließ, doch selbst von hier sah ich ihre Mundwinkel zittern.

»Passt schon.«

Johannes schwieg, in seinem Gesicht spiegelte sich weder Ärger noch Genervtheit. Doch der lange Blick, den er den Freundinnen zuwarf, die inzwischen beschämt nach vorn starrten, jagte sogar mir einen sanften Schauer über den Rücken. Seine Wirkung verfehlte er nicht, denn die beiden traten den Rückzug an. Im Schatten einer großen Erle, weit weg vom Bauwagen, ließen sie sich nieder, um zu warten.

Die Kleine tat mir leid. Ich sah sie mit den Tränen kämpfen, als sie auf dem Klappstuhl Platz nahm und ihre Umhängetasche über die Lehne hängte.

Johannes ließ sich wieder gegenüber auf den hölzernen Stufen nieder. »Wie heißt du denn?«

»Luisa.«

»Ist wirklich alles okay, Luisa?«, fragte er leise.

Sie nickte so hektisch, dass ihr die glatten dunklen Haare ins Gesicht flogen. Ihren Mund presste sie zu einem Strich zusammen.

Johannes schien zu fühlen, wie sehr sie mit den Tränen kämpfte. »Magst du deine Geschichte hören? Oder sollen wir uns einfach ein wenig unterhalten? Die beiden sind weit genug weg, sie bekommen nichts mit.«

»Ich würde sie gerne hören.«

»Allein? Wir können in den Bauwagen gehen, dann hast du ein bisschen mehr Privatsphäre. Die Geschichten sind doch sehr persönlich. Oder …« Johannes wies in die Runde. »Wenn du hier sitzen bleiben möchtest … Draußen hören ein paar Leute mit. Ich überlasse die Entscheidung jedem Einzelnen.«

»Draußen ist okay.« Eisblau und zurückhaltend schauten ihre Augen unter dichten Wimpern hervor. Und dann konnte sie nicht länger verbergen, wie sich ihre Brust unter ihrem aufgeregten Atem hob und senkte. »Ich bin ein bisschen aufgeregt.«

Ihre Stimme war nur der Hauch eines Flüsterns, dennoch hörte ich sie klar und deutlich. Der Wind am See trug so manches Geheimnis mit sich. Für sich behielt er meistens nichts.

Johannes nickte, lächelnd drückte er ihre Hand. »Nimm dir erst mal Zeit.«

Mein Blick blieb an seinen Augen hängen. Tiefbraun waren sie, warm und freundlich. Genau so, wie ich sie von damals in Erinnerung hatte. Einige endlose Momente lang sagte er nichts, lehnte sich an die hölzerne Eingangstür seines Bauwagens und betrachtete Luisa, die unter seinem Blick errötete. Nur das Plätschern des Wassers füllte die Stille.

»Er kann den Menschen in die Seele gucken«, flüsterte jemand.

»So ein Quatsch«, gab eine Frauenstimme zurück.

Johannes schien sich keinen Millimeter bewegt zu haben. Sein Blick ruhte auf Luisa, ein kaum erkennbares Lächeln umspielte seine Mundwinkel.

»Braucht der bei jedem so lange?«, flüsterte eine Frau dicht neben mir. Ich glaubte, die Stimme aus der Bibliothek zu erkennen. War das etwa Frau Behr?

Unauffällig scannte ich ihr Gesicht. Blondierte Haare, perfekt geföhnt wie bei einer Puppe, bräunlicher Lippenstift, und um ihren Hals baumelte eine ganze Menge Schmuck. So als hätte sie all ihre Ketten vorsichtshalber bei sich, damit sie zu Hause nicht gestohlen wurden.

Nein, diese Dame hatte ich noch nie gesehen. Und das passierte nicht oft auf dem Land. Schließlich war die Dorfgemeinschaft hier am Chiemsee so etwas wie eine Familie. Man kannte sich seit Jahren. Hielt zusammen, egal, was passierte.

Mit dünnen, flinken Fingern schob die Dame einen ihrer Ärmel zurück, hinter dem für eine Sekunde das Ziffernblatt ihrer Armbanduhr aufblitzte.

Luisa saß inzwischen ein wenig ruhiger auf dem Klappstuhl, ihr Atem war langsamer geworden und die Röte aus ihren Wangen verschwunden.

Johannes beugte sich ein Stückchen vor. »Besser?«, fragte er lächelnd.

Sie nickte. »Ja.«

Ihr Mundwinkel zuckte in einem halb coolen, halb unsicheren Grinsen. Ein neuer Versuch offenbar, ihre Fassade aufrechtzuerhalten. Doch das Grinsen verschwand so schnell, wie es gekommen war.

»Hat wer was gesagt?«, rief Opas Freund Fritz. Seine Halbglatze glänzte im Widerschein des Feuers. Umständlich zog er sich sein Hörgerät vom Ohr und schraubte daran herum.

»Es war einmal ein gutes Mädchen«, begann Johannes.

Alle hielten den Atem an. Augenblicklich war es ganz still, nur das Feuer knackte gelegentlich im Wind.

»Es war einmal ein gutes Mädchen. Und in ihrem Inneren war es bunt. Eines Tages rief das Mädchen alle zu sich, die in seinem Herzen wohnten. Den fröhlichen Delfin und den stets zornigen Löwen. Den Pfau, der ständig weinte. Das ängstliche kleine Eichhörnchen und den Maulwurf, der sich immer und für alles schämte. All die Tiere, die ihr Herz so bunt machten, waren über die Jahre hinweg ihre engsten Freunde geworden.«

Seine Stimme war so warm und ruhig wie seine Augen. Er schien die Menschen um ihn herum auszublenden und nur Luisa anzusehen, die gespannt an seinen Lippen hing.

»Und sie dankte ihnen für die gute Teamarbeit, schließlich hatte sie bislang ein schönes Leben gehabt. Und so wandte sie sich an den zornigen Löwen und sagte: *Ich weiß dich zu schätzen, du bist mir ein guter Freund – und ein Teil von mir. Doch du wirfst ab und zu mit bösen Blicken um dich, machst bissige Kommentare. Erst neulich hat jemand einen von deinen Blicken aufgefangen und mit nach Hause genommen. Und einer deiner Kommentare hat einige Passanten gebissen, ohne dass du es wolltest. Wenn jemand ein böses Wort verliert, hebst du es auf und wirfst es ihm an den Kopf. Das ist nicht witzig, Löwe! Weißt du, was das für unseren Ruf bedeutet? Ich will ein guter Mensch sein. Deshalb werde ich dich ganz tief in meinem Herzen einschließen, wo dich niemand sieht.*«

»Ist das etwa Emma?«, hörte ich jemanden flüstern.

Ich zuckte zusammen, als ich einen Blick auf meiner Narbe spürte. Schräg rechts lehnten zwei junge Frauen an einem dicken Baumstamm, ein Finger zeigte unauffällig in meine Richtung. Nervös schüttelte ich mir die Haare so weit wie möglich ins Gesicht.

Offenbar nicht weit genug. Denn schon weiteten sich die Augen des zweiten Mädchens, den Blick hielt es mit ehrlichem Entsetzen auf mich gerichtet.

Johannes' tiefe, dunkle Stimme drang nur noch wie von fern an mein Ohr.

»Um Gottes willen«, hörte ich die zwei tuscheln.

»Psssst!«, machte Biene energisch. Sie warf ihnen – beinahe wie der Löwe in Johannes' Geschichte – einen bitterbösen Blick zu, der notfalls als Ersatz für ein Laserschwert durchgehen könnte, und fasste beruhigend nach meiner Schulter.

Ein fieses Gefühl explodierte in meiner Magengrube.

Unwillkürlich flogen meine Hände an meine Wangen. Versuchten, so viel Haut zu verbergen wie möglich. Meine Fingerkuppen spürten Furchen und Hubbel, raue, unregelmäßige Schrunden. Auch hinter mir tuschelte jemand. Unruhig trippelte ich auf der Stelle.

Am liebsten wäre ich weggelaufen, weit, weit weg. Als könnte ich so vor diesen Blicken fliehen, die ich beinahe physisch auf meiner Haut spürte. Die mich ohne Erlaubnis betatschten.

Ich zwang mich, Johannes anzusehen, der noch immer mit Luisa sprach, als sei sie der einzige Mensch auf der ganzen Welt. Doch ich konnte mich kaum mehr konzentrieren. Seine Stimme verlor sich im Wind, während ich gegen aufsteigende

Tränen ankämpfte und angestrengt versuchte, seinen Worten zu folgen.

»Der zornige Löwe blieb so tief in ihrem Herzen eingeschlossen, dass niemand sein Brüllen hörte«, sagte Johannes gerade. »Niemand außer den Tieren bekam ihn je zu Gesicht. Doch der traurige Pfau, der immer öfter seine Aufgaben übernahm, berichtete ihm alles, was mit dem Mädchen geschah. Durch die dicken Stahlstäbe seines Gefängnisses fütterte ihm der Pfau jedes böse Wort, das jemand sagte, jede Ungerechtigkeit. Und der Löwe, der sich im hintersten Winkel des Herzens versteckte, wurde immer größer und größer.« Johannes musterte Luisa, als zöge er aus ihrer Miene den Treibstoff für seine Geschichte.

»Der fröhliche Delfin, der traurige Pfau, der beschämte Maulwurf und das ängstliche Eichhörnchen – sie alle gaben ihr Bestes, ihren treuen Freund, den Löwen, zu ersetzen. Warf jemand mit bösen Blicken, so warf der traurige Pfau ein paar Tränen zurück, doch niemand schien die Tropfen zu bemerken. Lästerte jemand über die Kleidung des Mädchens, war es der beschämte Maulwurf, der sie in das hinterste Eck des Kleiderschrankes räumte. Zeigte jemand mit dem Finger auf es und machte sich lustig, war es das Eichhörnchen, das schnell durch die Gänge huschte, um Augenlider und Ohren zu schließen. Doch es war anstrengend.« Johannes beugte sich vor, ein unauffälliger Blick streifte Luisas Freundinnen, die noch immer unter der Erle warteten.

»Sobald die Menschen herausfanden, dass der Löwe eingesperrt war, verloren sie allen Respekt. Sie wurden immer dreister, und die Tiere wurden immer schwächer. Eines Tages, alle Tiere waren gerade erschöpft eingeschlafen, sprach jemand das Mädchen an. Und da passierte es.«

Luisa nagte angespannt an ihrer Unterlippe.

»Der zornige Löwe, der sich so lange Zeit untätig ausgeruht hatte und der von den Berichten des Pfaus zu riesiger Größe angeschwollen war, brach aus ihr hervor und walzte alles nieder, was sich ihm in den Weg stellte. Er hinterließ verbrannte Erde, Blut und Wunden. Menschen und Tiere flohen vor ihm, Scherben lagen herum. Die Scherben einer Freundschaft, die sich nur notdürftig würden zusammenkleben lassen.«

Luisa starrte ihn an, doch er nickte ihr freundlich zu. Wärme strahlte aus seinen Augen.

»Das ängstliche Eichhörnchen war als Erstes wach, und das Mädchen fürchtete sich sehr vor seinem guten Freund, dem Löwen. Sie bat ihre Tiere, alle Kraft zusammenzunehmen, um den Löwen erneut im hintersten Winkel ihres Herzens einzuschließen. Sie fühlte, dass ihre Eltern, ihre Lehrerinnen und Lehrer recht behalten hatten. Immer wieder hatten sie ihr eingeschärft, dass es Tiere in ihrem Herzen gebe, die es nicht wert waren, gleichberechtigt zwischen den anderen zu existieren. *Sperrt den Löwen ein*, bat das Mädchen. *Repariert sein Gefängnis, schließt es mit allen Schlössern zu, die ihr finden könnt.* Doch der traurige Pfau trat vor sie hin, mit Tränen in den Augen. Mit der längsten und schönsten Feder wischte er sich die Tränen aus dem schillernden Gesicht und sagte: *Wir sind überarbeitet. Es gibt Konflikte, die nur der Löwe mit seiner Wut und Stärke lösen kann. Jeder von uns ist unersetzbar.*

Nein, sprach das Mädchen. *Der Löwe soll mein Herz nie wieder verlassen.*«

Johannes schwieg einen Moment, bevor er fortfuhr: »Tage vergingen, und das Mädchen fühlte sich besser. Sie wirkte stärker. Oftmals reichte ein kleiner, ernster Blick, und die

Menschen zeigten ihr Respekt. Neugierig spähte sie in ihr Herz hinein, gerade rechtzeitig, um den traurigen Pfau zu sehen, der den Löwen leise in seinen Käfig zurückschob und die Schlösser versperrte. *Hast du ihn etwa rausgelassen?! Wie kannst du!*, schalt das Mädchen den Pfau, doch der verteidigte seinen lieben Freund. *Der Löwe kann sich Respekt verschaffen*, sprach der Pfau. *Wenn er seinen Einsatz nicht verpasst und früh genug in Erscheinung tritt, macht er seine Aufgabe gut.* Das Mädchen erkannte, dass der Pfau recht hatte. Und so kam es, dass der Löwe wieder frei mit den anderen Tieren in ihrem Herzen leben durfte. Wo er nun gleichberechtigt mit ihnen dafür sorgte, dass es dem Mädchen gut ging.«

Seine Worte schienen in Luisa nachzuhallen. Unbemerkt rann eine Träne über ihr Gesicht. Sie rührte sich nicht vom Fleck, ihr Blick hielt sich fest an dem von Johannes.

Der griff nach einem ausgedehnten Moment der Stille nach ihrer Hand und drückte sie sanft. »Geht es dir gut, Luisa?«

»Jaja«, flüsterte sie hastig und tastete hinter sich nach ihrer Umhängetasche.

Ihre Lippen wurden schmal, als sie die Tasche von der Lehne zog.

Johannes sah sie an, beruhigend und aufmunternd. »Keine Eile. Nimm dir die Zeit, die du brauchst.«

Luisa nickte. Ein nervöser Seitenblick streifte ihre Freundinnen.

»Kann ich was tun?«, fragte Johannes leise. »Möchtest du Hilfe mit den beiden?«

»Ich krieg das hin.«

Energisch stemmte sie sich hoch und lief über die Lichtung. Natürlich nicht, ohne rechtzeitig ein cooles Gesicht aufzusetzen. Eine Fassade, die zugegebenermaßen ein wenig bröckelte. Ein letzter Blick zurück in Johannes' Richtung, ein heimliches, seliges Lächeln – dann folgte sie den nun kleinlauten Mädchen in die Nacht.

Bienes Ellenbogen drückte sich in meine Rippen, begleitet von einem aufmunternden Nicken. »Los!«, flüsterte sie. »Und jetzt du!«

Anstatt einer Antwort schüttelte ich nur den Kopf und zog sie entschlossen mit mir in Richtung Heimweg. Sie protestierte nicht einmal. Für heute hatte ich genug Menschen um mich gehabt.

Schweigend liefen wir nach Hause zurück. Vielleicht ahnte Biene, dass jede Begegnung für mich eine Kraftanstrengung bedeutete. Je weniger ich eine Situation kontrollieren konnte, desto schlimmer. Mit der Anzahl der Menschen stieg auch mein Stresspegel. Ich freute mich nun sehr auf das Queensize-Bett, das im Gästezimmer auf mich wartete.

Glücklicherweise verstand Biene, dass ich meine Ruhe brauchte. Eine letzte Umarmung, das Versprechen, ganz bald etwas gemeinsam zu unternehmen, dann stieg ich erschöpft die Wendeltreppe zu meinem Zimmer hinauf. Leise natürlich, um Oma und Opa nicht zu wecken, die offenbar schon schliefen.

Im Halbdunkel tastete ich mich vor. Das Mondlicht warf die Schatten der Bücherregale auf den Fußboden. Jede Stufe knarrte unter meinen Schritten, und das Ticken der alten Wanduhr schallte beinahe unwirklich laut durch das vertraute Haus.

Oben angekommen, schickte ich ein paar SMS an meine Eltern und meine englischen Freunde. Als ich dann mit geputzten Zähnen und im Nachthemd in die Kissen sank, die so vertraut rochen – nach Heimat und Glück und Kindheit –, hielt ich einen Moment inne.

Mein Blick schweifte hinauf zu den Sternen. Schon als Kind hatte ich es geliebt, mich in die Kissen zu kuscheln und Abend für Abend durch das Dachfenster hinauf in den Himmel zu schauen. Wenn ich Glück hatte, flitzte die eine oder andere Sternschnuppe vorbei. Jeder einzelnen hatte ich einen Wunsch mitgegeben.

Mit den Jahren hatten sich meine Wünsche verändert. Mal sollte Johannes noch ein paar Nächte bleiben dürfen, dann hoffte ich darauf, zum Schulball gehen zu können. Ich wünschte mir einen Schminkkoffer, ein schönes Kleid, den lang ersehnten Erfolg beim Modeln.

Luxusprobleme, wie mir inzwischen klar war. Umso wichtiger, dass ich heute Nacht eine neue Sternschnuppe losschickte. Und mit ihr den einen Wunsch, der sich nie erfüllen würde.

Seufzend wälzte ich mich auf die Seite. Jetzt übermannte sie mich doch, die Traurigkeit. Eigentlich sollte ich mit Tyler hier liegen. So, wie wir uns in den vergangenen Jahren jede Nacht aneinandergekuschelt hatten, bis der Schlaf uns in die Welt der Träume begleitete. Tyler ein wenig früher als mich, denn seit er sich mit seiner Kfz-Werkstatt selbstständig gemacht hatte, kam er meist schon müde nach Hause. Für ein wenig Kuscheln jedoch blieb immer Zeit.

Tyler würde mich fest an sich ziehen, damit ich seinen Atem in meinem Nacken spürte, die zärtliche Hand auf meinem Bauch und die Wärme seines Körpers auf meinem. *Emma*, hätte er dann gesagt und mich zu sich herumgedreht. *Ich liebe dich.* Dann hätte er mir einen Kuss auf die Lippen gehaucht und mich noch einmal so angesehen. Mit all der

Wärme und Zärtlichkeit, die nur ein Liebender aus seinem Innersten hervorzaubern kann, und mit der Leichtigkeit von hundert Luftballons, die das Herz in höchste Höhen schweben lassen.

Nach dem Unfall hatte sich dieser Blick verändert. Er war schwerer geworden. So schwer, dass auch Tausende Luftballons den Fall nach unten nicht hätten aufhalten können. War es sein Mitleid gewesen, das so stark auf mein Herz drückte? Oder fand Tyler mich einfach nur abstoßend? Weder das eine noch das andere hätte ich länger aushalten können – und hatte die Beziehung beendet, bevor Tyler es hätte tun können. Er ging. Mit einer erschreckenden Portion Erleichterung in den Augen.

Wieder wälzte ich mich herum, starrte hinauf in den Sternenhimmel. Eine Träne suchte sich ihren Weg über mein erhitztes Gesicht. Der Nachtwind drang inzwischen ein wenig kühler durch das geöffnete Fenster. Sanft schien er mir die Tränen von meinen Wangen zu pusten.

Beinahe konnte ich Omas tröstende Stimme in meinem Kopf hören. *Am Chiemsee werden alle Lebensgeschichten gut. Auch deine.* Ja, sicherlich. Es klang wie ein Satz aus einem der vielen Bücher, die Oma las. Aber die Realität war etwas völlig anderes. Vier Wochen würde ich hier bei meinen Großeltern verbringen. Abstand gewinnen. Mir vorspielen, ich hätte nie einen Unfall gehabt. Doch am Ende würde ich über den Stellenanzeigen sitzen und diejenigen einkreisen, für die ich nicht unter Leute gehen musste.

Kapitel 5

Ein Uhr nachts. So lange hatte ich mich gestern in Omas weiche Kissen gekuschelt und durch die Scheibe hinauf in den Nachthimmel gestarrt. Vergeblich. Sterne hatte ich unzählige entdeckt, Sternschnuppen keine einzige. Umso erstaunlicher, dass ich am Morgen mit dem Krähen des Hahns so frisch und munter erwacht war wie lange nicht mehr. Das Haus meiner Großeltern am Chiemsee küsste jedes Jahr verborgene Kräfte in mir wach.

Zaghaft klopfte ich an die Zimmertür des Lesesaals und streckte den Kopf durch den Türspalt. Ein Windzug pfiff mir entgegen, ließ meine Haare tanzen und pustete mir ein Lächeln aufs Gesicht. Die Fensterfront zum Garten stand weit offen, der Duft von Rosenblüten wehte herein.

Bücher stapelten sich in endlosen Regalen bis zur Decke. Die Morgensonne, die zart und verschlafen hinter den Bergen hervorblinzelte, tauchte sie in unscheinbares Licht. Einige Ecken des Lesesaals lagen noch im Halbdunkel, andere leuchteten verheißungsvoll.

Bei den obersten Büchern, die in ein paar Metern Höhe auf die nächsten Leserhände warteten, konnte ich einen Titel nicht mal erahnen. Je mehr Schrift und Buchrücken zu Farbmischungen verschwammen, umso mehr drängte mich der Gedanke, mir eine Leiter zu schnappen, hinaufzuklettern und das Geheimnis dieser Bücher zu lüften.

Ich schlüpfte in den Lesesaal, dann knallte der Luftzug die Tür zu. Scheppernd fiel das kleine Holzherz zu Boden, das sonst an einem Nagel baumelnd die Tür zierte.

»Emma? Bist du das?«, kam Omas Stimme irgendwo von schräg oben hinter mir.

»Sorry«, rief ich kleinlaut, bückte mich nach dem Herz und drehte mich um. Gerade kletterte Oma an der Rückwand des Lesesaals auf einer Leiter herum, hoch über meinem Kopf, und fischte ein Buch vom Regal. Beinahe liebevoll wischte sie den Staub von der Schnittkante. »Oje. Hoffentlich hab ich euch nicht erschreckt.«

»I wo!«, tönte es da von Opa. Er eilte gerade mit einer Obstschale in Richtung Terrasse und zwinkerte mir zu. »Hereinspaziert! Wir dachten, du schläfst heute mal aus. Gib mir noch ein paar Minuten, dann ist das Frühstück fertig!«

Ich hängte das Herz zurück an seinen Platz und folgte ihm durch die weit geöffnete Fensterfront hinaus ins Freie. »Lass mich dir helfen«, sagte ich und angelte ein paar Teller vom großen Stapel, der wie immer am hintersten Eck des Terrassentisches bereitstand. Einen nach dem anderen setzte ich auf dem Tisch ab. »Was kann ich noch tun?«

»Du kannst es dir in einem Gartenstuhl gemütlich machen und auf den Chiemsee rausgucken. Leg die Füße hoch, Kleines.« Lächelnd klopfte er mir auf die Schulter. »Oma und ich wollen dich verwöhnen, weißt du?«

»Ich kann wirklich mit anpacken«, sagte ich und griff nach einem Stapel Servietten. Ein bisschen Normalität, das war es, was ich brauchte. Doch bevor ich mich wehren konnte, schob er mich bereits an den Schultern herum und drückte mich auf einen Gartenstuhl. Nicht besonders zimperlich, das war ich bei Opa ja gewöhnt.

Ein Schmerz zuckte durch mein rechtes Bein, aber als er den Stuhl laut ratternd an die Tischkante schob, war der Spuk schon wieder vorbei.

»Hast du gut geschlafen?«

»Himmlisch.« Seufzend lehnte ich mich zurück. Jeder Widerstand gegen Opa war zwecklos. »Wie immer hier.«

»Guten Morgen, meine Liebe.«

Omas Schritte kamen näher. Obwohl sie einen großen Stapel Bücher balancierte, wuschelte sie mir mit der freien Hand von hinten durchs Haar. »Du hast bestimmt Hunger! Darfst du alles essen? Oder müssen wir irgendwas umstellen wegen …?«

»Nein, alles gut.« Ich nagte an meiner Unterlippe. Das mit dem Vergessen lief ja grandios.

Oma nickte erleichtert. »Bald gibt es Frühstück. Muss nur schnell die Hühner versorgen und anschließend die Bestellungen ausfahren. Und die Bücher natürlich.«

»Das kann ich doch machen«, bot ich an. Schon als kleines Mädchen hatte es mir Freude gemacht, Oma durchs Dorf zu begleiten, wenn sie Eier, Milch und Semmeln verteilte. Anfangs nur dienstags und donnerstags, im Wechsel mit der Milchbäuerin Lotte und dem Bäcker Peter. Später fing sie an, fast täglich auch Bücher in die Briefkästen zu stecken.

Wie hatte ich diese Rundgänge geliebt. Wenn der Bollerwagen über den unebenen Boden hüpfte und die Milchflaschen bei jeder Kuhle klirrten. Ich erinnerte mich an das Quietschen der spielenden Kinder, die uns entgegenstürmten, um zu sehen, welches Buch Oma ihnen diesmal ausgesucht hatte. Ältere Leute, die dankbar lächelten. Ein netter Plausch, ein freundliches Winken aus dem geöffneten Fenster.

Durchs Dorf zu ziehen hatte mir schon immer das Gefühl gegeben, hier zu Hause zu sein. Und es würde mir zumindest für eine Stunde die unbeschwerte Kindheit zurückbringen.

»Ach.« Sie winkte ab. »Du … Das ist sehr anstrengend, Kleines.«

»Ich will die hintersten Ecken des Dorfes mal wieder sehen«, schob ich schnell hinterher. *Und Johannes*, flüsterte eine Stimme in meinem Kopf. Etwas in mir hoffte, ihn zu treffen. Und etwas in mir traute sich nicht.

»Du solltest doch erst mal wieder zu Kräften kommen …«

»Das entscheide ich schon selbst.« Und bevor sie widersprechen konnte, sprang ich auf. Auch wenn ich insgeheim hoffte, dass es die meisten Leute bei einem Winken aus dem Fenster belassen würden, freute ich mich tatsächlich auf den kleinen Rundgang.

»Na dann.« Schmunzelnd lud Oma mir den riesigen Bücherstapel auf die Arme. Natürlich nicht, ohne nervös zu warten, ob ich mich mit all dem Gewicht auch wirklich auf den Beinen halten konnte. »Der Bollerwagen steht schon unten am Weg. Der Schmidt Peter hat vorhin die frischen Semmeln vorbeigebracht, Lotte die Milch – kannst du … Bist du dir sicher, dass das nicht zu viel ist?«

»Alles gut.«

»Ich meine ja nur … Du bist momentan einfach ein bisschen … zerbrechlicher.«

»Alles gut!«, wiederholte ich lauter als geplant. »Wer hat was bestellt?«

»Der Zettel steckt zwischen meinen Eierkartons. Allerdings sind da keine Adressen drauf. Hast du das noch im Kopf? Von früher?«

»Das finde ich schon.«

»Danke dir.« Oma klopfte mir so sanft auf die Schulter, dass ich ihre Berührung kaum spürte.

»Genieß den Weg«, rief Opa. Mit einem belustigten Blick auf Oma schob er noch ein »Nicht sterben, ja?« hinterher, dann stapfte ich mit all den Büchern durch die Wiese hinunter zum Ufer. Vorbei an den Hühnern, Opas Gemüsebeet und seinem Rasenmäher. Als der Stapel gefährlich schwankte, legte ich das Kinn vorsichtig auf dem obersten Buch ab, um ein wenig mehr Halt zu haben. Zumindest brachte ich alles heil am Bollerwagen an.

Draußen auf dem See hing der Schleier eines verschlafenen Morgens, am Fuß der Berge ballte die feuchte Luft sich zu dichten weißen Schwaden. Der frühe Morgen am Chiemsee barg Stunden der Verheißung. Noch hüllte sich der See in Morgentau, noch war die Luft trüb von der Feuchtigkeit der Nacht. Doch schon bald würde sich dort, wo die Sonne das Wasser küsste, der Nebel lichten. Leuchtend klares Blau würde er hinterlassen und die Bühne frei machen für das, was der neue Tag zu bieten hatte. Hoffentlich zur Abwechslung etwas Gutes.

Glücklicherweise war es früh genug, sodass ich niemanden antraf. Durch die gekippten Badfenster drang das Rauschen der Dusche, gelegentlich auch das Geräusch der Klospülung, doch niemand bemerkte das feine Klirren der Milchflaschen, wenn ich sie vor der Haustür abstellte, Eierkartons und Bücher daneben platzierte und ein paar Semmeln in die Stofftüte warf, die am Türknauf baumelte.

Schon bald würden sich die Haustüren öffnen, und es würde sich herausstellen, ob Oma wieder einmal den richtigen Riecher gehabt hatte bei der Auswahl der Bücher. Darauf war Verlass. Schließlich wusste Oma nicht nur, was die Leute bereits gelesen hatten – sondern auch, welche Geschichten ihnen zusagten. Fast jeder im Ort, der gerne las, hatte sie schon einmal mit der Auswahl neuer Lektüre beauftragt. Bislang hatte sie immer richtiggelegen.

Ich steuerte auf die Wiese zu, wo Johannes momentan mit seinem Bauwagen lagerte. Feucht und kühl kitzelte das Gras meine Zehen. Überall dort, wo die Riemchen meiner Sandalen nackte Haut dem Morgentau überließen, fielen feine Tröpfchen von den Grashalmen auf meine Füße. Ein Lächeln flog über mein Gesicht. Morgentau. Der erste kleine Gruß des neuen Tages, der so frisch und jung war, dass alle Möglichkeiten offenstanden.

Bei Tag wirkte der Bauwagen weit weniger geheimnisvoll. Nur die Asche des Lagerfeuers und der Klappstuhl zeugten noch von all den Geschichten, die bestimmt den einen oder anderen Menschen getröstet und gestärkt auf dem Heimweg begleitet hatten. Nur ich war zu feige gewesen, mich vor den Augen der anderen zu zeigen. Mit meinen Narben ins flackernde Licht des Feuers zu treten und mir meine Geschichte anzuhören.

Auch jetzt biss ich unsicher auf meiner Lippe herum. Mitleid in Johannes' Blick würde ich nicht aushalten können.

Neben dem Bauwagen entdeckte ich ihn schon, wie er säuberlich Holzscheite auf einen Stapel schichtete. Noch schien er mich nicht bemerkt zu haben, so versunken war er in die Arbeit. Das Morgenlicht spiegelte sich in seiner Sonnenbrille, und unter dem coolen Cap wirkte sein Bartschatten dunkler als gestern.

An seinen Händen klebte Erde. Immer wieder krempelte er die viel zu weiten Ärmel nach oben, der Hoodie beulte sich in weiten Falten um seinen Oberkörper. Bestimmt hätten ihm ein, zwei Nummern kleiner auch gepasst. Der einst schwarze Stoff hatte sich in der Sonne gräulich verfärbt, und unter der linken Achsel spitzten zwei Löcher heraus. Doch so unförmig und kaputt der Hoodie auch war – die breiten Schultern konnte er nicht verbergen. Der kleine Junge war definitiv ein Mann geworden. Ein verdammt attraktiver noch dazu.

Nach einer Weile schien Johannes meinen Blick zu spüren, denn er drehte sich um. Ein freundliches Lächeln zog über sein Gesicht, als er mich entdeckte.

Sofort nahm er die Sonnenbrille ab. »Guten Morgen.«

»Morgen«, antwortete ich, fasste nach dem Griff des Bollerwagens und räusperte mich verlegen. Schnell drehte ich mich zur Seite, damit er meine Narbe nicht sehen konnte – und die Röte, die mir vermutlich in die Wangen schoss. Ich hätte mich längst bemerkbar machen müssen.

»Ich bin gleich bei dir«, hörte ich Johannes sagen. »Nimm gern schon mal Platz.«

»Nein, ich …« Ich gestikulierte abwehrend, doch er war in seinen Bauwagen verschwunden. Unwillkürlich hob ich die Stimme, vielleicht konnte er mich durch die offene Tür verstehen: »Eigentlich wollte ich nur die Bestellungen ausfahren.«

Stille. Offenbar waren meine Worte nicht zu ihm durchgedrungen, denn aus dem Wagen kam keine Antwort. Durch das Fenster sah ich ihn verschwommen an der Spüle stehen. Wasser gluckerte, dann zog er sich ein Handtuch aus dem Regal, um sich die Hände zu trocknen.

Ein flaues Gefühl waberte durch meinen Bauch, als er wieder aus dem Bauwagen trat. Ein freundliches Nicken, dann kam er die kleine Treppe herunter.

»Setz dich.«

Unschlüssig trat ich näher, die Haare tief im Gesicht, und legte eine Hand auf die Lehne des Klappstuhls. Ich wies zu Omas Bollerwagen hinüber. »Ich wollte eigentlich nur die Sachen abliefern. Aber für einen kleinen Plausch bleibe ich gern.« Jetzt setzte ich mich doch – und suchte einen Moment lang mein Gleichgewicht. Der Stuhl wackelte auf der unebenen Wiese. Vielleicht auch deshalb, weil ich noch immer versuchte, mein Gesicht so weit wie möglich abzuwenden. Unauffällig schüttelte ich meine Haare weiter nach vorn. Kupferrote Strähnen legten sich über mein rechtes Auge. Mittlerweile hatte ich damit Übung.

»Brauchst du Hilfe?«, fragte er.

»Moment. Ich kriege das hin.« Energisch zog ich den Klappstuhl ein Stück vor, bis er sicher stand.

»Irgendwo hab ich einen Keil zum Unterlegen, warte mal …« Er beugte sich schräg nach hinten, um in einem Korb zu kramen, der vor der Eingangstür des Bauwagens stand. Sein Hoodie rutschte hoch und offenbarte für einen kurzen Augenblick einen Streifen gebräunter Haut.

»Ich glaube, es geht schon.« Als ich mich aufsetzte, glitten die Haarsträhnen aus meinem Gesicht. Johannes kramte noch immer in dem Korb. Kurz hielt ich die Luft an. Hart fühlte ich die Schläge meines Herzens an der Halsschlagader, zwang mich, ruhig zu atmen.

Ich hasste Momente wie diese. Bei einem so attraktiven Gegenüber wie Johannes umso mehr. Dieser Augenblick, bevor ein Blick auf meine Narbe traf, machte mich nackt und verletzlich.

Mitleid erwies sich jedes Mal wieder so hilfreich wie ein Schlag ins Gesicht. Es machte mich vom Gesprächspartner zur Sensation. Vom Gegenüber zum Patienten. Von Emma zur Vogelscheuche.

»Ist schon wieder okay«, sagte ich. Halbherzig grinsend fügte ich hinzu: »Musst mich eben notfalls auffangen.«

»Werde ich.« Er grinste zurück.

Überrascht starrte ich ihn an. Da war kein Mitleid in seinem Blick. Die Narbe schien er nicht einmal zu bemerken. Erst jetzt fiel mir auf, dass Johannes seit meinem Unfall der erste Mensch war, der mich direkt ansah. Mich. Nicht meine Narbe, nicht meine Wunden, nicht mein verletztes Bein. Einfach nur mich.

Unauffällig tastete ich nach meiner Narbe. War sie noch da? Eine überflüssige Frage, schließlich genügte eine kleine Regung meiner Mimik, um ein grässliches Spannungsgefühl auf der Haut zu hinterlassen. In etwa so, als hätte ich mir extrastarkes Tesaband auf meine Wange geklebt. Jeder Versuch, die darunter liegende Haut zu bewegen, schmerzte und spannte.

Johannes würdigte meine Narbe keines Blickes. Aber andererseits sah er dorthin, wo sein Blick noch mehr schmerzte als auf meiner Narbe. In mein Innerstes. Doch das gab ich nur ungern zu.

Seinem Blick wohnte eine Intensität inne, die mich zugleich fesselte und einschüchterte. Nun beugte er sich vor. Seine Arme ruhten auf seinen Oberschenkeln, die Finger verschränkte er locker ineinander.

»So schön, dich wiederzusehen, Emma«, sagte er, und etwas in meinem Herzen begann zu klingen. »Wie geht's dir?«

Endlich jemand, der sich traute, die Frage zu stellen. Offenbar bezweifelten die meisten, dass es jemandem mit solch einem Gesicht gut gehen könnte. Oder sie hatten Angst, ich könnte ihnen die schrecklichen Einzelheiten meines Zustandes erzählen. Johannes sah mich noch immer an. Es war keine Floskel. Er interessierte sich ehrlich für die Antwort.

»Na ja, ich … war gerade in der Nähe unterwegs«, setzte ich an und rutschte unruhig auf dem Stuhl hin und her, um für ein paar Wimpernschläge seinem schonungslos offenen Blick auszuweichen, der tiefer vordrang als jedes Gegenüber zuvor.

Eigentlich beantwortete das nicht seine Frage. Doch das war nicht der Platz, an dem man ein ungezwungenes Pläuschchen führen konnte. Auf diesem Stuhl fühlte ich mich vielmehr wie ein sonderbares Insekt unter dem Mikroskop. So als würde Johannes jederzeit an einem Rädchen drehen können. Näher heranzoomen, die Vergrößerung verdoppeln. Alle Narben sehen. Und damit meinte ich nicht die in meinem Gesicht.

Womöglich behielten die Leute doch recht mit dem, was sie über ihn sagten. »Also … Eigentlich wollte ich nur die Eier abliefern. Und die Milch.« Ich räusperte mich wieder, meine Stimme klang heiser. »Und natürlich kurz fragen, wie es dir geht.«

Er sah auf. »Wie es … mir geht?« Das Erstaunen schlich sich schneller in seine Augen, als er es überspielen konnte. Die Frage schien ihm fast ein wenig unangenehm zu sein.

»Ja.« Jetzt lehnte ich mich doch zurück. Für ein paar Sekunden war nicht ich es, die betrachtet wurde.

»Mir …« Kurz brach er ab. So als hätte er schon seit langer Zeit nicht mehr darüber nachgedacht, wie er sich fühlte. »Mir geht es gut, danke.«

Er räusperte sich, rieb seine Handflächen aneinander. Sein Blick schweifte über den See. Ein paar Sekunden dauerte es, dann fand er zu meinen Augen zurück. »Gewöhnlich kommen die Leute zu mir, weil sie eine Geschichte erwarten. Möchtest du deine hören?«

Nein. Nein, eigentlich nicht. Doch sein inzwischen fast zurückhaltendes Lächeln war so einladend, dass ich das Angebot nicht ausschlagen konnte. Ein Ja aus meinem Mund hätte allerdings falsch geklungen. Also nickte ich nur.

»Es war einmal eine Königstochter«, begann er.

Unruhig rieb er die Hände aneinander – und ich stutzte. War das etwa die Geschichte, die Johannes mir an meinem fünften Geburtstag hatte vorlesen wollen? Damals, in der Bibliothek, kurz bevor wir vor seiner Mutter davongelaufen waren?

»Doch sie wusste nicht, dass sie eine Königstochter war. Sie war so schön, dass alle Vögel sangen und alle Pflanzen erblühten, wenn sie vorüberging. Doch sie wusste nicht, wie schön sie war.«

Ich musterte ihn, unter meinem nachdenklichen Blick sank er geradezu in sich zusammen. Mit jedem Satz schien seine Stimme heiserer zu werden, mit jedem Wort glitt sein Blick weiter aufs Wasser hinaus. Gerade wollte ich einhaken und fragen, ob es ihm nicht gut ging, da sprach er weiter.

»Sie lebte in einem Schloss, das ganze sieben Schritte lang und fünf Schritte breit war. Doch sie wusste nicht, dass es ein Königreich war ...« Er atmete tief durch. »Doch sie ...«

Ich biss auf meiner Lippe herum. Von der Ruhe, die Johannes gestern ausgestrahlt hatte, war nichts mehr zu spüren.

»Ja?«, fragte ich leise und nickte. Einerseits, um ihm zu signalisieren, dass ich zuhörte. Andererseits auch deshalb, weil ich das Gefühl hatte, ein wenig Zuspruch würde ihm guttun. Oder sollte ich doch einhaken? Auf die Geschichte achtete ich kaum noch. Viel zu unruhig ging es hinter seinen Augen zu.

»Eines Tages …«, versuchte er es weiter, und ich spürte, wie verzweifelt er nach Worten suchte. Beinahe so, als habe er die richtigen Worte bereits bei all den anderen Leuten verbraucht und fände für mich nichts Passendes mehr.

Hatte ihn mein Äußeres doch aus dem Konzept gebracht? Nun, das vermutlich nicht, denn Johannes schien die Narbe nicht einmal zu bemerken. Da war etwas anderes, das spürte ich deutlich. Etwas, worüber er nicht sprechen wollte. Und das wälzte er gerade hinter diesen warmen braunen Augen hin und her.

»Johannes.«

Er sah auf.

»Ich sehe doch, dass es dir damit gerade nicht gut geht. Magst du mir die Geschichte ein andermal erzählen?«

Obwohl er seine Gesichtszüge sorgfältig unter Kontrolle hielt, glaubte ich doch, einen Funken Erleichterung in seinen Augen aufblitzen zu sehen – offenkundig dankbar für die Ausflucht, die ich ihm bot. »Emma … Es tut mir wirklich leid.«

Sein Blick war offen und intensiv, als er mich ansah. Es fühlte sich an, als wüsste er genau, welche Fragen jetzt in meinem Kopf umherschwirrten. Ich würde sie nicht stellen müssen.

»Ich weiß nicht, warum. Aber ich habe irgendwie das Gefühl, dass der Zeitpunkt für diese Geschichte noch nicht reif ist.«

»Okay.«

»Ich erzähle sie dir ein andermal«, versprach er, machte jedoch keine Anstalten, aufzustehen.

Ich blieb ebenfalls wie angewurzelt auf dem kleinen Klappstuhl sitzen, der mit einem Mal viel wärmer und bequemer wirkte als zuvor.

»Hübsch hast du es hier«, meinte ich schließlich, da mir nichts Besseres einfiel. Aber gehen wollte ich auch nicht. Schließlich fühlte es sich gerade so gut an.

»Das ist das Tolle am Bauwagen.« Johannes grinste, seine Züge wurden weicher. »Wenn der Grundbesitzer nichts dagegen hat, kann ich mir das schönste Fleckchen Erde aussuchen und es für eine Weile zu meinem Zuhause erklären.«

»Apropos Zuhause«, griff ich das Stichwort auf. »Wohin hat es dich denn inzwischen verschlagen? Wo bist du hingezogen? Als festen Wohnsitz?«

Johannes' Grinsen wurde noch ein Stückchen breiter. Die Unruhe fiel von ihm ab. »Wie hat deine Oma immer gesagt? Zu Hause ist kein Ort. Zu Hause ist ein Gefühl.«

»Du …«, setzte ich an.

»Ja.«

»Echt?« War das sein Ernst? Wollte er mir wirklich erzählen, dass dieser Bauwagen die einzige Wohnung war, die er besaß?

»Du siehst leicht schockiert aus.« Johannes lachte amüsiert auf.

Ich mochte die kleinen Grübchen, die sich dabei in seine Wangen bohrten.

»Natürlich habe ich meine Lieblingsstellplätze. Am äußeren Rand von München stehe ich ganz gern mal. Ein paar Freunde aus dem Studium wohnen noch dort.«

»Und all deine Sachen?«, fragte ich überrascht. Vermutlich wusste niemand besser als ich, dass man bei einem Umzug Schublade für Schublade ausräumte und der Berg an Umzugskisten immer größer wurde – wo doch in den Schränken alles so überschaubar gewirkt hatte. Schließlich hatte ich erst vor Kurzem meine Habseligkeiten aus Tylers Wohnung zusammengepackt. »Im Ernst, wo hast du deine ganzen Sachen hingeräumt?«

»Was denkst du, warum hier jeden Abend das Lagerfeuer brennt?« Johannes sah in mein geschocktes Gesicht und lachte. »Quatsch. Ursprünglich wollte ich nur zwei Wochen Urlaub machen. Vorletztes Jahr. Aber dann hab ich gemerkt, dass mir nichts fehlt von dem, was ich in meiner Wohnung in München gelassen hatte. Ich hab die Sachen unbesehen einem Freund geschenkt. Der ist Sozialarbeiter und hat die meisten Dinge gut brauchen können.«

»Und was jetzt noch übrig ist …?«

»Passt in zwei Koffer.« Johannes betrachtete amüsiert meine ungläubige Miene. »Wer im Wald lebt, braucht nicht viel.«

Kopfschüttelnd schmunzelte ich. »Das klingt total verrückt.«

»Verrückte sind meistens glücklicher.« Beinahe liebevoll ließ er den Blick schweifen. Über den See, die taufrische Wiese und die moosbewachsenen Steinbrocken. »Weißt du, wie schön das ist? Mit den Vögeln aufzustehen? Morgens die Rehe zu beobachten – in ihren niedlichen weißen Plüschhosen –, wenn sie sich das saftige Gras zum Frühstück schmecken lassen?«

»Hallo?«, tönte da plötzlich eine Stimme zu uns herüber. Ich hatte die Frau nicht kommen sehen. In Jogginghose und Fitnessjacke lehnte sie betont lässig an einem Baum.

»Ich hab gehört, sonntags gibt's hier keine Geschichten. Stimmt das? Oder darf ich mich trotzdem anstellen?«

Johannes nickte ihr freundlich zu. »Wenn Sie einen Moment warten.«

»Ich bin schon weg!«, flüsterte ich und stand auf.

»Emma, ich wollte noch kurz …«, setzte Johannes an, doch da hatte sich die Frau in Jogginghose bereits an mir vorbeigedrängt und auf den Klappstuhl gesetzt.

»Bis bald«, rief ich noch und verschwand mit einem zaghaften Winken in Richtung Bollerwagen, bevor sie einen Blick auf mein Gesicht erhaschen konnte. Die bestellten Eier, eine Flasche Milch und drei Bücher legte ich schnell neben dem Lagerfeuer ab, dann setzte ich meine Runde fort – mit dem unbestimmten Gefühl, dass mich dieser Platz bald wieder anziehen würde wie ein Magnet.

Johannes' warmen Blick spürte ich noch eine Weile zwischen meinen Schulterblättern, doch ich drehte mich nicht mehr um.

Kapitel 6

»Er hat mittendrin abgebrochen?« Biene sah mich entgeistert an. »Seltsam.«

»Huch!«, rief ich, als das Schiff die Holzpfähle rammte und es mich für einen kurzen Moment von den Füßen riss. Gerade noch rechtzeitig fing ich mich. Ich presste mich an die Scheibe des Fahrkartenverkaufs. Nicht nur, um stabiler zu stehen, sondern auch, damit niemand einen Blick auf meine Narbe erhaschen konnte. Unauffällig zog ich meine Mütze tiefer ins Gesicht. Auf den Ausflugsschiffen waren eindeutig zu viele Menschen.

»Na ja …« Biene zog die Nase kraus und beobachtete den Matrosen, der mit ein paar geübten Handgriffen das Schiff vertäute. »Er hat schon so vielen eine Geschichte erzählt. Warum ist es bei dir anders?«

Gute Frage. Und eine, die wehtat.

Das Seil ächzte unter dem Gewicht des Schiffs, ein weiterer Matrose schob mit lautem Rattern die Übergangsbrücke vom Steg herüber. Die Wellen gluckerten sanft darunter.

Seufzend hakte ich mich bei Biene unter, als sich die Menschentraube in Bewegung setzte. Stück für Stück dirigierte sie uns hinaus ins Freie, auf den Steg der Fraueninsel. »Keine Ahnung. Vielleicht hat ihn mein Anblick erschreckt.«

»Ach, Emma.« Biene warf mir einen Blick zu, der irgendwo zwischen Mitleid und Ärger balancierte. »Mach dir nicht immer … also … Du solltest besser auf dich schauen, weißt du?«

Davon wurde mein Gesicht auch nicht schöner. »Schon gut.« Lächelnd drückte ich ihre Hand und ließ mir nichts anmerken.

Die Schritte der Leute ließen den Steg unter unseren Füßen vibrieren, zwischen den Holzlatten schimmerte das Wasser hindurch. Mit einem Blick über die Halterung erspähte ich die Rücken der Fische unter den Wellen. Irgendwo im Schilf quakten ein paar Enten, und ich sog die frische Luft ein.

»Worauf hast du Lust?«, fragte Biene und sah sich suchend um. »Sollen wir erst mal zum Klosterladen gucken? Oder fürs Mittagessen eine Renkensemmel holen? Oder magst du vielleicht …«

»Och. Am liebsten …«, setzte ich an, doch da fiel mein Blick auf den Kiosk. Meine Kehle schnürte sich zu. Wie paralysiert starrte ich hinüber zu den Zeitungsständern – und ein Paar grüner Augen starrte zurück.

Biene legte mir vorsichtig einen Arm um die Schultern. »Alles okay?« Dann folgte sie meinem Blick. »Oh«, machte sie nur.

Ich räusperte mich, um Herr über den Kloß in meinem Hals zu werden.

»Willst du …?« Biene wirkte ein wenig überfordert, ihr ausgestreckter Finger deutete mal zum Kiosk, mal zu mir, dann in Richtung Klosterwirt.

»Ähm.« Wieder räusperte ich mich. Doch der verdammte Knödel im Hals nahm mir beinahe die Luft zum Atmen. Ich wusste genau, dass ich da nicht hingucken sollte. In Bahnhöfen und an Flughäfen hatte ich Zeitungsständer gemieden wie ein Model das Fast Food. Doch jetzt kam ich nicht mehr drum herum.

»Vielleicht sollten wir schnell weitergehen«, schlug Biene vor, doch da hatte ich schon ihre Hand gepackt und zog sie mit mir zum Kiosk.

VOGUE. Leuchtend grün starrten mich meine eigenen Augen vom Cover aus an. Sexy und selbstbewusst. Ein paar Strähnen meiner locker hochgesteckten kupferroten Haare flogen im Wind, legten sich wild und ungezähmt über mein Gesicht. Im Nebel verwischten die Metallstreben der Eisenbrücke – ein mysteriöser Hintergrund. Und davor ich. Das weiße Blusenkleid rutschte über eine Schulter und offenbarte helle Haut. Zarte Haut. Ebenmäßig und glatt. Wie eine Porzellanfigur ohne jeden Makel.

Das war es – das letzte Foto von Emma, wie sie früher gewesen war. Nein, stopp. Eigentlich war es tatsächlich das letzte Foto von Emma. Denn Emma existierte nicht mehr.

Wie sehr hatte ich mich auf den Moment gefreut, die *Vogue* endlich in Händen halten zu können. Ich hatte mir vorgestellt, wie stolz ich sein würde. Doch jetzt fühlte ich nur Leere. Ein großes Nichts.

Je länger ich das Cover anstarrte, desto tiefer schien ich im Bild zu versinken. Beinahe schmeckte ich den herben Duft des bräunlichen Lippenstifts, sah Schwaden aus der Nebelmaschine hervorquellen und kämpfte gegen das Kitzeln im trockenen Hals, den sie mir bescherten. Ich hörte den Fotografen rufen: *Gorgeous! Super, genau so!*

Meine Wangen fühlten sich nass an, doch ich wusste nicht, wieso. *Bleib da, schönes Mädchen. Bleib genau in diesem Augenblick, dann passiert dir nichts.*

»Emma.« Bienes Stimme holte mich aus meiner Trance. »Lass uns gehen.«

Sanft, aber bestimmt drehte sie mich an den Schultern herum und schob mich nach rechts in den erstbesten Weg hinein. Weg von all den Besuchern, die unschlüssig vor dem Klosterwirt herumstanden, sich um das Schild mit den Abfahrtszeiten der Schiffe drängten oder die kleine Anhöhe hinauf zum Klosterladen strömten.

»Schau mal, die mit der Mütze«, hörte ich jemanden hinter uns sagen. »Ist doch viel zu heiß dafür. Die hat ja echt 'nen Knall, oder?«

Ja, vermutlich hatte ich das. Schweiß lief mir die Schläfen hinab, und meine Stirn wurde heiß. Stickig, klebrig, eklig. Ich hasste es so.

»Wir hören da nicht hin«, sagte Biene.

Sie bemühte sich, einen entschiedenen Gesichtsausdruck aufzusetzen, doch ihre Stimme wackelte.

Ich blickte zu Boden und ließ mich von ihr weiterzerren. Das Plätschern des Wassers drang nur schwach zwischen all den Unterhaltungen durch, dem Gelächter und dem Gewusel, das uns umgab. Müde setzte ich einen Fuß vor den anderen und beobachtete unsere Schatten, die neben uns über den schmalen Weg fielen.

Als das Stimmengewirr abebbte, lotste Biene mich zu einer Bank und ließ ihren Rucksack ins Gras fallen. »Setz dich kurz.«

Ich plumpste ungelenk auf die Sitzfläche. Als ein Schmerz durch mein Bein zuckte, konnte ich mir ein Stöhnen nicht verkneifen.

Biene kaute nervös auf ihrer Unterlippe herum, besorgt musterte sie mich. »Ist alles okay?«

Ich zwang mich zu einem Lächeln. »Ja, alles gut.« Außer, dass ich die Welt hasste. Die Welt und ihre ständigen Kommentare über meine Mütze. Und die verdammt gute Laune, die alle um mich herum versprühten.

»Kann ich was tun?«

»Wenn du zufällig irgendwo ein neues Gesicht findest, bring's mir mit.«

Wieder die Überforderung in ihrem Blick. Vermutlich traute sie sich nicht zu lachen. Vielleicht war ich zu gehässig zu mir selbst. Zu bitter, als dass jemand über meine Witze lachen konnte.

»Emma …«

»Hey.« Ich drückte ihre Hand. »Ist schon gut. Was bleibt mir denn anderes übrig als Sarkasmus?«

»Okay«, sagte sie. Wieder biss sie auf ihrer Lippe herum.

Das Stimmengewirr schien sich in Richtung Klosterwirt zu verlagern – und ich hatte endlich Zeit, tief durchzuatmen. Ich schob die Mütze ein Stück nach oben und ließ den Blick schweifen. Aus den Gärten quollen Blumen regelrecht hervor, die Köpfchen von Sonnenblumen nickten strahlend gelb über rustikale Zaunlatten. Dahinter versteckten sich wunderschöne Häuser im Landhausstil. Ihre Fensterläden gaben ihnen etwas Heimeliges. Enten watschelten gemütlich über die Wiese, ließen sich ins Wasser gleiten, das sanft gluckernd an Land schwappte. Umgedrehte Boote warteten direkt neben ihnen auf ihren Einsatz. Eine Idylle, die sich nicht verändert hatte. Wenn ich meinen Mund nicht bewegte und das Spannungsgefühl der Narbe sich nicht durch meine Wange zog, würde ich vielleicht nach ein paar Minuten vergessen, was vor vier Monaten passiert war …

»War eine gute Idee, hierherzufahren.« Ich hob das Kinn.

»Na klar.« Sie erlaubte sich ein beinahe schüchternes Lächeln.

Nachdenklich betrachtete ich sie von der Seite. Ich fragte mich, wie lange es wohl dauern würde, bis Biene endlich wieder zu dem Menschen wurde, der sie vor meinem Unfall gewesen war. Jeder Satz, den sie sagte, glich einem Eierlauf. So als könnte ein falsches Wort aus ihrem Mund meine viel zu dünne Schale zerschmettern.

Wenn du einen Unfall hast, veränderst du dich. Aber nichts bereitet dich darauf vor, dass sich die Menschen um dich herum genauso verändern. Dass sie unsicher um dich herumschleichen und so nervös sind, als hätten sie sich nie zuvor mit dir unterhalten. »Ich finde es so lieb, dass du vor deinem Termin noch Zeit hattest, mit mir hierherzufahren«, sagte ich und hoffte, Biene würde spüren, was ich meinte. »Zusammen ist alles schöner.«

Gerade wollte sie antworten, dann packte sie plötzlich meine Schulter. »Ich hab übrigens was für dich«, rief sie und strahlte. »Hätte ich fast vergessen. Deine Oma hat es mir mitgegeben.«

»Ja?«, fragte ich neugierig, als Biene den kleinen geblümten Rucksack auf ihre Knie verfrachtete und die Bänder löste, die ihn verschlossen.

»Sie sagte, wenn alte Erinnerungen wehtun, muss man eben neue machen.«

Ich musste lächeln. »Das klingt nach Oma, ja.«

»Guck mal.«

Sie zog eine kleine Polaroid hervor, und ich sog die Luft so scharf ein, dass Biene erschrocken innehielt.

»Ich dachte, du würdest dich freuen.«

»Tu ich«, antwortete ich, um sie nicht zu kränken. Erinnerungen strömten auf mich ein, als ich nach der kleinen Kamera griff. Vier oder fünf mussten wir gewesen sein, als Oma uns die Kamera zum ersten Mal mitgegeben hatte. Damals hatten wir beide Models werden wollen – und uns stundenlang gegenseitig fotografiert.

»Weißt du noch, wie wir uns Röcke aus Krepppapier gebastelt haben?«, fragte ich wehmütig.

Ein Strahlen blitzte in Bienes Augen auf. »Weiße Röcke. Wir haben kleine Glitzersteine draufgeklebt.«

»Du hast mir einen Fischgrätenzopf geflochten«, erinnerte ich mich und musste plötzlich lächeln. »Hat fürchterlich geziept, sah aber wunderschön aus.«

»Du hast mir eine Hochsteckfrisur gemacht. Und alle möglichen Klammern und Spängchen reingesteckt, die du gefunden hast.«

»Bestimmt hundert.« Ich prustete.

Biene lachte schallend. »Vermutlich.«

»Weißt du noch? Oma hat uns Lippenstift verboten. Da haben wir Heidelbeeren im Wald gepflückt und uns damit die Lippen angemalt.«

»Wie könnte ich das vergessen«, sagte Biene und drückte meine Hand.

»Schön war's damals.« Ich schluckte. Wir hatten uns wunderschön gefühlt. Fotos voneinander gemacht, vor dem Chiemsee, vor den Bergketten, der Rosenhecke in Omas Garten.

Bienes Lächeln wurde vorsichtiger. »Ich hab mir gedacht, wir könnten heute …«

»Nein.« Mein Widerspruch kam schneller und in einem schärferen Tonfall als beabsichtigt. »Sorry«, schob ich hinterher.

»Blumen«, erklärte sie leise und hob die Schultern an. »Ich wollte vorschlagen, ob wir Blumen fotografieren.«

»Ach so.« Ich nickte kleinlaut. Hoffentlich hatte ich Biene mit meiner scharfen Abwehr nicht erschreckt. »Blumen sind okay.«

»Einfach drauflos«, erklärte sie. »Ohne Plan und Ziel. So wie damals.«

»Wie damals«, wiederholte ich und nickte.

»Dann?«, fragte sie vorsichtig.

Noch immer konnte ich ihre Anspannung regelrecht durch die Luft flirren sehen. »Magst du mir ein paar Kniffe zeigen?« Ich lächelte ihr versöhnlich zu. Die Fotografie interessierte mich tatsächlich. Und Biene war als professionelle Fotografin die beste Quelle, um etwas zu lernen. »Du bist hier der Profi.«

»Viele Kniffe werde ich auf diesem alten Ding nicht schaffen.« Sie lachte. »Aber wir können ja mal gucken, ob wir schöne Blumen finden. Oder ein Boot.«

»Oder die Ente da!« Ich schnappte mir die Kamera und beugte mich vornüber, als sie neugierig auf uns zuwatschelte. »Gar nicht schlecht für den Anfang!«, rief ich ihr zu. Die Polaroid klickte. »Für den Laufsteg reicht's aber noch nicht. Hals gerade lassen! Füße näher zusammen, Hüfte schwingen!«

Biene kicherte. »Sollen wir ihr einen Vertrag anbieten?«

»Puh.« Ich legte die Stirn in Falten und richtete mich stöhnend wieder auf, als das Foto schabend aus der Sofortbildkamera gespuckt wurde. »Dafür müsste sie noch ein bisschen üben.«

»Zeig mal.«

Ich hielt Biene das Foto hin und musste lachen. »Sie schaut sogar in die Kamera.«

»Hey, das ist ja richtig hübsch.«

Ich drehte mich suchend um. »Frau Ente, wir sind begeistert. Wollen Sie …«

»Sie geht einfach weg«, stellte Biene fest.

»He!«, rief ich der Ente nach, die zum Wasser hinunterwatschelte und sich neben einem schaukelnden Fischerboot in die sanften Wellen gleiten ließ. Theatralisch wedelte ich mit dem Foto. »Frau Ente! Wollen Sie das für Ihre Modelmappe haben?«

Biene lachte laut. »Offensichtlich nicht.«

Als ich sie von der Seite musterte, hoffte ich, dass ich die Unbeschwertheit von früher bald wieder spüren konnte. Und bis dahin wollte ich zumindest so tun, als ob.

Kapitel 7

»Verdammt.«

Schnaufend tauchte ich aus dem Waschbecken auf und trocknete mein Gesicht ab. Der Geruch von Weichspüler stieg in meine Nase, der Stoff war noch warm von der Wäscheleine. Den Blick in den Spiegel vermied ich bewusst. Wenn ich nur mein Gesicht tief genug in Omas kuschelweichen grauen Handtüchern vergrub, dann war ich für einen Augenblick frei.

»Emma?« Opa klopfte an die Badezimmertür. »Möchtest du Kaffee und Kuchen?«

»Im Moment nicht, danke«, rief ich zurück.

Mit einem Seufzen warf ich das Handtuch über die Halterung. Ich stützte mich mit beiden Händen am Waschbecken auf und starrte nun doch in den Spiegel. Ein Paar skeptischer Augen starrte zurück.

Hallo, Vogelscheuche.

Ein Wunder, dass Johannes bei diesem Anblick keine Miene verzogen hatte. Wie viel Selbstbeherrschung ihn das gekostet hatte, wollte ich gar nicht wissen.

Ich kramte in meinem Kosmetiktäschchen nach dem Narbengel, drückte ein wenig davon heraus und massierte es ein. Unter meinen Fingern spürte ich Hubbel, Dellen, Krater.

Lieber Gott, wie lange hat man Garantie für so ein Gesicht, wenn es kaputtgeht? Hast du von diesem Modell noch Ersatzteile auf Lager? Ein bisschen Polsterung für die Wangen, eine frische Haut zum Drüberziehen? Vielleicht sogar ein Stück mit Grübchen, falls irgendwo eins rumliegt?

Mit ein paar letzten kreisenden Bewegungen strich ich über die Narbe. Genau wie es mir der Doc erklärt hatte. Obwohl ich an der Wirkung zweifelte. Meine Haut würde nie wieder makellos sein, so viel war klar.

Resigniert kramte ich in meinem Schminktäschchen. Meine liebste Foundation war fast alle.

»Komm schon.«

Mit einem leisen Blubbern ließen sich die Reste aus der Tube quetschen. Unbeholfen verteilte ich die Pampe auf meinem Gesicht. Lieber Himmel. Um die Kraterlandschaft zu überdecken, bräuchte ich vermutlich eher Pappmaschee. Oder Mousse? Hatte ich nicht noch eine Mousse im Farbton *Cool Ivory* irgendwo? Und Puder mit extra Deckkraft, den mir Mum mit auf die Reise gegeben hatte?

Ich cremte, tupfte, puderte, aber es veränderte sich nichts. Dort, wo ich die Foundation dicker auftrug, bekam sie Risse, meine Krater verbarg sie trotzdem nicht. Anstatt einer rosarötlichen Kraterlandschaft klebte mir damit eine hell verputzte Version derselben im Gesicht. Voilà. So sähe vermutlich der Mars aus, wenn es dort schneien könnte.

Kurz schloss ich die Augen, atmete tief durch. *Hör auf, Emma. Du kannst dir hundert Tiegel Make-up ins Gesicht schmieren. Verlieben wird sich niemand mehr in dich. Auch nicht Johannes.*

Energisch wusch ich mir die Pampe aus dem Gesicht, in den Spiegel guckte ich nicht mehr.

Quietschend fiel die Tür des Lesesaals hinter mir zu. Zu spät entdeckte ich die Gestalt mit beträchtlichem Bauchansatz, die zwischen den Regalen hervorkam. Das konnte nur einer sein, der seinen kleinen Bierbauch mit so viel Stolz trug wie kein anderer: *Waschbrettbauch hatte ich mal, der steht mir nicht.*

»Hi, Emma.«

»Hi, Peter.« Schüchtern lächelnd hob ich die Hand, doch Peter schien beim letzten Mal bemerkt zu haben, dass ich noch Zeit brauchte, ehe ich mich dem lustigen Treiben an Opas Kaffeetafel anschließen konnte. Ein Lächeln, ein freundschaftliches Zwinkern, dann verschwand er auf die Terrasse. Von dort drang Stimmengewirr ins Haus, immer wieder zerriss lautes Gelächter die Luft.

»Mäuschen!« Oma eilte mit einer dampfenden Kanne Kaffee an mir vorbei. »Die Leute sind bald weg. Soll ich dir derweil deinen Kuchen auf den Freisitz stellen? Magst du dich lieber zurückziehen? Oder … magst du es mal versuchen, dich dazuzusetzen? Wäre es dafür mal Zeit?«

Ich ignorierte die Frage. »Eigentlich wollte ich nur Bescheid sagen, dass ich das Buch gefunden habe. Ihr müsst euch nicht weiter bemühen, ich war schon bei ihm.«

»Buch?« Oma blieb abrupt stehen, der Kaffee schwappte in Richtung Rand. »Und du warst wo?«

»Das Buch, das auf der Treppe zu meinem Zimmer lag. *Rosenstürme*. Mit einem Lesezeichen bei Kapitel vier.«

Oma musterte mich nachdenklich. »Ich hab keins hingelegt, Mäuschen. Vielleicht Opa.«

»Hab ich da meinen Namen gehört?«, rief es von draußen, dann kam Opa auch schon in den Lesesaal gestolpert.

Oma schmunzelte. »Und wenn ich dich frage, ob du den Müll rausbringen kannst, tust du immer so, als wärst du schwerhörig.«

Theatralisch fasste Opa sich ans Ohr. »Was hast du gesagt?«

Oma zog nur amüsiert die Brauen hoch.

»Du hast mir das Buch auf die Treppe gelegt, oder?«, fragte ich. *»Rosenstürme?«*

»Ich?« Echtes Erstaunen machte sich in seinen Augen breit. Er zuckte die Schultern. »Vielleicht Peter?«

»Ach, kommt schon!« Jetzt musste ich doch lachen. »Wie lange wollt ihr den Ball weiterspielen? Ich weiß genau, das war einer von euch. Und die Antwort ist: Ja, ich war schon bei ihm.«

»Bei wem?«, fragte Opa, sichtlich verwirrt.

»Johannes.« Ich verschränkte die Arme.

»Was hat Johannes denn mit diesem Buch zu tun?« Oma verlagerte das Gewicht der Kaffeekanne auf ihre andere Hand. »*Rosenstürme*, sagst du? Franz, sagt dir der Titel was?«

»Uff. Nee.« Opa gab einen undefinierbaren Laut von sich. »Und warum geht es um Johannes?«

»Na, das Lesezeichen war bei Kapitel vier.« Unsicher zuckte ich mit den Schultern. »An der Stelle, wo die Hauptfigur den Bauwagen im Wald findet, wo ein Typ wohnt. Mit Lagerfeuer und so.«

»Und … deshalb möchtest du jetzt Johannes besuchen?«

»Nein … Ja … Keine Ahnung.« Ich pfriemelte an meinem T-Shirt herum. »Eigentlich dachte ich, ihr wolltet mir einen Tritt in den Hintern geben, damit ich mir endlich meine Geschichte anhöre.«

Lächelnd legte Oma eine Hand auf meine Schulter. »Ich könnte mir gut vorstellen, dass Johannes dir das Buch hingelegt hat.«

»Johannes?«, wiederholte ich.

»Der war vor zwei Stunden hier«, pflichtete Opa ihr bei.

»Könnte doch sein.« Omas Lächeln bekam einen bedeutungsvollen Ausdruck.

»Na ja.«

»Was heißt hier ›na ja‹!« Opa stemmte die Hände in die Hüften.

»Na ja heißt, dass Johannes ja nicht mal sichergehen konnte, dass ich die Botschaft richtig verstehe. Warum fragt er mich nicht einfach direkt?«

»Er überlässt es dir«, sagte Oma. »Ob du kommst oder nicht. Ist das nicht ein schöner Zug von ihm? Damit setzt er dich nicht unter Druck.«

»Meint ihr?« Ich seufzte. »Dass er so weit denkt?«

Opa nickte.

»Weißt du nicht mehr?«, fragte Oma. Bei ihrem Lächeln kräuselten sich unzählige Lachfalten um ihre Augen. »Als du klein warst, hat Johannes einmal Teelichter aufgestellt – den ganzen Weg hinunter bis zur Bank am See. Hinten, beim Bauernhof von der Weigert Lotte.«

»Stimmt.« Ich musste lächeln.

»Bestimmt zehn Leute sind den Lichtern gefolgt.« Opa hob amüsiert die Augenbrauen. »Ich auch. Aber er hat mich weggeschickt. Die beiden Beerentörtchen, die er in den kleinen Fingern gehalten hat, waren wohl schon vergeben.«

»So was.« Ich grinste.

»Er wollte mich nicht mal beißen lassen!« Mit gespielter Entrüstung baute Opa sich vor mir auf. »Obwohl ich versprochen habe, nur ein winziges Stückchen abzuknabbern.«

»Hast nichts verpasst«, gab ich zu. »Sie haben schrecklich geschmeckt. Klebrig-süß, weil er alle Zutaten durch vier geteilt hat, nur den Zucker nicht. Sie hatten die Konsistenz einer Sandburg. Wenn man sie zu fest angepackt hat, ist alles zu Staub zerfallen. Die Hälfte ist im Gras gelandet. Und vom Blindbacken hat er ein paar Erbsen drin vergessen. Hab auf eine gebissen und hatte zwei Stunden Zahnschmerzen. Aber trotzdem waren es die besten Törtchen, die ich in meinem ganzen Leben gegessen habe.«

Oma wechselte einen Blick mit Opa.

»Im Ernst!« Ich lachte. »In der richtigen Gesellschaft schmecken selbst die verunglückten Küchenversuche.«

»Das stimmt.« Oma nickte.

Opas empörter Gesichtsausdruck verbarg beinahe das Grinsen, das er dahinter versteckte. Aber nur beinahe. »Willst du mir damit irgendwas sagen?«

»Nein, nein.« Oma warf ihm ein keckes Schmunzeln zu.

Opas Ellenbogen bohrte sich in meine Rippen. »Gib dir einen Ruck. Geh hin.«

»Wenn du möchtest, kannst du ein Stückchen Marmorkuchen mitnehmen, Liebes«, ergänzte Oma sofort. »Damit er nicht wieder Törtchen backen muss.«

Um ehrlich zu sein, hatte ich gar keinen Bock auf einen weiteren Ausflug. Am liebsten hätte ich mich mit einem guten Buch in einen Liegestuhl verkrümelt, hätte aufs Wasser hinausgestarrt und dem Plätschern der Wellen zugehört.

»Ich werde es mir überlegen«, sagte ich vage.

»Na klar, mach das.« Oma nickte schmunzelnd. »Ganz in Ruhe, ja?«

»Was gibt's denn da noch zu überlegen?«, rief Opa. »Los jetzt! Ihr wart von Anfang an so ein süßes Pärchen. Da seid ihr oft stundenlang gemeinsam am Ufer entlanggefetzt mit euren kurzen Beinchen. Habt euch gegenseitig Muscheln geschenkt und seid nach Stunden außer Atem bei mir in der Küche gesessen, um meine frisch gemixte, eisgekühlte Limonade zu trinken. Komm schon, Emma. Ihr werdet das Traumpaar am Chiemsee!«

»Opa!«

»Nichts Opa!« Energisch nahm er mich an den Schultern. »Als Kinder wart ihr so glücklich zusammen.«

»Er …«

»Ach, Emma.«

»Nein, wirklich.« Seufzend hob ich die Schultern. Die Vorstellung, dass sich Johannes in mich verlieben konnte, war lachhaft, nichts weiter. Doch das wollte ich nicht diskutieren. »Das geht mir alles zu schnell«, meinte ich vage.

»Eine Freundschaft ist doch auch was Schönes, nicht?« Oma klopfte mir liebevoll auf die Schulter. »Gerade, wenn du momentan … na ja, ich meine … wenn man gemeinsame Erinnerungen hat.«

»Genau.« Opa nickte. »Zumindest das. Freundschaft tut nicht weh, oder?«

»Er hat ohnehin nicht lange Zeit.« Oma warf einen Blick auf ihre Armbanduhr. »Vorhin erzählte er mir, er hat um fünf einen Termin. Wenn du ihn noch für ein paar Minuten erwischen willst, müsstest du dich beeilen.«

»Okay, okay!« Beschwichtigend hob ich die Hände. »Ich werde mal gucken, ob das Buch von ihm ist.«

»Möchtest du Kuchen? Wegen seiner … Backkünste?«, rief Oma und drehte sich so abrupt um, dass der Kaffee schon wieder gefährlich zum Kannenrand schwappte. »Dann packe ich dir welchen ein.«

»Alles gut, ich gehe lieber so.«

Bevor sie mir widersprechen konnte, schlüpfte ich durch die Terrassentür nach draußen. Verhalten winkte ich dem

Grüppchen, das dort ausgelassen lachend am Chiemseeufer saß. Dieses Haus war meine zweite Heimat. Ich durfte darauf vertrauen, dass die Leute mich verstanden. Und irgendwann, das hoffte ich, würde ich die Kraft finden, mich zu ihnen zu setzen.

»Viel Spaß!«, rief Opa mir nach.

Ich musste ihm nicht ins Gesicht sehen, um zu wissen, dass er bis über beide Ohren grinste. Hoffentlich konnte er sich in Zaum halten. Schließlich war Opa berüchtigt dafür, sich in aufwendigste Verkupplungsaktionen zu stürzen. Drei Ehen im Ort konnte er auf seinem Konto verbuchen. Doch bei Johannes musste er sich die Mühe nicht machen.

Offenbar dachte Opa tatsächlich, Johannes könnte sich in mich verliebt haben. In mich! Ein Gedanke wie ein Disney-Märchen. Gut aussehender, netter Kerl verliebt sich in eine Vogelscheuche. Aber das hier war das Leben. Es ließ Menschen unbarmherzig mit dem Gegenverkehr zusammenknallen und verunstaltete Gesichter.

Vielleicht würde Johannes ein paar Abende mit mir flirten. Wenn schon keine Geschichte über seine Lippen kam, um mich zu heilen, standen die Chancen für einen Flirt womöglich besser. Einen Gedanken wie diesen würde ich ihm zutrauen. Dass er mit der armen Vogelscheuche flirtete, damit sie ein wenig Selbstbewusstsein bekam.

Vielleicht sollte ich aber auch einfach aufhören, mich selbst fertigzumachen.

Nachdenklich schlenderte ich am Ufer entlang. Das Horn eines Schiffes tönte über das Wasser, Sonnenstrahlen tanzten auf dem See und verwandelten ihn in einen Glitzerteppich. Der Wellenflug einer Blaumeise kreuzte meinen Weg, zwitschernd ließ sie sich in einem dichten Busch nieder.

Meine Großeltern hatten recht. Bestimmt war es Johannes gewesen, der mir die stumme Einladung auf der Treppe hinterlassen hatte. Um mich nicht unter Druck zu setzen. Und vermutlich auch, um nicht dumm dazustehen, wenn ich am Ende nicht auftauchte.

Eigentlich war ich müde. Aber was konnte es schon schaden, nach meinem überstürzten Aufbruch am heutigen Morgen noch mal vorbeizugucken? Einen alten Freund zu besuchen?

Kapitel 8

Schon von Weitem erkannte ich Johannes – in einem viel zu großen, ausgewaschenen T-Shirt und mit zerstrubbelten Haaren, die unter einem Cap herauslugten. Er war barfuß und seine Füße mit nasser Erde verschmiert.

»Hey.« Johannes grinste schief, als ich aus dem Schatten der Bäume trat.

Er fegte gerade ein paar Weidenblätter von einer selbst gezimmerten Bank. Zwei kurze Baumstücke fungierten als Füße, darüber ein längs halbierter Baumstamm als Sitzfläche. Armdicke Äste boten der Lehne Halt, einer langen Baumscheibe. Das Holz glänzte, als hätte Johannes es frisch eingeölt. Ein paar Kissen verdeckten Teile der zarten Jahresringe, und auf der Sitzfläche warteten zwei Teller mit Beerentörtchen. Einladend.

»Hey.«

»Schön, dass du da bist, Emma«, sagte er und kam näher.

Seine Stimme klang warm und dunkel. Einmal mehr wurde mir bewusst, dass da keine Spur mehr von der hellen Jungenstimme war, die in Kinderzeiten oft meinen Namen gerufen hatte.

»Das Buch auf der Treppe. War das eine Einladung?«, fragte ich ohne Umschweife.

»Wie sagt deine Oma immer?« Ein Grinsen flog über sein Gesicht, Grübchen zeigten sich über seinen schlecht rasierten Mundwinkeln. »Jedes Buch birgt eine Einladung.«

Ich musste lächeln. »Ja, das sagt sie immer.« Beinahe konnte ich Omas Stimme hören: *Ein Buch birgt eine Einladung fürs Leben. Wer mutig ist, der nimmt sie an.* Belustigt zwinkerte ich ihm zu. »Und Opa widerspricht jedes Mal. *Bücher quatschen viel. Von den Gefahren ihrer Einladungen wissen sie nichts.*«

Johannes hob grinsend beide Hände. »Ich? Eine Gefahr?«

»Wer weiß?«

»Ich ahne, worauf du hinauswillst.« Er wies mit der Linken auf die Beerentörtchen, die noch immer auf der Bank warteten. »Aber keine Angst. Inzwischen haben sich meine Backkünste ein wenig verbessert.«

»Verbessert?«

Johannes' dunkle Augen blitzten amüsiert. »Wenn sie erst grottenschlecht waren und danach nur noch schlecht, nennt man das doch Verbesserung, oder?«

»Glaube schon, ja.« Grinsend ließ ich mich auf den Baumstamm sinken, griff nach einem Törtchen und schnupperte daran. Ein Duft von roten Beeren, Butter, Fürsorge und Kindheit stieg in meine Nase. Ich lugte zwischen den Himbeeren und den Erdbeeren hindurch und erspähte Vanillecreme auf zartem Mürbteigboden. Johannes setzte sich neben mich und bot mir ein Kissen an.

»Mmmh. Das riecht wirklich gut.« Anerkennend nickte ich ihm zu und stopfte mir das Kissen hinter den Rücken. Aber eins konnte ich mir doch nicht verkneifen. »Da sind ja gar keine Erbsen drin. Vom Blindbacken, meine ich.«

»Da staunst du, was?« Er grinste.

»Jetzt musst du mir nur noch verraten, wie du die Erbsen aus dem Mürbteigboden gekriegt hast.«

»Mit dem Staubsauger.«

Ich musste lachen. »Klingt vertrauenswürdig.«

»Ich weiß.« Johannes zwinkerte mir zu und streckte mir sein Törtchen entgegen, um feierlich mit mir anzustoßen. »Prost.«

Trocken waren sie. Trocken, an einem Eck ein bisschen verbrannt, aber mit einer riesengroßen Portion Liebe, die ich deutlich herausschmeckte. »Mmmmh«, machte ich und leckte mir ein wenig Vanillecreme von den Lippen.

Johannes lachte. Nebenbei fegte er ein paar Krümel vom Baumstamm. »Das ist lieb von dir.«

»Ich … Nein, also …«, versuchte ich zu widersprechen. Prompt wurde ich rot.

»Alles gut. Ich weiß, dass ich nicht der Megabäcker bin. Erst recht nicht mit diesem Campingbackofen. Aber zumindest kommt es von Herzen.«

Seufzend drückte ich mich tiefer in die Kissen und streckte die Beine aus. Das Holz der Bank war warm von der Sonne, der Wind trug den Duft von Seewasser und feuchtem Moos herüber. Ein Geruch, der mich an früher erinnerte. Zufrieden atmete ich durch.

»Eine meiner Freundinnen meinte, du hast dein Psychologiestudium abgebrochen.« Mühsam löste ich den Blick vom blau schimmernden Wasser und sah Johannes an. »Eigentlich hätte ich wetten können, das wäre genau dein Ding.«

Er wiegte den Kopf. »Ich unterteile die Welt nicht gern in Kranke und Gesunde.«

»Erzählst du deshalb Geschichten?«

»Ja«, antwortete er langsam und sah mich nachdenklich an. »Wir alle haben Orte in unserem Herzen, die heilen wollen. Oder nicht?«

Das Thema wollte ich nicht gern vertiefen. »Mit Sicherheit«, antwortete ich knapp.

Wir schwiegen. Plätschernd und gluckernd rollten kleine Wellen ans Ufer. In der Ferne zog der große Raddampfer Ludwig Fessler durch das türkisgrüne Wasser.

Ich nahm noch ein paar Bissen vom Beerentörtchen und seufzte zufrieden. Frische Erdbeeren. Tiefrot, fast schwarz mussten sie sein. Dann prickelten sie auf der Zunge und brachten meine Geschmacksknospen um den Verstand. Ein Kuss des Sommers.

Johannes atmete tief durch. »Es tut mir so leid, dass ich deine Geschichte noch nicht erzählen kann.«

Aufmunternd lächelte ich ihm zu. Daran hatte ich längst nicht mehr gedacht. »Schon gut.«

»Gib mir ein bisschen Zeit, ja?«, bat er, und ich nickte.

Johannes sah so geknickt drein, dass ich am liebsten eine Hand auf seine Schulter gelegt hätte. Wie früher. Doch ich ließ es sein.

»Was machst du dann jetzt?«, fragte ich schnell, um das Thema zu wechseln. »Beruflich, meine ich?«

»Ich begeistere Kinder fürs Lesen.« Johannes' Miene entspannte sich, er deutete auf den Bauwagen. »Schulen in ganz Bayern buchen meine rollende Bibliothek für Projekttage.«

»Eine tolle Idee.« Ich nickte anerkennend.

»Momentan hab ich frei. Den einen oder anderen Termin wollte ich den Schulen hier nicht abschlagen. Aber so wirklich arbeiten werde ich erst wieder in zwei Wochen.« Er streckte die Beine aus und lächelte. »Heimaturlaub, weißt du?«

»Kann ich verstehen.« Ich seufzte. Schließlich wusste ich am besten, wie gut es tat, nach Hause zu kommen. Klar, ich war auch in Birmingham zu Hause. War dort aufgewachsen und zur Schule gegangen. Doch der Chiemsee war der Ort meiner Ferien. Der Ort von Glück und guten Freunden.

»Du liebst deinen Job, oder?«, fragte ich, um nicht sentimental zu werden.

Sein sonnengebräuntes Gesicht bekam einen verträumten Ausdruck. »Ich liebe es, mit Kindern über Bücher zu reden. Ihnen zu zeigen, was sie erwartet, wenn sie eins aufschlagen.« Johannes' Augen blitzten. »Dann beginnt ein Abenteuer.«

»Wer könnte das besser als du.« Unwillkürlich musste ich an den sieben- oder achtjährigen Johannes denken, der allzu gern Omas Weisheiten nachplapperte und sich ab und an selbst welche ausdachte. »Wie hast du früher immer gesagt? Ein Buch weiß, ob es dein Freund sein möchte. Bücher haben Charakter. Sie trösten, sie schaffen Träume – und sie widersprechen.«

Johannes nickte. »Manche davon willst du fest an dich drücken, sie immer bei dir tragen. Du bleibst zu nachtschlafender Zeit wach, weil du sie zu Ende erzählen lassen willst. Andere wiederum könntest du gegen die Wand klatschen, sie gehen dir auf die Nerven wie der allwissende Kollege oder die pingelige Nachbarin. Das Gute bei einem Buch jedoch ist, du kannst es zuklappen, und es bleibt für immer stumm.«

»Ich bin mir sicher, die Kinder sind begeistert.« Ich musterte ihn. Ja, tatsächlich konnte ich mir Johannes hervorragend vorstellen, umringt von Kindern. »Ist das der Termin, den du um fünf hast?«

»Ja und nein.« Johannes schmunzelte. »Ich bin auch mit einem Freund verabredet. Aber ich sehe schon, der Flurfunk funktioniert noch immer bestens. Hier hat sich nichts verändert.«

»Was hast du denn erwartet?«, neckte ich ihn.

In einem so kleinen Dorf war man wirklich nie allein. Und ganz genau das liebte ich eigentlich. Denn auch wenn sich Tratsch und Klatsch schneller als die Wellen verbreiteten, die der Raddampfer Ludwig Fessler aussandte, so konnte man gleichzeitig sicher sein, immer eine helfende Hand zur Stelle zu wissen.

Abrupt hob ich den Blick. »Ist heute nicht Sonntag? Und die Kinder müssen in die Schule?«

Er schüttelte den Kopf. »Ist ein freiwilliger Projekttag. Jeder, der Lust hat, darf kommen. Wie war dein Tag?«, fragte er. »Was hast du gemacht?«

Ich lächelte. »Ich war auf der Fraueninsel. Mit Biene. Kennst du die noch?«

»Das schüchterne, dunkelhaarige Mädchen? Die immer so viel Angst hatte, bei den Lesenächten in der Bibliothek vorzulesen?«

»Ja.« Für gewöhnlich wurde Biene mit anderen Worten beschrieben. Ich schluckte schwer. »Die mit den zarten Gesichtszügen. Wie eine Porzellanpuppe.« Was man von mir nicht mehr behaupten konnte.

In seinem Blick konnte ich es sehen. Dass er meine Unsicherheit bemerkte. Meine Traurigkeit und meinen Schmerz.

»Was habt ihr Schönes gemacht?«, fasste er sofort nach.

»Ach.« Erneut musste ich schlucken. Wieder und wieder. Aufkeimende Tränen stiegen in mir hoch, doch ich zwang sie mit aller Beharrlichkeit zurück. In meinem Hals brannte die Bitterkeit unterdrückter Gefühle. *Hallo, Tränen.*

In meiner gefühlstauben Welt, die mich seit der Reha umgab wie ein milchiger Wolkenschleier, hätte ich nicht gedacht, dass ich noch Tränen in mir finden würde, egal, wie lange ich suchte. In der Gefühlswüste meines Herzens, das ausgetrocknet und leer geweint verkümmerte. *Pustekuchen.*

Stattdessen stiegen mehr und mehr Tränen in mir auf, der Druck hinter meinem Kehlkopf wurde immer größer. Es kostete mich Kraft, sie zurückzuhalten. Wie ein altersschwacher Dichtungsring auf einer Hochdruckleitung. Wenn ich nicht aufpasste, würde alles auf einmal aus mir herausplatzen. *Was habt ihr Schönes gemacht?* »Am Kiosk … Die *Vogue* … War bisschen schwierig«, presste ich heraus.

Scheinbar zufällig berührte mich Johannes' Hand, als er sich auf den Baumstamm stützte, um sich ein wenig weiter zu mir zu drehen.

»Nein«, sagte er leise, und sein Lächeln wirkte beinahe liebevoll. »Ich meine … Was hast du tatsächlich Schönes gemacht?«

»Ach so.« Ich musste lachen, doch es klang eher wie ein Schluchzen. »Ehrlich gesagt hab ich es sehr genossen, mal wieder Zeit mit Biene zu verbringen. Quatsch zu machen und Blödsinn zu reden.«

»Das klingt nach einem tollen Tag.«

»War es«, bekräftigte ich und nickte, als müsse ich es meinem Gehirn in Endlosschleife in Erinnerung rufen. Ich musste aufhören, den schlechten Momenten so viel Raum zu geben. Wie hatte Oma immer gesagt? *Jeder Tag deines Lebens ist wie ein Kapitel eines Romans. Die Tiefen lehren dich, die Höhen wertzuschätzen – und solange es ein Happy End gibt, sehe ich keinen Grund, die traurigen Seiten rauszureißen.*

Ich nagte an meiner Unterlippe. Unsicher sah ich Johannes an. »Du musst los, oder?«

»Schon, ja. Aber keine Eile«, antwortete er mit einer Ruhe, um die ich ihn beneidete. »Magst du noch ein Törtchen für den Rückweg?«

Ich lächelte. Ehrlich gesagt hatte ich keinen Schimmer, warum ich mich plötzlich so viel besser fühlte. Ein paar Minuten neben Johannes hatten meine kleine, zerbrochene Welt nicht repariert. Aber ihr eine Leichtigkeit zurückgegeben, die ich schon seit Monaten nicht mehr gefühlt hatte.

Auf gute Freunde war eben immer Verlass.

Kapitel 9

Abendstimmung lag über dem Chiemsee, der warme Sommerwind blies mir durch die Haare, als ich dem Feldweg zum Haus meiner Großeltern folgte.

Wellen plätscherten ans Ufer, Kies knirschte unter meinen Füßen. Schon von Weitem hörte ich vergnügtes Lachen. Vor der Rosenhecke hatte sich ein kleines Grüppchen niedergelassen.

Ein bedrückendes Gefühl in meinem Magen ließ meine Schritte langsamer werden. Unsicher kaute ich auf meiner Unterlippe herum, schüttelte ein paar Haarsträhnen über meine vernarbte Wange. Doch ich wollte mich nicht länger verstecken. Der kurze Besuch bei Johannes hatte mir Mut gemacht. Etwas in mir verlangte danach, positiv in den Abend zu gehen.

Niemand der Anwesenden rief meinen Namen. Ich fing ein paar flüchtige, warme Blicke auf, Hände hoben sich zum Gruß, doch niemand drängte mich, am Tisch Platz zu nehmen. Und trotzdem. Das Stimmengewirr ebbte ab, Stille legte sich über die Terrasse. Alle schienen nur stumm und vorsichtig darauf zu warten, ob ich mich zu ihnen setzte. Vielleicht.

Ein warmer, dunkler Geruch nach Rinderbrühe stieg in meine Nase. Und mit ihm die Einladung, endlich wieder Teil dieser Gemeinschaft zu sein. Heimat ist da, wo man eine kräftige Brühe miteinander teilt.

»Hi.« Beinahe schüchtern trat ich näher. Gerade in dem Moment, als Opa Suppe austeilte. Mein Blick schweifte durch die Runde, ich sah in strahlende Gesichter. Oma und Opa. Gegenüber hatten es sich Biene und der Schmidt Peter gemütlich gemacht, auf den großen Terrassenstühlen mit den geblümten Sitzkissen saßen Opas bester Freund, der Staudinger Fritz, genannt Staudi, und die Weigert Lotte, die Milchbäuerin von nebenan. Dem Füllstand ihrer Biergläser nach zu urteilen, saßen sie dort schon eine ganze Weile.

»Ihr esst gerade zu Abend, oder?« Ein wohliges Gefühl breitete sich in meinem Herzen aus. Es tat gut, all die Leute wiederzusehen.

»Schön, dass du da bist, meine Kleine!«, tönte es von Oma. »Willst du …? Such dir einen Platz, wo du dich wohlfühlst!« Sie sprang auf – und bevor ich mich versah, bekam ich ein Weizenglas, eine Suppenterrine, Teller und Besteck in die Hand gedrückt.

Opa nickte. »Ich hab Fleischpflanzerl gemacht. Und zur Vorspeise Leberknödelsuppe. Setz dich, du musst unbedingt einen Teller davon probieren.«

Grinsend faltete der Schmidt Peter seine Hände über dem runden Bauch. »Brauchst dich gar nicht zu wehren, Emma. Es bringt nichts.«

»Ich weiß.« Schmunzelnd machte ich es mir auf der kleinen Bank bequem, direkt neben Biene, und ignorierte das Spannungsgefühl in meiner Narbe, das mir die angehobenen Mundwinkel bescherten. *Danke für die ständige Erinnerung.*

Ich streifte meine Schuhe unter dem Tisch ab. Kühl strich der Abendwind über meine nackten Zehen, als wolle er mich auf andere Gedanken bringen.

Biene schenkte mir ein Bier ein. Alkoholfrei – wegen der Schmerzmittel, die ich schluckte. Der Schaum stieg höher und höher dem Rand entgegen, das Bier schwappte golden im Glas herum, als Biene es vor mir abstellte.

»Hey. Na?« Vorsichtig lächelnd klopfte sie mir auf die Oberschenkel.

»Hey«, flüsterte ich. Als würde mich niemand sehen, solange ich nicht allzu laut sprach. Ich atmete unauffällig durch. Röte stieg mir in die Wangen. Unschlüssig starrte ich auf meine Hände, doch da hatte Opa mir bereits die Suppenterrine bis zum Rand mit Suppe gefüllt und ein wenig Schnittlauch drübergestreut.

Hübsch sah es aus. Die weiße, schlichte Terrine stand vor mir auf dem Tisch. Anstatt von Henkeln formten sich die Umrisse von zwei bayrischen Löwenköpfen an den Seiten. Aus diesem Geschirr servierte Opa seine Suppen, seit ich denken konnte. Ich legte die Hände an die beiden Löwenköpfe und spürte die Wände der Suppenterrine langsam warm werden. Kleine, feste Leberknödel schwammen in der dunklen Rinderbrühe, und ich schnupperte. Der Duft von Kindheit und Fürsorge.

»Schön, dass du da bist, Emma«, sagte Lotte schließlich. Lachfalten kräuselten sich in ihrem braun gebrannten Gesicht, und ich lächelte.

Ich hob mein Glas. Ein dunkles Klacken ertönte, als Opa mit mir anstieß, die anderen folgten. Ein wenig Bier tropfte auf den Tisch. Vermutlich vom Staudinger Fritz, denn er war es, der nun ungeschickt mit seiner Serviette am Glas herumwischte.

»Da schau her«, meinte Opa und streckte mir einen Löffel hin. »Junge Leute müssen tüchtig essen, weißt du?«

Biene grinste mir zu. »Darfst du dir wirklich nicht entgehen lassen. Schmeckt himmlisch.«

»Gell?« Opa nickte stolz.

Genüsslich stach ich mir etwas von einem Leberknödel ab und schob mir den Löffel in den Mund. Früher hatte Opa mich oft mit einem Teller Leberknödelsuppe getröstet, wenn ich mit einem aufgeschlagenen Knie, zerzausten Haaren und verheulten Augen nach Hause gekommen war.

Stundenlang hatte er Knochen und Reste ausgekocht, bis das ganze Haus nach Rinderbrühe roch und ich sie in jedem Winkel erschnuppern konnte. Der Geruch kroch dann die Treppe hinauf, von Zimmer zu Zimmer – bis unter meine Bettdecke, wo er mich sanft hinunter in die Küche lockte.

Die kräftige Rinderbrühe wärmte mein Herz, dunkel und herb mischte sich das Aroma der Leberknödel dazu. »Schmeckt himmlisch, Opa.«

»Mmmmmh. Ja, wirklich.« Biene leckte sich die Lippen. »Eigentlich wollte ich nur die Polaroidkamera zurückbringen, ist ja deine. Hab sie auf der Fraueninsel versehentlich wieder eingesteckt. Aber als ich gehört habe, dass dein Opa gekocht hat, bin ich hängen geblieben.«

»Wie wir alle.« Peter grinste.

Mein Blick flog zu ihm. Auf seiner Halbglatze, die, wie er fand, seinen Charakter ausgezeichnet unterstrich – *Platterte sind gemütlich!* –, war er nur ein kleines bisschen gemütlicher geworden. Seine urbayerische Ruhe jedoch, die schien er für einen kurzen Moment verloren zu haben. Er stach ziellos in seinen Leberknödeln herum und vermied es, mich anzusehen.

Genau wie Lotte, die an ihrem gräulich melierten Flechtzopf herumfingerte und sich verlegen räusperte.

»Franz kocht einfach am besten.«

Das laute Schlürfen vom Staudinger Fritz unterbrach uns.

»Staudi! Schmeckt's dir?«, rief Opa seinem besten Freund zu. Er füllte ihm Suppe nach und schob die Schnittlauchschale zu ihm hinüber. »Noch Schnittlauch?«

»Schmeckt mir!«, brüllte Fritz zurück. »Und dem Schmidt auch.«

»Schnittlauch!«, brüllte Opa.

»Ja, ich weiß. Dem Schmidt auch.« Fröhlich tätschelte Staudi dem Peter den Arm.

Der verschluckte sich beinahe an seinem Weißbier, mit dessen Rest er gerade einen großen Happen Leberknödel hinunterspülte.

Opa seufzte. »Ein gescheites Hörgerät könntest du mal brauchen!«, schimpfte er. Wild gestikulierend zeigte er auf seine Ohren. »Hörgerät!«

»Ist angeschaltet.« Der Staudi lächelte so breit, dass man sein Gebiss in voller Pracht sah. Seine Stirn knitterte in Querfalten.

»Ein neues Gerät bräuchtest du!«, versuchte Opa es noch mal, diesmal so laut, dass es bei günstiger Windrichtung womöglich bis hinüber zur Fraueninsel schallte. »Ein gescheites!«

»Dass ich ein neues Gerät brauche, hast du gesagt, gell?« Der Staudinger Fritz nickte. »Brauch ich aber nicht. Ich höre dich klar und deutlich.«

»Wenn ich schreie wie ein Ochs!«, rief Opa. »Stur bist, Staudi!«

»Ha?«, machte Fritz und legte eine Hand ans Ohr, doch Opa winkte ab.

»Zwecklos«, murmelte er. Und lauter zu Oma: »Wenn ich

mich mal gegen ein vernünftiges Hörgerät wehre, wenn's so weit ist – erinnere mich an den Staudi, ja?«

Oma lächelte bloß, auch ich musste schmunzeln. Die Menschen wurden älter, die Unterhaltungen lauter. Davon abgesehen würde sich hier auf der kleinen Rosenterrasse am See nie etwas ändern.

»Wer war eigentlich schon …«, setzte Lotte an, doch ein Klingeln unterbrach sie.

Oma und Opa wechselten einen besorgten Blick. Fragend hob ich die Augenbrauen.

Oma biss auf ihrer Unterlippe herum und stemmte sich vom Tisch hoch. »Ich geh schon«, murmelte sie.

Ich sah ihr nach. Merkwürdig. Kein Mensch klingelte vorn an der Straßenseite. Hier im Ort wusste jeder, dass die große Fensterfront zum Garten immer offen stand. Wer meine Großeltern besuchte, kam einfach auf die Terrasse. Gerade wollte ich nachfragen, wer das sein könnte, doch Lotte kam mir zuvor.

»Wer war jetzt eigentlich schon beim Geschichtenerzähler?«, fragte sie neugierig.

»Der Staudi«, brummte Opa. »Aber mitgekriegt hat er leider nichts.«

Peter hob seine Suppenterrine an und trank den Rest der Rinderbrühe in einem Zug aus. Unten sammelten sich meist die Krümel. Kleine Stückchen der Leberknödel, fein geriebene Karottenstifte und Zwiebelreste.

Mit dem Handrücken wischte er sich den Mund ab. »Ich war auch dort, hab mir aber keine Geschichte erzählen lassen.«

»Warum?« Lotte beugte sich vor und fegte ein paar Brösel von der Tischdecke.

Man sah ihren Händen an, dass sie jahrelang hart gearbeitet hatte. Braun gebrannt waren sie, groß und muskulös. Auch in ihrem Gesicht hatte jeder Tag scheinbar eine kleine Falte gegraben. Im Sommer, wenn sich ihre Haut mehr und mehr tönte, fielen sie noch stärker ins Auge als in den kalten Monaten. Ich liebte Lottes Falten. Sie erzählten eine Geschichte, als wären sie Papierseiten, die zusammengeheftet ein grandioses Buch ergaben.

»Ladys first und so.« Peter zwinkerte.

Opa gab ihm mit der Faust einen Stoß in die Rippen. »Gib's zu, Schmidt, du traust dich bloß nicht.«

»He!« Peter gab ihm einen Klaps auf die Hand und bückte sich nach dem Kasten Bier unter dem Tisch, um sein leeres Weizenglas wieder aufzufüllen. »Mein Name ist Peter der Furchtlose! Ich hab vor nichts Angst. Weder vor Spinnen noch vor Schlangen …«

»Nur vor der Standpauke deiner Frau, wenn du noch ein Bier trinkst!«, schalt ihn Lotte. Sie zog ihm energisch die Flasche aus der Hand und hielt ihm ein alkoholfreies Weizen hin.

Der Schmidt nickte betont zerknirscht – und konnte sich nur mühsam ein Grinsen verkneifen. »Vor der eventuell.«

Ich setzte nun auch die Suppenterrine an die Lippen und schlürfte den letzten Rest der Brühe aus. Das Norgerl, wie man hier sagte. Mein bayerisches Lieblingswort. Ein Norgerl war nicht einfach nur ein Suppenrest. Oder ein Bierrest. Ein Norgerl war der kostbarste letzte Schluck – und das eine Wort, das ich brauchte, um mich am Chiemsee ganz daheim zu fühlen. Egal, mit wie viel Stress und Kummer ich hier anreiste – ein paar bayerische Wörter, und ich wusste: *Entspann dich, Emma. Du bist endlich zu Hause.*

»Und jetzt gibt's Fleischpflanzerl!«, rief Opa. Gerade wollte er sich am Tisch hochstemmen, da hielt Biene ihn zurück.

»Die holen wir!«

Bevor ich die leere Suppenterrine richtig auf den Tisch gestellt hatte, zog Biene mich auch schon am Ärmel mit sich, hinein ins Haus, durch den Lesesaal hindurch, den Flur entlang und weiter in die Küche. Dort empfing uns der Geruch von röstig gebratenen Fleischpflanzerln, von heißem Fett und Hackfleisch.

»Ich wollte dich unbedingt kurz allein erwischen«, raunte sie mir zu.

Der Grund dafür war mir längst klar. Grinsend folgte ich ihr in die Küche. Die Fliesen fühlten sich kühl an unter meinen bloßen Füßen. »Wie war's bei deinem Termin? Eine Hochzeit, oder?«

»Lenk nicht ab«, schalt sie mich amüsiert. »Ja, eine süße kleine Hochzeit. Ganz heimlich und schnell, mit nur vier Gästen. Die Brautleute sind schon über sechzig. Sie wollten keinen großen Trubel.«

Männerstimmen schallten durch den Korridor, irgendwas raschelte. Gelegentlich hörte ich ein Rumpeln.

Biene lauschte ebenfalls. »Ziehen deine Großeltern um?«

»Vielleicht eine Bücherlieferung.« Ich zuckte die Achseln. »Obwohl ja eigentlich nichts mehr Platz hat«, gab ich zu und warf einen belustigten Blick durch die Küche. Auch hier bogen sich Regalbretter unter Kochbüchern, Backbüchern und Ernährungsratgebern.

Oma blieb seit Jahren diesem System treu. Jedes Zimmer ihrer Privatbibliothek beherbergte Bücher zu einem bestimmten Thema. So ging es in der Küche hauptsächlich um

Rezepte, Nahrungsmittel und Ernährung, im Lesesaal fanden sich Romane, in dem kleinen Zimmer mit Gartenblick allerhand Sachbücher über Tiere und Natur. Im Treppenhaus bewahrte sie alles auf zum Thema Lebensberatung und Psychologie. Auf dem Dachboden – nahe beim lieben Gott, wie sie sagte – alles, was sie über die unterschiedlichsten Religionen besaß.

Im Keller fand sich die Humorabteilung – darauf hatte Opa bestanden, um jedem Besucher fröhlich erklären zu können, unsere Familie würde zum Lachen in den Keller gehen. Im Arbeitszimmer stapelte sich Literatur zu geschichtlichen und politischen Themen. Auf der einen Seite des Schlafzimmers alle Bücher zu Fantasie, Träumen und gesundem Schlaf, auf der anderen Seite Beziehungsratgeber und Liebesgedichte. Und bestimmt noch ein paar weitere Räume.

Ich sah Biene an. »Ich finde es total schön, dass du es dir zum Beruf gemacht hast, glückliche Momente für immer festzuhalten.«

»Irgendwann werde ich auch deinen schönsten Tag im Leben für immer festhalten.« Ihr Mundwinkel zuckte mit einem unterdrückten Grinsen – und ich ahnte, wohin das führte.

»Hoffe ich doch«, gab ich zurück. Wohl wissend, dass ich sie gerade mächtig auf die Folter spannte.

»Uuund?«, flüsterte sie.

Ich schmunzelte. »Was und?«, fragte ich, um sie ein wenig zu triezen.

»Gnnnnnh! Emma!«, flüsterte sie und grinste nun breit.

Ich sah, welche Selbstbeherrschung es sie kostete, nicht sofort mit Fragen um sich zu werfen.

»Darüber hab ich nicht nachgedacht«, sagte ich ausweichend. »Das ginge mir ein wenig sehr schnell, ehrlich gesagt.«

»Aber du warst dort, oder? Am Nachmittag?«, fragte sie. »Lotte hat dich gesehen.«

»Und ein paar Minuten später weiß es das ganze Dorf.« Ich seufzte, doch ich tat es mit einem Lächeln.

»Er hat dich zu einem Date eingeladen, hab ich gehört?« Biene warf mir einen belustigten Blick zu, während sie die Kühlschranktür öffnete.

»Nicht direkt.« Ich fasste nach einer wuchtigen Schale bayerischem Kartoffelsalat. Kalt war sie und verdammt schwer. An ihrer feuchten Außenseite perlten Wassertropfen ab.

»Aber indirekt!« Sie lachte, als sie sich zu mir umdrehte und die Herdplatten ausstellte. »Das mit dem Lesezeichen ist noch viel romantischer, wenn du mich fragst.«

»Biene!«, rief ich.

»Sei mir nicht böse, wenn ich darauf herumreite!« Routiniert pflückte sie den Spritzschutz von der ersten Pfanne und griff nach Opas Bierkrug, in dem er Holzkochlöffel, Pfannenwender und allerlei andere Utensilien lagerte. So standen sie immer griffbereit neben dem Kochfeld.

»Aber Johannes und du … Ihr wärt so ein tolles Pärchen.«

»Ich habe ihn doch gerade erst wiedergetroffen.« Und hübsch genug, dass man sich in mich verlieben würde, war ich definitiv nicht mehr. »Und … mir geht es momentan nicht so gut.«

»Schon«, meinte sie und schaffte es nicht, ihr erneutes Grinsen gänzlich vor mir zu verbergen. »Aber so ein bisschen Knutschen lenkt vielleicht auch ganz gut ab und macht gute Laune?«

»Er ist nicht mein Typ«, flunkerte ich und hoffte, Biene würde das Thema damit abhaken.

Währenddessen stellte ich mich auf die Zehenspitzen, um einen großen Servierteller aus dem Hängeschrank zu nehmen, und kleidete ihn mit Küchenpapier aus. Draußen schienen die unbekannten Männer gerade ein zweites Mal den Korridor entlangzulaufen. Ihrem Schnaufen nach schwer beladen.

»Oooch«, machte Biene. Mit großen Augen sah sie mich an. »Aber es wäre so toll. Johannes macht es auch sicher nichts aus, wenn du … na ja, nach deinem Unfall …«

Mein Herz schien einen schmerzhaften kleinen Hüpfer in Richtung Kehlkopf zu machen. Energisch nahm ich ihr den Pfannenwender aus der Hand. »Willst du damit sagen, andere Männer würden eine Vogelscheuche wie mich nicht mehr haben wollen?«

Prompt wurde Biene rot. »Auf keinen Fall.«

»Aber?« Herausfordernd sah ich sie an. Ich kannte Biene lange genug, um zu wissen, dass sie es nicht böse meinte. Vielleicht war ich durch den Unfall ein wenig dünnhäutiger geworden. Aber Zweifel an meinem Äußeren hatte ich selbst genug, die wollte ich nicht auch noch von meiner besten Freundin hören.

Warum in aller Welt mussten mich die Menschen ständig daran erinnern, dass ich, wäre ich ein Buch, inzwischen in jeder vernünftigen Buchhandlung einen deutlich sichtbaren Stempel auf den Buchschnitt bekommen hätte: *Mängelexemplar*.

»Ich dachte nur, er wäre so lieb und so. Gib ihm eine Chance!«

»Nur weil ich jetzt hässlich bin, muss mir nicht jeder Mann gefallen«, sagte ich leise.

»Ich weiß.« Sanft legte Biene einen Arm um mich. »Entschuldige. So war's nicht gemeint.«

»Schon gut.«

»Mmmmh.« Biene schnupperte.

Die Ellenbogen auf der Arbeitsplatte, den Kopf auf die Hände gestützt, sah sie mir dabei zu, wie ich ein Fleischpflanzerl nach dem anderen auf die Servierplatte hob.

»Lecker, oder?« Das Fett brutzelte noch leicht, die Außenseiten der Fleischpflanzerl hatten sich goldbraun verfärbt. Probeweise klopfte ich mit dem Pfannenwender drauf. »Die sind knusprig geworden.«

»Dein Opa kocht einfach klasse.«

»Das stimmt.« Ich nickte. Und er tat es mit einer Gelassenheit, die ich nur bewundern konnte. So überließ er die Fleischpflanzerl einfach sich selbst – und vertraute darauf, sie nach der Vorspeisensuppe im richtigen Moment von der Platte zu holen.

Mmmmh. Opa war der König der Fleischpflanzerl. Vor dem Braten wendete er sie in Paniermehl. Das verlieh ihnen die unverwechselbare Kruste. Außen knusprig, innen zart und saftig. So liebten wir alle Opas kleine Köstlichkeiten.

»Hhmmmh«, machte Biene. Eigentlich war es mehr ein Atmen als ein Sprechen. Sie lächelte mich an, doch ein Schimmer Unsicherheit lag irgendwo in ihren dunklen Augen.

»Johannes tut mir gut«, gab ich leise zu. *Verdammt gut*, korrigierte eine Stimme in meinem Hinterkopf. »Sei mir nicht böse, es ist nur …«

»Alles gut.« Sie drückte meine Hand. »Wir schaffen das schon, oder?«

»Ab heute wird alles gut.« Lächelnd füllte ich eine zweite Servierplatte mit Fleischpflanzerln. Ich konnte stolz auf mich sein. Dass ich mich zu Staudi, Peter und Lotte setzen würde, hätte ich bis vor ein paar Stunden niemals gedacht.

Irgendetwas in mir begann zu heilen – offenbar ganz ohne Johannes' Geschichte.

Biene betrachtete das Essen. »Ich trage die Servierplatten. Kannst du den Kartoffelsalat nehmen?«

»Okay.« Mein Bein meldete sich für einen Moment, als ich die Schüssel hochhievte, aber ich war dankbar, zumindest nicht die sperrigen Servierplatten durch die Türen balancieren zu müssen.

»Puh.«

Biene lachte, als sie mit dem Fuß die Tür aufstieß und die beiden Platten umständlich in der Luft drehte, um nicht mit zwei Bücherregalen zu kollidieren, die hinter der Küchentür den Flur noch enger machten, als er ohnehin schon war.

Der Duft von Männerparfum lag schwer in der Luft, die sonst lediglich den Geruch der alten Bücher mit sich trug.

»Geht's?«, rief ich.

»Na klar!« Sie nickte. »Ich muss nur hier ein bisschen vorsichtig … Weil deine Oma mich meuchelt, wenn sie Fettspritzer auf ihren Büchern findet.«

Ich liebte Omas Märchenhaus. Bücher an allen Wänden. Sie schienen beinahe zur Familie zu gehören. Als Kind hatte ich hier im Korridor oft die Hände zu beiden Seiten ausgestreckt und die warmen, glatten Bücherrücken gestreichelt. Hatte mich gefragt, ob Bücher kitzlig waren – und gelegentlich schwören können, eines habe bei der Berührung gerufen: *Nimm mich mit! Wir können Freunde sein!*

Der schmale Korridor mit den beiden langen Regalen mündete in den Lesesaal. So, wie ein Fluss ins Meer mündet. Mit einem seligen Lächeln der Erinnerung auf den Lippen folgte ich Biene in das Zimmer, das die Erfüllung aller Träume barg, die jeder Bücherfreund in sich trug.

»Sieh mal!«, rief ich.

Biene drehte sich um. Die Servierplatten auf ihren Händen wackelten gefährlich. »Hm?«

»Was ist das?« Ich zeigte auf einen Haufen Kabel, eine Bühne und etliche Koffer. »Das scheinen die Leute eben abgeladen zu haben.«

»Komisch.« Sie stellte sich auf die Zehenspitzen. Vorsichtig inspizierte sie die Sachen. »Hat deine Oma ein Event geplant? Einen Sänger eingeladen?«

»Fast.«

Omas Stimme ließ uns zusammenzucken.

Unbemerkt hatte sie sich in den Lesesaal geschlichen.

»Ein Event!« Biene strahlte. »Solange ich nicht wieder vorlesen muss, bin ich dabei. Wer ist es denn?«

»Bestimmt ein Rapper, wie ich Oma kenne.« Ich lachte laut auf.

»Emma.« Omas Stimme klang ernst, sie seufzte. »Es wird dir vermutlich sehr wehtun, aber hier sind gerade ein paar Leute angekommen.«

»Warum …?«, setzte ich an. Dann erinnerte ich mich an unser Telefonat im Zug. Omas Zögern, weil ich nun doch nicht zu dem Termin anreisen wollte, den wir ursprünglich geplant hatten. Vor meinem Unfall.

»Eigentlich war es als Überraschung für dich gedacht, weißt du.«

»Ich verstehe nicht ganz.« Das Gewicht des Kartoffelsalats zog an meinen Armen. Ein Schmerz in meinem Rücken vermeldete lautstark, dass ich die Schüssel länger mit mir herumschleppte, als ich es nach dem Unfall sollte. Ich wandte mich um und stellte sie notgedrungen auf einem Lesepult ab.

»Anja hat alles eingefädelt.« Oma schluckte, ihre Augen

glänzten feucht. »Du solltest fotografiert werden, vor meinen Bücherfronten. Wir dachten, es würde dir gefallen. Vor heimischer Kulisse …«

»Das heißt …« Mein Mund fühlte sich trocken an. Anja. Sie war es gewesen, die mich in die Modelwelt gebracht hatte. Die eines Tages plötzlich an unserer Tür geklingelt und mich gefragt hatte, ob ich mir vorstellen könnte, Model zu werden.

Noch heute fragte ich mich manchmal, ob es Zufall gewesen war. Dank Anja hatte sich die *Vogue* gemeldet, dank ihr hatte ich eine wundervolle Zeit lang geglaubt, mein Traum könnte wahr werden. Und nun?

Biene stand schweigend neben mir. Sie wechselte einen traurigen Blick mit mir und deutete ein stummes Kopfschütteln an.

»Es ließ sich nicht mehr absagen.« Omas Schultern hoben sich. Sie atmete ein, aber nicht mehr aus.

»Also wird es stattfinden«, sagte ich langsam. »Aber natürlich nicht mit einer Vogelscheuche wie mir. Sie haben ein anderes Model engagiert.« In meine Panik und mein Entsetzen mischte sich ein Hauch von Wut. Alles ließ sich absagen. Überall gab es schöne Bibliotheken, sie hätten sich einfach eine andere aussuchen können.

Oma blinzelte eine Träne weg. Sie streckte mir einen Arm entgegen, um mich an sich zu ziehen. »Es tut mir so leid, Kleines. Ich wünschte, du müsstest das nicht direkt hier im Haus ertragen.«

»Kann ich …?«, fragte ich und rang nach Luft, als Oma mich an sich presste. Ihre knochigen Arme drückten beinahe schmerzhaft in meinen Rücken.

»Bist du mir böse?«, flüsterte sie. Ihr Griff wurde noch ein wenig fester.

»Kann ich …?« Meine Gedanken schienen sich durch den Nebel zu tasten, der gerade mein Hirn verschleierte. »Kann ich später bitte oben zu Abend essen?«, fragte ich leise. Mit Mühe löste ich mich von Oma, die sich inzwischen an mich klammerte, als könne sie damit gegen die Panik ankommen, die sich in mir ansammelte wie in einem Heliumballon – und mich immer mehr von ihr wegzog: nach oben, aus der Umarmung meiner Großmutter heraus, die ich um zwei Köpfe überragte.

Mit einem Krachen schwang die Haustür auf. Stimmen kamen näher, dann stand einer der beiden Männer auch schon im Raum. Tom. Anja hatte ihn mir mal vorgestellt, er gehörte zur Crew des Münchner Starfotografen Akos Marton.

Sein entsetzter Blick landete auf meinem Gesicht. Für eine halbe Sekunde verzogen sich seine Mundwinkel zu einer Mischung aus Mitleid und Abscheu – dann hatte er sich wieder im Griff.

»Emma?«

Tränen schossen mir in die Augen. Wie Feuer bahnte sich ein Gefühl der Hilflosigkeit seinen Weg durch meinen Hals, hinterließ ein Brennen im Kehlkopf.

Ich presste eine Hand auf meine vernarbte Wange, schüttelte mir die Haare ins Gesicht und stürmte aus dem Lesesaal, so schnell mich mein verletztes Bein trug. Schmerz bohrte sich in meinen Oberschenkel. Omas Rufen drang wie von fern an mein Ohr, doch ich wollte nur noch weg.

Kapitel 10

Als ich aus dem Haus meiner Großeltern ins Freie stürmte, sog ich scharf die Luft ein. Nervös biss ich auf meinen Lippen herum.

Zwischen Feldweg und Haus parkten zwei Autos mit Münchner Kennzeichen. Im hohen Gras versanken sie beinahe. Wie Zecken schienen sie auf mich zu warten, um sich in meinen Gedanken festzubeißen und mich vermutlich für den restlichen Abend in den Wahnsinn zu treiben.

»Du kannst jederzeit bei mir schlafen. Wirklich!«, hörte ich Biene hinter mir, doch ich wollte nur noch weg. Und das so schnell wie möglich. Den Blick auf das Model könnte ich nicht ertragen.

Die schwere Umhängetasche mit all den Büchern schnitt mir in die Schulter, meine Haare hingen mir wild ins Gesicht. Atemlos blickte ich mich um. Außer den Autos deutete hier draußen nichts darauf hin, dass in diesem Moment jemand mit unbedachten Füßen durch mein wohliges Nest trampelte.

»Danke, geht schon.« Mit einem Räuspern versuchte ich, Herr über meine Stimme zu werden. Doch sie klang, als hätte sie jemand über Opas Karottenreibe gezogen. »Lieb von dir.« Einmal hatte ich in Bienes Wohnung übernachtet, die vielleicht zwei, drei Quadratmeter maß. Eine Nacht auf einer Yogamatte, eingequetscht zwischen Bienes Bett und der Eingangstür, hatte mich mehr über die Anatomie des Menschen gelehrt, als ich wissen wollte.

»Ruf mich an, wenn du reden willst!«, rief Biene mir noch nach, als ich in Richtung Ufer flüchtete. »Ich lasse das Handy an!«

»Bist die Beste!« Ich deutete einen Luftkuss an und winkte. Auf Biene war Verlass.

»Und ich soll dir wirklich nicht helfen mit den Büchern?«

Besorgt sah sie mir hinterher, doch ich zog die schwere Umhängetasche noch höher.

Zuversichtlich gab ich ihr ein Daumen-Hoch. Nie im Leben hätte ich zugegeben, dass mich das Gewicht tatsächlich schwanken ließ. Ja, ich hatte einen Unfall hinter mir. Aber ich wollte verdammt noch mal in der Lage sein, eine Tasche mit elf, zwölf Büchern quer durch das Dorf zu tragen. Zumindest hatte ich jetzt ein Ziel. Damit kam mir meine Flucht aus dem Haus nicht mehr so sehr vor wie eine Niederlage.

»So kurz nach dem Unfall solltest du nicht so schwer heben.«

»Alles gut!«, betonte ich und winkte ihr ein letztes Mal zu.

Dämmerung legte sich über den Chiemsee. Die Geräusche des bunten Lebens, die hier Tag für Tag durch die Luft flirrten, waren ruhiger geworden und der Abendwind ein wenig kühler. Sanft plätscherten die Wellen ans Ufer. Wie in Zeitlupe schien die Nacht näher zu kommen. Die Sonne verschwand hinter den Häusern, die Vögel sangen bereits zaghafter. Klappernd schlossen sich die ersten Fensterläden für die Nacht.

Wie ferngesteuert setzte ich Fuß vor Fuß. Das Rauschen des Wassers schien alle Gedanken aus meinem Kopf zu spülen, der nächste Windstoß trug sie mit sich fort. Je länger ich so am Ufer entlanglief, desto freier fühlte ich mich.

Mit jedem Buch, das ich in einen Briefkasten steckte, wurde der Himmel ein wenig dunkler und meine Gedanken leichter. Und natürlich tat es gut, die Bücher nicht länger mit mir herumschleppen zu müssen.

Ich legte den Kopf in den Nacken, dehnte die verspannten Muskeln. Schmerz zog sich von den Schultern bis hinauf in den Unterkiefer. Auch in meiner Hüfte meldete sich ein Stechen, das sich bis hinab zum Unterschenkel fortsetzte. Nur ungern gestand ich mir ein, dass Biene recht behalten hatte. Um so schwer zu heben, war ich noch lange nicht fit genug.

»Nicht erschrecken«, hörte ich eine Stimme hinter mir und zuckte zusammen.

»Ich versuch's.« Grinsend drehte ich mich um.

Ein paar Meter weiter saß Johannes im weichen Moos. Im fahlen Licht der Dämmerung hatte ich ihn gar nicht bemerkt. Barfuß – und einen kleinen Eimer neben sich, in dem sich schon massenhaft Beeren häuften.

Er hob die schwarz-blau verschmierte Hand zum Gruß. »Hey.«

»Hey.« Ich ging näher, warf einen Blick auf die Wildbeeren. »Wie toll! Das sind Heidelbeeren, oder?«

»Ja.« Seine Augen strahlten. »Sind schon reif.«

Ich sah ihm zu, wie er die kleinen Beeren abpflückte, sie in seiner Hand sammelte und die in den Eimer leerte.

»So schön, wenn man sich einfach in der Natur bedienen kann. Kostenlos und für alle.«

»Kostenlos? Ich habe mit meinem Blut bezahlt.« Grinsend deutete er auf einige Bremsenstiche. Mit dieser Art von Grinsen, das ganz genau wusste, dass es jeden Stich wert war.

Dass sich wilde Beeren aus dem Wald später im Mund zu purem Glück verwandelten. Sein Blick schien irgendetwas in meinem Herzen anzutippen, als er mich für einen Moment betrachtete.

»Alles okay mit dir?«

»Alles bestens«, sagte ich, und zeitgleich spürte ich eine Welle an Tränen in mir hochschwappen. Nur mit Mühe schluckte ich sie hinunter. Mein Kehlkopf zog sich zu.

Johannes' Blick wurde noch weicher. Vermutlich hatte er längst bemerkt, wie sehr ich kämpfte.

»Wie wäre es mit einem Lagerfeuer? Stockbrot und Würstchen?«

»Ich, also …«, setzte ich an. »Das ist lieb von dir.« Vorsichtig balancierte ich die Wörter an den Tränen vorbei nach draußen. *Verdammt noch mal.* In Johannes' Gegenwart wurde ich jedes Mal wieder so verflucht dünnhäutig.

Ich sah ihn an, doch er widmete sich bereits wieder den Heidelbeeren. Beinahe liebevoll pflückte er sie von den kleinen Pflänzchen. »Danke«, fügte ich hinzu.

Amüsiert blickte er auf. »Danke, ja oder danke, nein?«

Danke dafür, dass du wegschaust, wenn ich gegen den Wasserfall ankämpfe. Das sprach ich allerdings nicht aus. »Danke, ja«, sagte ich stattdessen und lächelte erleichtert.

»Ich freu mich.«

Johannes stemmte sich hoch. Schwungvoll hob er den Eimer auf und wischte sich mit dem sauberen Handrücken ein paar Haare aus der Stirn.

Langsam machten wir uns auf den Weg durch den Wald, am Ufer entlang. Ich genoss das Gefühl von weichem Moos unter meinen Füßen, auch Johannes' nackte Füße sanken immer wieder ein wenig ein.

Nach einem Räuspern erlangte ich endlich die Herrschaft über meine Stimme zurück. »Heidelbeerpfannkuchen?«, fragte ich und deutete auf den Eimer.

»Vielleicht.« Er nickte. »Oder einfach nur Marmelade.«

Unsicher rieb ich meine Handgelenke aneinander. Offenbar hatte mich auch eine Mücke erwischt. »Das ist eine ganze Menge. Ein Wunder, dass du so viele gefunden hast.«

»Da waren noch viel mehr, aber ich hab nicht alles abgeerntet.« Er nickte Richtung Dickicht, dessen Blätter jede Minute mehr mit der aufsteigenden Dunkelheit verschwammen. »Sonst stehen die Tiere morgen vor meinem Bauwagen und haben einen Beschwerdebrief dabei.«

»Woher sollen sie wissen, wer die Beeren gepflückt hat?«, fragte ich und zog amüsiert eine Augenbraue hoch.

Grinsend hob Johannes die rechte Hand, die bläulich-violett verschmiert war. »Noch Fragen?«

»Okay.« Ich musste lachen.

»Das haben sie sich von den Modegeschäften abgeschaut. Die sichern ihre Kleidungsstücke auch mit Farbkammern. Klau eins, und die Polizei wird dich an deinen farbigen Händen erkennen.«

Ich wurde langsamer. Wieder bohrte sich Schmerz in mein Bein.

Vorsichtig half Johannes mir über eine Wurzel hinweg, als er mein Zögern bemerkte. Irgendwo im Wald schrie ein Käuzchen. Kurz darauf blitzte auch schon sein Bauwagen zwischen den nächtlichen Silhouetten der Fichten hindurch.

Ich ließ mich von Johannes quer über die Wiese zu der kleinen Bank führen. Tiefblau, fast schwarz schwappten die niedrigen Wellen des Chiemsees ans Ufer. Ihr Plätschern erschien mir so viel lauter als bei Tag.

»Setz dich.«

Johannes kramte in einem Korb, streckte mir ein Kissen entgegen und eine Kuscheldecke. Inzwischen war es so dunkel, dass ich nicht mal mehr erkannte, welche Farbe sie hatte.

»Nachts ist es hier fast noch schöner«, sagte ich und ließ mich auf die Bank fallen. Nur mit Mühe verkniff ich mir ein Stöhnen. Ein Schmerz zuckte durch mein rechtes Bein, und ich lehnte mich ein wenig zurück, um meine Muskeln zu entlasten. Das Holz der Sitzfläche war noch warm vom Tag, trug die Wärme der Sonnenstrahlen in die Nacht hinein.

»Ist es.« Mit einem Lächeln verschwand Johannes in den Bauwagen, und ich starrte auf den See hinaus.

Die Lichter der Häuser strahlten auf der Fraueninsel, weiter draußen schob sich ein hell erleuchtetes Schiff durch die nächtlichen Wellen. Kühl blies mir der Abendwind ins Gesicht, es roch feucht, nach Seewasser und Nadelbäumen. Das Rauschen einer Wasserleitung drang aus dem Bauwagen. Vermutlich wusch Johannes sich die Hände.

Keine Minute später stand er vor mir, einen Stapel Holz unter die Arme geklemmt, eine Kiste mit Schüsseln, Gläsern und Flaschen in den Händen. Die Kiste stellte er neben mir ab, dann schob er mir einen Klappstuhl hin. »Falls du was für die Füße brauchst.«

»Danke.« Ich lächelte. Offenbar registrierte er meinen Schmerz, der sich nun von der Hüfte aus bis zu den Unterschenkeln hinabzog. Mit energischen Griffen massierte ich mein lädiertes Bein.

»Was magst du trinken?«

Ich spähte hinunter in die Kiste. »Was Alkoholfreies, ich nehme Schmerzmittel.«

Johannes nickte, als wäre es das Selbstverständlichste auf der Welt. »Dachte ich mir. Ist alles alkoholfrei.«

Dankend entschied ich mich für eine offenbar selbst gemischte Limonade. Ein paar Zitronenscheiben tanzten mit Basilikumblättern in der Flasche auf und ab, feine Blubberblasen zierten sie wie Perlen. Neugierig nippte ich daran. »Hmmm, sehr lecker. Lieb, dass du ...«

Scheinwerfer erhellten die Nacht, dann heulte ein Motor auf. Irritiert sah ich mich um. Viel zu schnell brauste ein Auto über den holprigen Feldweg.

»Schon der dritte heute, der fährt wie ein Wahnsinniger.« Johannes zog seufzend eine Schüssel aus der Kiste.

Ich schwieg. Vermutlich war auch dieses Auto auf dem Weg zum Haus meiner Großeltern.

Stumm sah ich zu, wie er Holzwolle in die Feuerschale legte und darüber die Holzscheite wie ein Tipi aneinanderlehnte. Das Licht vom Streichholz zerriss die Dunkelheit, dann fing die Holzwolle Feuer. Die Flamme bog sich im sanften Abendwind, ihr Schein tauchte die Wiese in ein heimeliges Licht.

Johannes sah mich prüfend an, als er sich zu mir setzte. »Und du bist sicher, dass es dir gut geht?«

»Na ja ...«

Sein Blick ruhte auf mir. Und ich wusste, er sprach nicht von meinem Bein.

»Bin ich dir nach all den Jahren, die wir uns nicht mehr gesehen haben, nahe genug ... dass ich fragen darf, was passiert ist?«

Ich schluckte schwer, mühsam zog ich mein verletztes Bein nach oben und legte es auf dem Klappstuhl ab. »In Omas Bibliothek wird eine Werbekampagne geshootet«, erklärte ich leise.

Vermutlich ahnte Johannes nicht im Geringsten, was das für mich bedeutete. Doch er fühlte offenbar meine Traurigkeit, denn er legte eine Hand sanft über meine und drückte sie wortlos.

»In diesen Autos.« Ich zeigte unbestimmt in den Wald. »Die Leute sind gerade angereist, sie haben …« Der Ton blieb in meiner Kehle stecken, irgendwo zwischen all den Tränen. Ich schluckte und blickte auf seine Hand, die warm auf meiner lag. Um einiges größer als meine war sie und ihr Griff so sanft, als wären meine Finger zerbrechlich. Seine Berührung öffnete die letzte Schleuse. Tränen rannen mir übers Gesicht.

Johannes schwieg. Beinahe unbeweglich blickte er auf den See hinaus, wo silbern der Mond über den Horizont zog. Ich war dankbar, dass er mich nicht ansah. Meine Tränen hatte er jedoch bemerkt, denn er fasste meine Hand ein wenig fester.

»Ich habe vor ein paar Monaten erst als Model angefangen«, versuchte ich zu erklären, obwohl meine Stimme mir nicht richtig gehorchte. Nun suchte ich doch seinen Blick.

Durch den verschwommenen Schleier meiner Tränen sah ich, dass Johannes sich zu mir drehte. Seine Aufmerksamkeit gehörte ganz mir. Er kommentierte erst einmal nichts, hörte nur zu und wartete geduldig darauf, dass ich genug Atem fand, um weiterzusprechen.

»Mein großer Traum.« Angestrengt schnappte ich nach Luft. Meine Nase fühlte sich dick und verstopft an, meine Augen geschwollen. »Aber seit meinem Unfall …«

Johannes sah mich noch immer an, geradewegs in meine verweinten Augen. Da war nichts Wertendes in seinem Blick, nur ganz viel Wärme.

»Seit dem Unfall bin ich …«, presste ich heraus und

konnte nicht verhindern, dass ich wieder heftiger weinte. *Eine Vogelscheuche.* Das war ich. Eine hässliche Vogelscheuche. »Seit dem Unfall kann ich natürlich nicht mehr modeln.«

»Wer sagt das?« Johannes' Stimme klang ruhig und unaufgeregt.

Verzweifeltes Lachen platzte aus mir heraus, auch wenn es sich eher nach einem Schluchzen anhörte. Zeitgleich blubberte es aus meiner verstopften Nase. Beschämt kramte ich nach einem Taschentuch.

»Hier.« Er hielt mir eins hin.

»Sorry.« Wieder lachte ich nervös. Ich schnäuzte mich beschämt. »Ist das peinlich.«

»Haben sie dich abgewiesen?«, fragte er und tat, als hätte er nichts bemerkt. »Deine Modelagentur? Oder irgendwer anders?«

»Nein, also …« Ich stockte. »Ehrlich gesagt träume ich von der *Cosmopolitan*, der *Harper's Bazaar* … Nicht von einer Zeitschrift für Orthopädie und Unfallchirurgie.«

»Hab dich schon verstanden.«

Ich öffnete den Mund, schloss ihn jedoch gleich wieder. Machte er sich über mich lustig?

Bevor ich näher darüber nachdenken konnte, hielt er mir eine Schüssel hin. Der heimelige Duft von Hefeteig stieg mir in die Nase.

»Stockbrot?«

»Ich …« Unschlüssig starrte ich auf die Schüssel, dann griff ich zu. »Gern.«

Schweigend knetete ich den Teig, rollte ihn zwischen den Händen und sah hinaus ins Dunkel. Der Mond stand inzwischen hoch am Himmel. Rund und hell wachte er über den See.

»Ich will dir aber nichts wegessen, ja?«, sagte ich leise und versuchte, den Schmerz zu ignorieren, der sich in meinem Bein ausbreitete. »Hast du ausreichend für zwei?«

»Essen hab ich immer genug auf Vorrat.« Johannes lachte. »Daran hat sich nichts geändert.«

»Stimmt.« Erinnerungen überrollten mich. An damals. Sechs Jahre alt waren wir gewesen oder sieben, die kleinen Patschehändchen voll Erde. »War das hier? Unsere Vorratskammer?«

»Hm.« Johannes ließ den Blick schweifen. »Vielleicht dort hinten? Bei der Weide?«

Wehmütig sah ich zu dem stattlichen Baum hinüber. Im Windschatten seiner Äste hatten wir oft gespielt. »Du hast Kuchen aus Erde und Blumen für mich gebacken. Ganz viele, auf Vorrat. Damit ich etwas zu essen habe, wenn du mit deinen Eltern im Urlaub bist.«

Lächelnd wickelte Johannes den Teig um einen Haselnussstecken, und ich tat es ihm nach.

»Ich war eben ein Kavalier.«

»Weißt du noch?«, fragte ich und musste grinsen. »Du hast mich ermahnt, dass man Erde nicht essen kann. Und mir versprochen, du rettest mich, wenn ich doch davon esse.«

»Vermutlich hätte ich einfach heulend nach deiner Oma geschrien.« Er lachte und hielt seinen Stecken ins Feuer. Funken stoben in die Nacht.

Ich nahm einen Schluck Limonade. Die Kohlensäure prickelte auf meiner Zunge, und die sanfte Säure war genau das, was ich in einem Sommer wie diesem brauchte. Bei der Erinnerung musste ich lächeln. »Du hast gesagt, ich bekomme eine Mund-zu-Mund-Beatmung von dir.«

»Hätte aber bei einer großen Portion Erde im Bauch auch nichts geholfen.« Amüsiert drehte er sein Stockbrot. Eine Seite hatte bereits eine goldene Farbe angenommen.

Geübt hatten wir die Mund-zu-Mund-Beatmung trotzdem, für den Notfall natürlich. Und ich hatte die meiste Zeit gekichert, wenn Johannes mir in den Mund pustete. Oft endete es damit, dass wir durch das von der Sonne erwärmte Gras kullerten, einer über den anderen. Oft blieb ich auf Johannes liegen, während sein Bauch von heftigem Lachen erschüttert wurde. Ich spürte das Klopfen seines Herzens auf meinem Brustkorb und atmete seinen Geruch ein. Weich fühlten sie sich an, seine Lippen – und mir war, als hätte ich erst gestern sein Gesicht so nah an dem meinen gehabt.

»Wir …«, setzte ich an, doch ich sprach nicht weiter. Stattdessen schob ich meinen Stecken ein wenig tiefer ins Feuer. Flammen züngelten darunter.

An Johannes' vorsichtigem Lächeln glaubte ich zu merken, dass auch er uns vor seinem geistigen Auge über die Wiese rollen sah.

»Schön war's«, sagte er.

Seine Stimme klang so tief und warm, dass sie mir einen wohligen Schauer über den Rücken jagte. Zu meinem Erstaunen fühlte ich meine Wangen heiß werden.

Schnell hielt ich ihm mein Stockbrot hin. »Ist das fertig, was denkst du?«

Zu spät bemerkte ich die dunkle Kruste. Johannes sah das verbrannte Brot an, dann mich.

»Oh«, machte ich und spürte meinen Kopf noch wärmer werden. Vermutlich schoss mir erbarmungslos die Röte ins Gesicht.

»Das muss dir doch nicht unangenehm sein.« Johannes drückte lächelnd meine Hand, dann reichte er mir ein Messer, damit ich das verbrannte Ende meines Stockbrotes abschaben konnte. »Wir waren Kinder.«

»Ich weiß.« Mein Lachen war eine Spur zu hoch.

Vehement wich ich Johannes' Blick aus. Stattdessen sah ich ins Feuer, dessen Flammen immer höher in den Nachthimmel loderten. Verdammt, warum tat es so weh, an die gemeinsame Zeit zurückzudenken, daran, dass wir einfach unsere Lippen aufeinander gespürt hatten, ohne uns irgendetwas dabei zu denken? Heute wäre es anders …

»Keine Angst.« Johannes zwinkerte mir belustigt zu. »Der Teig fürs Stockbrot ist einwandfrei, keine Mund-zu-Mund-Beatmung nötig.«

»Ich …«, begann ich, wusste aber nicht weiter.

»Wir waren Kinder«, wiederholte Johannes, und ein Lächeln blitzte in seinen warmen, dunklen Augen auf. »Mach dir da nicht so viele Gedanken.«

»Ich mach mir keine Gedanken«, log ich. Zumindest waren meine Wangen inzwischen so rot, dass ich keinen stärkeren Farbton fürchten musste. Mein Doc wäre zufrieden. Schließlich hatte er mir eingeschärft, dass gute Durchblutung die beste Voraussetzung war, um Narben zu pflegen.

»Klar.« Johannes schmunzelte. Glücklicherweise ersparte er mir eine weitere Antwort, da er mir eine Schale mit Bratwürsten entgegenstreckte. »Würstl?«

»Gern«, antwortete ich und griff zu. Das Feuer knisterte, als ich ein paar Würstchen aufspießte und sie über die Flammen schob. Ich pustete, nahm einige Bissen vom Stockbrot. Es schmeckte zart nach Hefe. Die fluffige und saftige Konsistenz war es, die ich so liebte.

Unauffällig scannte ich Johannes aus dem Augenwinkel. Kantige Gesichtszüge, große Hände. Unter den unförmigen Klamotten erahnte ich breite Schultern.

Schluss, Emma!

Mit dem, was der Unfall aus mir gemacht hatte, war ich sicher nicht die Frau, die sich ein Mann wie Johannes heute aussuchen würde, um küssend über den Boden zu rollen. Ich zwang mich, wegzusehen. Doch da war etwas in seinem Blick, dem ich mich nicht entziehen konnte. Etwas, das mich einlud, länger zu verweilen. Darin zu versinken und einfach alles zu vergessen.

Für einen kurzen Augenblick wünschte ich, wir wären uns schon früher wiederbegegnet. Vor meinem Unfall. Wenn ich damals nicht mit Tyler zusammen gewesen wäre ... *Reiß dich zusammen, Emma.* Vielleicht war es besser, die Vergangenheit endlich ruhen zu lassen. Zu akzeptieren, dass ich den Kontakt abgeblockt hatte. Aus Angst, Tyler wehzutun. Vermutlich hatte ich schon damals gespürt, dass unsere Beziehung einen engeren Kontakt mit Johannes nicht überstehen würde.

Trotzdem. Warum, verdammt noch mal, musste ich eine Narbe quer im Gesicht tragen, wenn ich endlich wieder meiner Kindheitsliebe gegenüberstand? »Wir waren sehr glücklich damals«, sagte ich – und meinte es auch so.

»Nicht zuletzt wegen meiner tollen Erdkuchen.« Johannes zwinkerte mir zu.

Ich war dankbar, die Erinnerung an unsere Mund-zu-Mund-Beatmung hintanstellen zu können. »Die Kuchen aus Erde waren klasse«, stimmte ich ihm zu und konnte es mir nicht verkneifen, mit einer Spur von Wehmut hinzuzufügen: »Liebe geht eben durch den Magen.«

»Hoffentlich ist sie nicht schwer verdaulich.« Johannes grinste.

»Was dann auch scheißegal wäre.« Ich musste lachen, doch sein nachdenklicher Blick ließ mich zögern. »Im Ernst. Wie kommst du drauf? Hast du ... na ja, hast du schon mal blöde Erfahrungen gemacht?«

»Nicht direkt.«

Nachdenklich sah er in die tiefschwarze Nacht. Für einen Moment schien er den Wellen zu lauschen, die sich leise gluckernd am Ufer brachen.

»Aber ... wie soll ich sagen ... Wenn zwei Menschen völlig unterschiedliche Definitionen von Liebe haben, kann es nicht lange gut gehen.«

»Du meinst ...?«

Er wandte den Blick noch immer nicht ab vom nächtlichen Chiemsee. »Wenn Liebe ein Weg ist ... dann ist es so, als würde einer von beiden ins Ziel rennen wollen, während der andere lieber im Moment verweilt. Verstehst du, was ich meine?«

»Sogar sehr gut«, antwortete ich und dachte an Tyler, der die letzten Wochen immer nur hatte rennen wollen. Mehr noch, der mich einfach mitgeschleift hatte. Ich sah Johannes von der Seite an. Bei jedem Wort, das er sagte, erkannte ich einen Hauch des kleinen Jungen wieder, mit dem ich meine ersten unbeholfenen Küsse geteilt hatte. Oder vielmehr das, was keiner von uns damals als Kuss bezeichnet hätte.

Auch wenn es sich so anfühlte, als hätten wir uns erst gestern Lebewohl gesagt, war er so viel älter geworden, hatte einige Jahre ohne mich gelebt. Ein wenig neugierig war ich schon, was das Leben aus ihm gemacht hatte – selbst wenn unsere Liebe nicht über die Kindheit hinauskommen würde.

Ich gab mir einen Ruck. »Was ist deine Definition von Liebe?«

»Einander ins Herz zu gucken.« Johannes drehte sich langsam zu mir um. Sein Blick war so intensiv, als könne er es tatsächlich. »Tiefer zu sehen als alle anderen.«

»Die Leute sagen, du schaust jedem ins Herz.«

Nachdenklich schüttelte er den Kopf.

»Ich schaue nicht. Sie halten es mir hin.«

Ich beugte mich vor, um mein Bein zu massieren. Der Schmerz wurde wieder stärker. Es kostete mich Kraft, mich weiter auf Johannes zu konzentrieren. »Dann vertrauen sie dir ja vermutlich manchmal mehr als ihrem Partner.«

»Das tun sie tatsächlich.« Er knabberte an seiner Unterlippe, Schwere lag in seinem Blick. »Traurig, nicht? Vielleicht haben sie Angst, sich zu zeigen. Vor jemandem, der ihnen nahe ist.«

»Angst wovor?« Ich schluckte, denn ich glaubte, die Antwort bereits zu kennen.

»Dass der andere hässlich finden könnte, was er vorfindet?« Johannes zuckte die Schultern. Nebenbei fischte er mein Würstchen vom Stecken, das ich beinahe zu lange im Feuer vergessen hätte, und hielt es mir hin. »Immerhin müssen die Leute ihr ganzes Leben mit ihrem Partner verbringen. Mit mir nur ein paar Minuten.«

»Das macht mich irgendwie traurig«, gab ich zu, pustete und nahm ein paar hungrige Bissen. Unwillkürlich fragte ich mich, ob ich Tyler in den hintersten Winkel meines Herzens hätte vorlassen mögen. Vermutlich nicht. Ständig hatte ich versucht, ihm die perfekte Version meiner selbst zu zeigen. Auch vor dem Unfall hatte ich mich nur sorgfältig geschminkt zu ihm an den Frühstückstisch gesetzt. Ihm die hässlichen Winkel meines Herzens zeigen? Unmöglich.

Johannes schwieg eine Weile, dann sah er mich an. »Ich könnte niemanden in mein Herz einlassen, der mir fremd ist.«

»Ist das der Grund dafür, dass du meine Geschichte nicht erzählen konntest?«, fragte ich langsam und beugte mich vor, um meine Hüften kurz zu entspannen. »Habe ich dich nicht eingelassen?«

Seine Stimme klang rau, als er antwortete: »Ich weiß es nicht.«

»Du … weißt es nicht?«

»Nicht direkt.« Er atmete tief durch. »Da ist etwas, in deinem Herzen. Daran komme ich nicht vorbei. Oder daran mag ich nicht vorbei, weil ich dir nicht wehtun möchte.«

Umständlich hievte ich mein schmerzendes Bein ein wenig weiter nach vorn, um das Gewicht zu verlagern. Keine Minute länger würde ich es in dieser Position aushalten können. Der Schmerz schien sich durch meine Muskeln zu bohren. Zusätzlich drückte sich die Sitzkante der Bank hart in meinen Unterschenkel. Doch ich biss die Zähne zusammen.

Wer Schmerzen hat, muss ihnen ein Kapitel seines Lebens schenken, hatte Oma früher immer gesagt. *Im Buch deines Lebens kannst du nicht einfach weiterblättern, wenn dir irgendetwas wehtut. Aber du kannst dir eine heiße Schokolade holen, dann erträgst du die Zeilen leichter.*

Wenn ich ehrlich war, bekam ich Zweifel daran, ob sie in ihrem Leben jemals ernst zu nehmende Schmerzen erlitten hatte.

Kapitel 11

»Du hast noch immer Schmerzen, oder?« Mitfühlend beugte Johannes sich näher zu mir.

»Ach.« Ich winkte ab, doch ich konnte nicht überspielen, mit welcher Intensität sich das Stechen gerade über mein Bein ausbreitete.

»Kann ich irgendwas tun?«

»Ich … nein, eigentlich müsste ich nur …« *Mich hinlegen.* Verzweifelt massierte ich an meinem Bein herum. Schmerztabletten hatte ich gerade erst genommen, doch nach großen Belastungen half selbst Medizin nicht.

»Soll ich dir einen Arzt rufen?«

»Es geht schon. Das Austragen der schweren Bücher hat mich mehr umgehauen, als ich dachte.« Meine Arme zitterten ein wenig, als ich sie gegen die Holzbank stemmte, um mich aufzurichten. Bei der Vorstellung, den ganzen Weg zurücklaufen zu müssen, graute es mir. Zum Haus meiner Großeltern ging es durch Felder und Wald, über Wurzeln und unebene Erde. »Könntest du mich eventuell auf dem Heimweg begleiten?«

Johannes sah mich nachdenklich an. Einen langen Moment schwieg er. »Selbst wenn ich dich stütze …«, meinte er schließlich. »Ich glaube nicht, dass dir der Weg guttun wird.«

Ich zuckte die Achseln. »Schon. Aber eine Wahl habe ich nicht.«

»Ich bringe dich in den Bauwagen, da kannst du dich hinlegen.«

»Nein, wirklich …«, versuchte ich zu widersprechen. »Du musst morgen bestimmt früh raus, ich wollte eigentlich längst gehen.«

»Quatsch«, sagte er und bot mir den Arm an. »Reicht dir eine Stütze, oder soll ich dich tragen?«

»Total … ich meine … ja! Aber ich will dich nicht so lange aufhalten. Ich kann den Weg nach Hause versuchen. Echt. Das ist kein Problem.« Wieder spürte ich Röte über meine Wangen huschen. Wie sehr ich es hasste, auf andere angewiesen zu sein!

Vor dem Unfall war ich diejenige gewesen, die immer alles im Griff hatte. Es tat weh, anderen ständig zur Last fallen zu müssen. Die Röte brannte auf meinen Wangen. Doch für Johannes schien dieses Thema längst abgehakt, denn er bot mir bereits Halt an. Mit dem beklemmenden Gefühl, ihn viel zu lange vom Schlaf abzuhalten, ließ ich mir nun doch von ihm hoch helfen.

»Ganz langsam.«

Er strahlte so viel Ruhe aus, dass ich hoffte, ein klein wenig davon würde auf mich überschwappen. Leise und unbemerkt wie eine Chiemseewelle.

»Danke«, sagte ich nur.

»Geht's so?«

Ich nickte, langsam setzte ich Fuß vor Fuß. Mein rechter Arm lag über Johannes' breiten Schultern, meine Hand in seiner. Unter dem weiten, unförmigen T-Shirt spürte ich seine Muskeln arbeiten. Wer sich sein Feuerholz jeden Tag selbst schlug, konnte über mein Gewicht nur müde lächeln.

Hüfte an Hüfte glichen sich die Bewegungen an, bis unsere Schritte denselben Takt erreichten. Um meine Taille spürte ich seinen Griff. Mit viel Kraft schien er mich zu halten, denn mein Körper fühlte sich plötzlich leicht an. Meine Füße schwebten beinahe über dem Boden.

»Tut das weh?«, fragte Johannes, als wir vor den Stufen des Bauwagens stehen blieben. Sein Griff um meine Taille wurde enger, seine zweite Hand tastete nahe meiner Kniekehle.

»Gar nicht.«

»Dann trag ich dich die Stufen hoch.« Er musterte mich von der Seite. Als ich nicht widersprach, schlang er die Arme um mich. »Nicht erschrecken.«

»Huch«, rutschte es mir dennoch heraus, als ich in Schräglage kippte. Ich musste lachen. Meine Beine baumelten über seiner Armbeuge in der Luft, mein Kopf lehnte an seiner Brust. Plötzlich war ich ihm so nahe.

»Alles okay? Schmerzen?«

Ich spürte seinen Brustkorb bei jedem Wort vibrieren. Mit jeder Treppenstufe hinauf zum Bauwagen atmete ich seinen Duft.

»Grade sind die Schmerzen okay. Zumindest nicht mehr als im Sitzen.« Momentan war mir alles lieber, als selbst laufen zu müssen. Ich lehnte mich an ihn, ließ los und entspannte in seinen Armen.

Ein Gefühl von Geborgenheit überrollte mich ohne Vorwarnung. So als seien Johannes' Arme der eine Ort auf dieser Welt, wo ich sein sollte. Fast ein wenig beschämt sah ich hinauf in den Sternenhimmel, in die frische, dunkle Nacht, bis sich das Vordach des Bauwagens in mein Blickfeld schob.

»Sooo.« Johannes stieß die Tür auf und balancierte uns hinein. Licht flackerte auf.

Drinnen roch es nach alten Büchern, nach vergilbtem Papier und Druckerschwärze. Jener Geruch, der mich bereits seit meiner Kindheit begleitete. Zart mischte sich der Duft von frischen Heidelbeeren darunter, eine Note Schwarztee und – mit jedem Schritt mehr – natürlich auch der Geruch von Johannes. Herb und dunkel, doch gleichzeitig so leicht und zurückhaltend, dass ich fürchtete, er könne sich verlieren, sobald er mich absetzte.

Ich drehte den Kopf. Wohin ich auch sah, stapelten sich Bücher. Regale schmiegten sich an die Wände, machten aus dem Bauwagen ein heimeliges Zimmer.

»Kleiner als die Bibliothek deiner Oma.« Johannes zwinkerte mir zu.

»Nur unwesentlich.« Ich grinste.

Er trug mich an der winzigen Küchenzeile vorbei, mein Fuß stieß gegen den Herd. Keine zwei Schritte später standen wir vor dem Bett.

»Festhalten, ja? Ich lass dich jetzt runter.«

»Okay.« Ich schlang die Arme fester um seinen Nacken, doch da setzte er mich bereits auf dem Bett ab. Er tat es mit derselben Behutsamkeit, mit der er Bücher aus dem Regal zog und aufschlug. So wie das Buch im blauen Samteinband, dessen Anfang er mir vorgelesen hatte, als wir Kinder waren.

»Nimm dir einfach, was du brauchst«, sagte er. »Oder sag Bescheid.«

Mit einer Hand stützte er meinen Rücken, mit der anderen schob er mir ein weiß-gelb gemustertes Kissen unter den Nacken.

»Danke.« Ich streckte mein schmerzendes Bein aus, weich und warm spürte ich die Matratze unter mir. Auf dem zi-

»Ja.« Johannes grinste und wies auf einen Schemel im hintersten Eck des Bauwagens. »Sie hat so trotzig dreingeguckt, als sie von der Lehrerin in meinen Bauwagen geschleift wurde. Da hinten hat sie sich hingesetzt, die Arme verschränkt und auf den Boden gestarrt. Ich hab den anderen Kindern mehrere Bücher vorgestellt. Ein paar Sätze zum Inhalt, mehr nicht. Und bei einem Buch war sie plötzlich hellwach.«

»Irgendeine besondere Geschichte?«

»Eine ganz unscheinbare. Aber vielleicht hat sie sich drin wiedergefunden.«

»Wann bist du das nächste Mal an einer Schule? Für einen Projekttag?«

»Morgen in der Früh um acht«, antwortete er. »Diesmal an der Franziska-Hager-Grundschule in Prien.«

Ich fuhr hoch. »Morgen in der Früh? Dann lass ich dich besser schlafen.«

Sanft drückte Johannes mich zurück in die Kissen. »Mach dir nicht so viele Sorgen, Emma.«

»Aber …«

»Trink was. Das entspannt.« Grinsend hielt er mir sein Glas entgegen. »Prost!«

Wir stießen an, und ich seufzte. Die Limonade prickelte auf meiner Zunge. »Und … wie muss ich mir diese Projekttage im Bauwagen vorstellen?«, fragte ich schließlich. »Die Kinder krabbeln auf deinem Bett herum?«

»Das Bett lässt sich nach oben zur Decke ziehen.« Er deutete auf einen Hebel hinter mir. »Dann ist es aus der Schusslinie.«

»Mmmh!«, machte ich. In einem Zug trank ich die Limonade leer, und Johannes nahm das Glas entgegen.

»Und die Kinder sind ja ohnehin kleiner als wir, die stört eine tiefe Decke nicht.«

Helles Klirren ertönte, als Johannes unsere Gläser in die Spüle stellte. Sein Knie berührte meinen Unterschenkel, als er sich zu einem Schrank über dem Bett streckte und ein Schlafanzugoberteil herauszog. »Hier, das ist frisch gewaschen.«

»Ich …? Meinst du …?« Ich starrte ihn an.

In seinen Augen funkelte ein Lächeln. »Keine Angst. Ich schlafe auf dem Boden.«

»Das … meinte ich gar nicht.« Wieder wurde ich rot. *Verdammt.* Was war bloß los mit mir? *Come on, Emma.* Warum war es mir so unangenehm, die Nacht bei ihm zu verbringen?

Lag es an der wohligen Wärme, die ich verspürte, wenn wir unsere Zeit miteinander teilten? An der Zerrissenheit, weil meine Gefühle für Johannes sich nicht wesentlich verändert hatten? Daran, dass seine Gesellschaft mir von allen die liebste war und dass er in der Zwischenzeit zu einem Mann gereift war, den ich attraktiv fand?

Gleichzeitig war ich seit dem Unfall nicht in der Lage, um … Ja, was eigentlich? Beinahe fühlte es sich so an, als hätte ich mit meiner Narbe die Erlaubnis zu flirten verloren. Als stünde es mir nicht zu, mich in seinem Bett wohlzufühlen.

Erst jetzt wurde mir bewusst, dass ich die Narbe in meinem Gesicht völlig vergessen hatte. Solange ich nicht darüber nachdachte, ob Johannes mich attraktiv finden könnte, schien sie in seiner Gesellschaft gar nicht zu existieren.

Mängelexemplar, flüsterte eine leise Stimme in meinem Hinterkopf, und ich musste schlucken.

Für eine Partnerschaft sollte man sich gegenseitig schön finden, und eine Vogelscheuche wie ich war so ziemlich alles, doch sicher nicht attraktiv. Aber warum wurde ich das Gefühl nicht los, dass Johannes ganz sanft und vorsichtig nach meinem Herzen tastete?

»Gestützt oder nicht – ich glaube nicht, dass du mit dem Bein heute noch so weit gehen solltest.«

»Na ja …« In meinem Kopf herrschte Leere.

Mängelexemplar, zischte die leise Stimme erneut, und ich sah Johannes verloren an.

Was hatte er gerade gesagt? Und warum, Herrgott noch mal, war mir das alles so unangenehm? Ausgerechnet Johannes gegenüber, der mir so nahe war wie niemand sonst auf der Welt?

Ein belustigtes Lächeln schlich sich auf sein Gesicht. Als könne er meine Gedanken mitlesen wie Untertitel in einem Spielfilm. »Eigentlich wollte ich dir nur helfen, aber ich fürchte, ich überfordere dich grade ein bisschen.«

»Nein, wirklich …«

»Kein Problem.«

Sein Lächeln wurde noch eine Spur breiter. Es war echt. Und warm.

»Mach die Tür einfach zu, ich schlafe draußen im Moos. Schlaf gut, ja?«

Mit einem sanften Blick wandte er sich um.

»Johannes!« Ich hielt ihn am Handgelenk zurück. »Bitte geh nicht.« Was sollte ich sagen? Dass ich noch genauso fühlte wie damals? Dass ich Angst hatte, ich könnte mich in etwas verrennen, das ohnehin aussichtslos war? »Vielleicht liegt es daran, dass ich gerade noch alles ordnen muss. Bevor ich wieder vollständig funktioniere … Nach dem Unfall …«

»Hey.«

Seine Stimme klang sanft, er ließ sich von mir zurück zum Bett ziehen und legte seine Hand behutsam in meine.

»Du musst nichts ordnen. Und schon gar nicht funktionieren.«

»Aber ...« Ich stockte.

Er betrachtete mich eine Weile, und mir wurde heiß und kalt unter seinem Blick.

»Nur entspannen«, sagte er und lächelte. »Setz dich nicht so unter Druck.« Wie nebenbei drückte er meine Hand. »Ich mache mich jetzt bettfertig.«

Während Johannes seine Zähne putzte, schrieb ich eine Textnachricht an meine Großeltern, dass ich mich nicht gut fühlte, aber Johannes mich umsorgte und für die Nacht aufnehmen würde. Um diese Zeit kuschelten sie sich zwar meist auf dem Sofa zusammen, legten eine CD von Toni Lauerer ein und amüsierten sich über heitere Geschichten von Drive-in-Schaltern und Buffets zum Brunch. Doch vermutlich guckten sie dabei immer wieder auf die Uhr und wechselten einen besorgten Blick, weil ich noch immer nicht nach Hause gekommen war. Allzu viele Gedanken hatten sie sich bis jetzt hoffentlich nicht gemacht.

Eine gute halbe Stunde später lag ich in Johannes' zu großem Schlafanzugoberteil und mit geputzten Zähnen auf dem Bett. Gut, dass er nicht nur frische Wäsche, sondern auch eine original verpackte Reservezahnbürste im Schrank gefunden hatte. Johannes hatte für sich eine Yogamatte am Boden ausgebreitet – allein beim Blick darauf plagten mich schon Gewissensbisse.

»Du kannst wirklich hier im Bett schlafen«, sagte ich leise. »Echt.«

»Alles gut.« Er ließ ein Kissen auf die Matte plumpsen und eine dünne Baumwolldecke hinterher.

Unsicher beobachtete ich ihn, als er seinen Wecker auf den Boden verfrachtete und in einer Schublade kramte. »Ich hab ein schlechtes Gewissen, wenn du da unten schläfst.«

»Da musst du wohl mit diesem schlechten Gewissen klarkommen.« Er grinste. »Im Ernst. Ich will nicht, dass du dich unwohl fühlst. Schließlich haben wir uns viele Jahre nicht gesehen. Du weißt ja nicht, ob ich in der Zwischenzeit ein Arsch geworden bin.«

Ja, Johannes war zu einem erwachsenen Mann geworden. Einem verdammt attraktiven noch dazu. Aber das bedeutete nicht, dass ich ihm nicht vertraute. Und bei einem war ich mir zu hundert Prozent sicher: Johannes könnte Haut an Haut neben mir liegen und würde seine Finger bei sich behalten.

Bei einer Vogelscheuche wie dir sowieso, schien eine Stimme in meinem Kopf zu flüstern.

Johannes warf mir ein Lächeln zu. Ob er ahnte, was in meinem Kopf vorging?

»Kann ich das Licht ausmachen?«

»Klar.«

Während Johannes barfuß zurück zu seiner Yogamatte tapste und unter die dünne Baumwolldecke schlüpfte, gewöhnten sich meine Augen langsam an die Dunkelheit. Durch die beiden Fenster drang Mondlicht herein und tauchte den Bauwagen in sanft-silbriges Licht.

»Johannes?«, flüsterte ich.

»Ja?«

»Danke.«

An der Art, wie er ausatmete, hörte ich, dass er lächelte.

»Kein Ding.«

»Ehrlich gesagt bin ich froh, dass ich heute Nacht auf dem Weg zum Klo nicht mit einem von der Crew zusammenstoßen kann«, gab ich zu, drehte mich auf die Seite und schob eine Hand unter meine Wange. Die Beine zog ich dicht an meinen Körper. »Das muss ich hier nicht befürchten.«

»Weil wir hier kein Klo haben«, antwortete Johannes trocken.

Ich musste lachen.

Johannes' Stimme wurde weicher. »Es tut mir so leid, dass du zusehen musst, wie andere deinen Platz einnehmen.«

»Es ... tut weh.« Ich schluckte schwer. Der Kloß in meinem Hals war wieder da.

Johannes wälzte sich herum. Schemenhaft erkannte ich seine Silhouette auf dem Boden. Er schien zu mir hinaufzugucken.

»Modeln ist dein großer Traum, oder?«

»War mein Traum, ja«, verbesserte ich ihn und nickte. »Seit meiner Kindheit. Ich habe so viel dafür geübt.«

Johannes schwieg eine Weile. »Weißt du noch?«, fragte er schließlich, und wieder schwang ein Lächeln in seinen Worten mit. »Manchmal wolltest du, dass ich dir die Haare hochstecke und dich dann fotografiere.«

»Bei meiner Oma hat's immer geziept, bei Biene auch«, erinnerte ich mich. »Bei dir nie. Du hast ganz vorsichtig gekämmt und bei den Spängchen aufgepasst, dass du mich nicht kratzt.«

Johannes lachte. »Ich hab dir alle möglichen Blumen ins Haar geflochten, die ich gefunden habe. Die Stängel haben am anderen Ende rausgeragt. Manchmal hast du ausgesehen, als hätte jemand versucht, dich mit einer Rose zu erstechen, aber nur das Haarknäuel erwischt.«

»Ich fand deine Kreationen wunderschön.« Seufzend kuschelte ich mich in Johannes' Kissen und drehte mich auf den Rücken. Die Bücher auf den Regalen reflektierten das Mondlicht. »Schade, dass du mich nie schminken wolltest.«

»Ein so wunderschönes Kunstwerk kleistert man doch nicht mit Farbe zu.«

»Das hast du damals auch schon gesagt.«

»Warum wolltest du eigentlich Model werden?«, fragte Johannes schließlich. Er zögerte. »Damals sagtest du, weil man da so schöne Kleider tragen darf.«

Mir gab es einen kleinen Stich ins Herz. Ich starrte hinauf zur Decke, spürte meinen Mund trocken werden. »Ja, das hab ich gesagt.«

Kurz meinte ich, Johannes' Blick auf mir zu spüren.

»Geglaubt hab ich's dir schon damals nicht«, sagte er leise.

»Nein?« Mein Herz klopfte heftiger. Vermutlich hatte Johannes mich bereits in Kindertagen lesen können wie ein offenes Buch. »Du hast damals gar nichts gesagt.«

»Natürlich nicht«, antwortete er. »Wäre dir peinlich gewesen, schätze ich.«

»Ist es noch heute.«

»Ja?« Sein Kopfkissen raschelte, als er sich abrupt zu mir drehte.

»Schon«, meinte ich zögerlich.

Von Johannes kam keine Antwort, doch ich spürte, dass seine Aufmerksamkeit ganz mir gehörte.

»Die anderen Kinder haben mich ausgelacht«, gab ich schließlich zu. »Wegen meiner roten Haare, der hellen Haut und all meinen Sommersprossen. Und natürlich, weil ich immer zwei Köpfe größer war als alle anderen.«

Es tat weh, an die hübsche Emma zurückzudenken, die sich auch ohne Narbe hässlich gefühlt hatte. Die einem Ideal nachgeeifert hatte, das ihr von Mitschülerinnen auferlegt worden war. Ein Ideal, das sie nie erfüllen konnte. Wie sollte die Bohnenstange auch auf eine handliche Durchschnittsgröße zusammenschrumpfen?

»Warum hast du mir nie davon erzählt?«, fragte Johannes. Es war kein Vorwurf, der in seinen Worten mitschwang, sondern echtes Mitgefühl.

»Bei dir habe ich all das vergessen«, sagte ich und meinte jedes Wort so, wie ich es sagte. »Wenn wir zusammen waren, habe ich mich wunderschön gefühlt.«

Johannes schwieg.

Ein Lächeln kämpfte sich auf meine Lippen zurück. »Außerdem musste ich dir gar nicht davon erzählen. Du hast es doch längst gespürt.«

»Schon«, sagte er, und seine Stimme klang noch dunkler als zuvor. »Es hat mich traurig gemacht, wenn du versucht hast, dich mit Selbstbräuner einzusprühen. Oder dir die Haare dunkel zu färben. Du hast so unglücklich ausgesehen dabei. Aber ich wollte dich nicht auch noch unter Druck setzen.«

»Am Ende waren meine Schläfen braun verfärbt, weißt du noch? Hab ich tagelang nicht abgekriegt.«

»Du hattest schon damals keine Ahnung, wie hübsch du bist«, sagte Johannes leise.

Ich schwieg. Prompt kam mir der Anfang der Geschichte in den Sinn, die Johannes mir hatte erzählen wollen. *Es war einmal eine Königstochter. Doch sie wusste nicht, dass sie eine Königstochter war. Sie war so schön, dass alle Vögel sangen und alle Pflanzen erblühten, wenn sie vorüberging. Doch sie wusste nicht, wie schön sie war.*

Johannes sah zu mir herauf. »Hat es denn geklappt? Warst du selbstbewusster, als du mit dem Modeln angefangen hast?«

»Das Modeln hat mir Sicherheit gegeben, weißt du.« Ich nagte an meiner Unterlippe, zog die Decke enger um mich. Sie roch ein wenig nach Johannes. »Professionell geschminkt werden, ebenmäßige Haut haben. Makellos sein.« Ich atmete tief durch. »Als ich vom *Vogue*-Shooting nach Hause gefahren bin, habe ich mich endlich schön gefühlt. Die Hänseleien der anderen konnten mir nichts mehr anhaben.«

Im zarten Schein des Mondes sah ich Johannes nicken.

»Ich war stark und wunderschön«, sagte ich leise und schluckte. Vorsichtig streckte ich einen Arm nach unten, um nach Johannes' Hand zu tasten, die er mir sofort entgegenstreckte. »Aber nur zwei Stunden lang.«

Kapitel 12

Sonnenstrahlen kitzelten mich in der Nase. Wohlig seufzend streckte ich mich nach allen Seiten aus. Noch im Halbschlaf registrierte ich, dass Johannes nicht mehr da war.

Seine gleichmäßigen Atemzüge, die mich letzte Nacht in den Schlaf begleitet hatten, fehlten. Zurück blieb Stille – und die leise Ahnung von Vogelgezwitscher, das gemeinsam mit dem kühlen Wind durch das geöffnete Fenster drang.

Ich öffnete die Augen. Die Morgensonne tauchte den Bauwagen in goldenes Licht. Um mich herum schienen die Rücken der Bücher zu schimmern, als hätte ihnen diese Nacht – wie mir – neues Leben eingehaucht. Die Schmerzen waren ausgestanden.

Munter und ausgeruht schwang ich die Beine zur Seite und krabbelte aus dem Bett.

An der Spüle klebte ein Zettel. Eine so schwungvolle Handschrift wie diese hätte ich Johannes gar nicht zugetraut.

Guten Morgen! Ich hoffe, du hast gut geschlafen. Gehe mich frisch machen und eine Runde schwimmen. Frühstück liegt auf der Holzbank, falls du schon Hunger hast. Johannes

Es dauerte keine zehn Minuten, dann trat ich in den Klamotten von gestern, mit geputzten Zähnen und nassen Haaren – ich hatte die Außendusche benutzt – auf die Wiese.

Die Welt sah mich aus verschlafenen Augen an. Ich liebte diesen Moment am Morgen, wenn der Morgentau im Gras hing und sich die Natur so frisch und neu und pur zeigte wie selten. Fast so, wie diese paar Minuten des Aufwachens, die ein geliebter Mensch benötigt, um wach zu werden. Die er am liebsten mit seinem Lieblingsmenschen teilt. Wann ist jemand purer und schöner und näher als in diesem Moment?

Mein Handy vibrierte in meiner Hosentasche. Meine Eltern schickten ein Bild vom Serengeti-Nationalpark und eine Londoner Freundin ein Bild ihres neuen Lovers.

Hat der nicht ein Hammerlächeln?!

Hübscher Kerl, textete ich zurück. *Und kann er außer Lächeln noch was?*

»Hier ging's lang, oder?«, hörte ich eine Männerstimme hinter den Bäumen. »Anja?«

»Ja. Einfach geradeaus.«

Gerade wollte ich den Rückzug antreten, um mich noch rechtzeitig im Schutz des Bauwagens an den See zu setzen, da schob sich das Grüppchen auch schon in mein Blickfeld. Mit dabei: Anja, die Frau, deren Empfehlung mich in eine Modelagentur gebracht hatte.

Ihr kurzer schwarzer Haarschnitt, der jeder anderen Frau Anfang vierzig ein burschikoses Aussehen verliehen hätte, ließ sie auf eine elegante Art und Weise sexy wirken. Die Blicke der drei Männer folgten ihr wie hungrige Hunde der Leberwurst. Mit jedem ihrer Stöckelschritte, die kleine Löcher in den Feldweg piekten, rutschte Anjas Blazer im Takt auf und ab, offenbarte mal mehr und mal weniger die gebräunte Haut ihrer Brust.

Nichts wie weg.

»Hi! Emma!«, rief sie da schon, und ihre Begleiter schielten unsicher in meine Richtung.

Verdammt, zu spät.

»Hey«, sagte ich, doch meine Stimme brach ab, versagte ihren Dienst. Ich räusperte mich. »Hey.«

Anja löste sich aus der Traube und bahnte sich einen Weg vom Feldweg zum Bauwagen. Das hohe Gras strich um ihre fein säuberlich gebügelte Hose, Äste verfingen sich in ihrem Blazer.

»Glückwunsch noch mal zum *Vogue*-Cover«, rief sie mir entgegen. »Sieht toll aus.«

»Danke«, brachte ich noch heraus, doch es klang tonlos.

»Oje, Emma.«

Ohne mein Einverständnis abzuwarten, legte sie ihre Hände an meine Wangen und hob mein Kinn unter ihrem prüfenden Blick.

»Das sieht ja schlimm aus. Hast du es schon mit dickem Make-up probiert?«

»Mmhhhnnn?« Ein undefinierbarer Laut drang aus meiner Kehle, zu überrumpelt war ich von ihrer Übergriffigkeit.

»Das ist bestimmt nicht einfach zu verstecken, diese Wulst.« Mit dem Zeigefinger strich sie über meine Narbe. »Selbst mit einer ganzen Tube Make-up.«

Endlich kam Leben in mich. Energisch zog ich ihre Hände von meinem Gesicht. War das ihr Ernst?

Doch ich kam nicht dazu, etwas zu sagen, denn sie zog bereits die Stirn kraus. »Ich kenne einen Stylisten aus München, der dir eventuell helfen kann. Milo. Der wird sehr oft von großen Frauenmagazinen für Covershootings gebucht. Ich habe ihn vor zwei Jahren kennengelernt, als er mich für das *Cosmo*-Cover geschminkt hat. Er beherrscht sein Handwerk wie kein anderer.«

Erneut musste ich mich räuspern. »Ich brauche Milo nicht«, sagte ich und schluckte.

»Sei nicht so schüchtern.«

Schon wieder klebte ihre Hand an mir, diesmal glücklicherweise nur auf meiner Schulter.

»Milo ist ein Künstler, ich gebe dir seine Nummer. Frag ihn, ob er was ausrichten kann.«

Verlockend war der Gedanke schon. »Ich brauche keinen Künstler«, widersprach ich trotzdem. Die Vorstellung, mich durch die voll besetzte Münchner U-Bahn zu quälen und Hunderte Blicke auf meinem Gesicht zu ertragen, versetzte mir einen Stich in den Magen. Letztendlich würde Milo auch scheitern, aus mir wieder einen normalen Menschen zu machen.

»Gib dir einen Ruck.« Der Blick aus Anjas tiefbraunen Augen wurde noch unangenehmer. »So soll das doch nicht bleiben, oder?«

Ich schnappte nach Luft. »Anja«, sagte ich und konnte nicht verhindern, dass meine Stimme sich gepresst anhörte. »Ich hab's ziemlich eilig.«

»Und sobald du zurück in London bist, nehme ich dich mal mit zu Doctor Powell. Bei dem hab ich in jungen Jahren meine Nase machen lassen.«

»Anja ...« Ich atmete tief durch. Während meiner kurzen Zeit in der Modewelt hatte ich eine beträchtliche Anzahl Models kennengelernt. Etliche davon hätten sich nie unters

Messer gelegt. Doch diejenigen, die ab und an etwas machen ließen – von Botox bis OP war alles dabei –, taten es mit einer Selbstverständlichkeit, die mir noch heute die Gänsehaut auf die Arme trieb.

Wie hatte Oma immer gesagt? *Leg dich nie unters Messer, Emma. Versprich mir das.* Und nun? Jetzt stand ich hier, mit meiner dicken Narbe im Gesicht, und verstand, wie es sich anfühlte, sich nichts dringender zu wünschen als jemanden, der aus einer großen Narbe eine kleine machen konnte. Ärzte, die von einer OP abrieten, hörte man da nicht gern. Drei verschiedene Ärzte hatte ich konsultiert, von jedem dasselbe gehört. Nichts zu machen in meinem Fall. Die Chance, dass sich das Gewebe wieder entzündete und ich noch schlimmer aussehen würde als zuvor, war beängstigend groß.

»Hör auf mich.« Anjas Hände lagen noch immer auf meinen Schultern. Sie schüttelte mich sanft. »Mein Rat hat dich bis jetzt immer weitergebracht.«

Ja, das stimmte. Ohne Anja, die schon seit Jahren als erfolgreiches Model arbeitete, hätte ich den Sprung zur *Vogue* niemals geschafft. Ein glücklicher Zufall für mich, dass sie am Rande unseres Dorfes wohnte. Obwohl sie nicht oft die Zeit fand, sich den geselligen Runden anzuschließen, so hatte die lockere Bekanntschaft zu Oma offenbar gereicht, dass sie sich für mich eingesetzt hatte.

»Verstehst du das?«, wiederholte sie.

Energisch suchte sie meinen Blick. Dabei kam sie mir so nahe, dass ich unwillkürlich einen Schritt zurücktrat.

»Ich will dir ja nur helfen.«

»Ich weiß.« Unsicher schielte ich zum Bauwagen, in der Hoffnung, Johannes wäre vom Schwimmen zurück. Doch weder auf der Bank noch unter der Außendusche konnte ich jemanden entdecken. »Ich hab's wirklich eilig. Ein Freund von mir wartet auf mich, er muss gleich zur Arbeit, und ich hab meine Sachen in seinem Bauwagen.«

Seufzend folgte sie meinem Blick. »Hab's auch schon erfahren. Alle reden darüber, dass hier – wie sagen die Leute? – ein Geschichtenerzähler campt, der den Menschen ins Herz gucken kann. Johannes? Oder jemand anders?«

»Ja, Johannes.«

»Verrückt.« Abschätzig musterte sie den Bauwagen. »Muss schön sein, mit dem Zwitschern der Vögel aufzuwachen. Na, hoffentlich gibt's in dem Ding wenigstens eine Dusche.«

»Hm.«

Anja senkte die Stimme. »Er ist ein bisschen seltsam geworden, oder? Seit er im Bauwagen lebt, sieht man ihn nur noch in Schlabberpulli und mit zerstrubbelten Haaren.«

»Na ja ...«, setzte ich an, doch Anja winkte ab.

»Meistens sind sogar seine Füße voller Erde. Hat er keine Schuhe?«

»Ist doch ein schönes Gefühl, barfuß im Wald«, versuchte ich, Johannes zu verteidigen. Zugegeben. Wegen seiner Klamotten hatte er auch von mir den einen oder anderen skeptischen Seitenblick bekommen. Doch aus Anjas Mund hörte sich die Kritik daran befremdlich an. Unwillkürlich gab es mir einen Stich.

War das die Einstellung, die sich in der Gesellschaft von Anja und all den anderen schönen Menschen die letzten Jahre unbemerkt in meinem Kopf festgefressen hatte? Wieso beäugte sogar ich seine Klamotten skeptisch, obwohl er meinem Herzen so nah war wie kein anderer? »Er genießt es eben. Und Füße kann man waschen.«

»Wenn man es denn tut.«

Die Art und Weise, wie sie den Bauwagen musterte, tat mir im Herzen weh.

Ich atmete tief durch. Johannes war der eine Mensch, bei dem mein Herz sich immer zu Hause gefühlt hatte. Niemand hatte das Recht, ihn zu bewerten. »Ist doch viel wichtiger, dass er ein lieber Kerl ist, oder?«

»Werde du nicht auch noch so, ja?« Sie schob den rechten Ärmel ihres Blazers ein Stückchen nach oben, ihre Armbanduhr blitzte in der tief stehenden Sonne auf. »Und das mit deinem Gesicht bekommen wir schon irgendwie hin. Muss dann auch los.«

»Viel Spaß.« Ich atmete tief durch. »Wird sicher schön.«

Wieder ihre Hand auf meiner Schulter. »Schade, dass du als Model ausfällst. Hätte es als Überraschung für dich geplant gehabt.« Sie seufzte. »Stell dir vor, du hättest ein sündhaft teures Designerkleid tragen dürfen. Einzelstück. In das hättest du dich sofort verliebt, es ist gefaltet und geklebt aus den Seiten von sieben Büchern.«

»Klingt toll«, sagte ich tonlos.

»Sogar die Pumps sind beklebt mit Buchseiten, hab ich gehört.«

»Wow.« Ich bemühte mich, ein interessiert wirkendes Gesicht zu machen. Vermutlich hätte ich Luftsprünge gemacht, wäre ich diejenige gewesen, die ein Kleid wie dieses tragen durfte. Aber nun? Es war besser, die Vorstellung eines Bücherkleides gar nicht erst in meinen Kopf zu lassen. Wieder blickte ich mich suchend nach Johannes um, doch von dem gab es keine Spur.

»Also.« Anja knuffte mich in die Schulter. »Muss los. Aber wir sehen uns. Ich sag Milo Bescheid, dass du mal vorbeikommst.«

Ich hob eine Hand. Eine Antwort war zwecklos, da Anja bereits auf zwei Fichten zusteuerte und mit staksigen Schritten zwischen den Ästen der Bäume verschwand.

Ihre Worte hallten in meinem Kopf nach. *So soll das doch nicht bleiben, oder?* Nein, natürlich nicht. Aber sie war mit Sicherheit nicht diejenige, die darüber ein Urteil zu fällen hatte.

Nachdenklich ließ ich mich auf einem Baumstumpf nieder und beobachtete die Schwalben bei ihrem waghalsigen Flug übers Wasser. Wie gern hätte ich jetzt mit Johannes gesprochen. Seit dem gestrigen Tag kam es mir so vor, als habe er ein feines Gespür für die Rumpelkammer meines Herzens, in dem seit dem Unfall nur Chaos herrschte.

Aufkeimende Gefühle, und waren sie auch noch so klein, hatte ich in den letzten Wochen schnell am Kragen gepackt und ohne einen weiteren Blick in den Tiefen meines Herzens versenkt.

Die meisten davon hatte ich nicht einmal lange genug angesehen, um sagen zu können, um welches Gefühl es sich dabei überhaupt handelte. So, wie es in überstürzten Aufräumaktionen im Leben eben läuft.

Man stopft das große Chaos einfach in irgendwelche Schränke und findet am Ende gar nichts mehr. Das meiste ist falsch einsortiert. Andere Dinge sind so kaputt, dass man sie eigentlich längst hätte wegwerfen – oder dringend reparieren – sollen. Und das, was zufällig am richtigen Platz ist, erstickt unter all den anderen Sachen.

Nach ein paar Wochen haben sich so viele Dinge angesammelt, dass man die Schranktür nur noch mit Gewalt schließen kann, indem man sich dagegenwirft. So, wie man sich auf einen Koffer setzt, bis der Reißverschluss sich endlich zuziehen lässt. Der steht dann so lange unter Druck, bis der Reißverschluss platzt und alles herausquillt.

Was genau Johannes veranstaltete, um in meinem Herzen einen Reißverschluss nach dem nächsten platzen zu lassen, blieb mir aber ein Rätsel. Vermutlich hielt er mich längst für eine Heulsuse.

Seufzend drehte ich mein Gesicht nach Osten. Die zarten Strahlen der Morgensonne wärmten meine Haut, als könnten sie das Chaos in meinem Herzen lichten.

Kapitel 13

Erst das Geräusch von aufspritzendem Wasser ließ mich hellhörig werden. Suchend glitt mein Blick über den See. Und zwischen den glitzernden Wellen, die in Richtung Ufer schwappten, sah ich ihn. Johannes.

Mit kraftvollen Bewegungen kraulte er aufs Ufer zu. Er kam beneidenswert schnell voran. Wasser spritzte unter seinen Armen und Beinen weg, sein Körper drehte sich bei jedem Atemzug, bis das Wasser seichter wurde. Mühelos richtete er sich auf. Bei jedem Schritt, mit dem er ans Ufer watete, stoben Tropfen in alle Richtungen.

Ich hob die Hand, doch er bemerkte mich nicht. Sein Blick flog für einen kurzen Moment hinüber zur leeren Holzbank, doch auf dem kleinen Baumstumpf schien er niemanden zu erwarten.

Er sah so zufrieden drein, dass ich lächeln musste. Stumm beobachtete ich ihn. Das Glück schien ihm förmlich aus dem Herzen zu quellen. Offenbar hatte ihn das Bad im Chiemsee erfrischt und belebt. Seine Züge wirkten entspannt, und seine Augen strahlten noch mehr als sonst. Seine Haare waren nass vom Schwimmen, und kleine Wassertropfen perlten von seinem sonnengebräunten Oberkörper.

Mittlerweile war Johannes bei der alten Weide am Bauwagen angekommen und angelte sich ein Handtuch von einer Astgabel. Mit kräftigen Bewegungen rieb er sich trocken.

Seine Armmuskulatur bewegte sich unter der mit Wassertropfen besprenkelten Haut.

Ich ertappte mich dabei, wie ich seine Konturen mit den Augen nachfuhr. Mein Blick glitt über die nassen Haare, die breiten Schultern. Muskeln spielten auf seinem Rücken, als er sich die Beine abtrocknete. Von den schwarzen Badeshorts tropfte Wasser auf die Wiese.

Oh my gosh.

Ein paar Wimpernschläge lang gehörte dieser Anblick mir, dann verschwand Johannes kurz in den Bauwagen, um in Klamotten zu schlüpfen, die genauso unförmig waren wie all seine anderen auch – doch der Zauber blieb.

»Hey.« Ich räusperte mich. Plötzlich schämte ich mich, mir diesen Moment gestohlen zu haben.

»Guten Morgen.« Hinter seinen dunklen Augen schien ein Funke aufzuglühen. »Gerade wollte ich dich fürs Frühstück wecken.«

»Lieb von dir«, sagte ich. Bei jedem Schritt gab das weiche Moos unter meinen Füßen nach. »Hast du überhaupt noch Zeit, oder musst du schon zu den Kids?«

»Fürs Frühstück plane ich immer genug Zeit ein.« Lächelnd räumte er ein paar Teller aus einer Transportbox und füllte Orangensaft in zwei Gläser. Die Papiertüten raschelten, als er Brezen, Semmeln, Obst und sogar zwei Croissants hervorzauberte. Die machte der Schmidt Peter wie kein anderer.

Mir lief das Wasser im Mund zusammen. »Wow, das sieht ja gigantisch aus.«

»War vorhin beim Bäcker.« Er zwinkerte mir zu und reichte mir einen leeren Teller. »Den neuesten Tratsch kenne ich jetzt auch. Bin gerade durch die Tür, als der Schmidt Peter verkündet hat, der Meier wüsste vom Staudi und der Staudi von der Lotte, dass die Anni von der Radlbeck gehört haben soll, dass du gestern nicht nach Hause gekommen bist.«

»Ach was.« Ich musste lachen. »Und? Hast du ihnen erzählt, wo ich abgeblieben bin?«

»Ich habe gesagt, du hast überraschend Zwillinge geboren, hast sie Hanni und Nanni genannt und …«

»Johannes!« Ich lachte.

»Alles gut.« Mit einem schiefen Grinsen drückte er meine Hand. »Hab ihnen gesagt, dass du dich nicht gut gefühlt hast, sie sich aber keine Sorgen machen müssen. Ich hoffe, das war okay.«

»Ist es.«

Sein Grinsen formte sich zu einem warmen Lächeln, als er mir das Croissant hinhielt, zu dem ich schon die ganze Zeit immer wieder schielte.

»Hast du gut geschlafen?«, fragte er.

Hungrig biss ich einen großen Happen vom Croissant ab – buttrig, fluffig, zart! – und seufzte. »Himmlisch«, nuschelte ich. Und meinte damit nicht nur meinen Schlaf im Bauwagen.

»Und die Schmerzen?«, erkundigte er sich besorgt.

Auch er riss ein Stückchen von seinem Croissant ab und schob es sich in den Mund. Ein paar Teigsplitter fielen ins Gras.

»So viel besser. Ich fühle mich wie neugeboren.«

»Gott sei Dank.«

Ich griff nach meinem Orangensaft und trank. Hier, am Ufer des Chiemsees und in lieber Gesellschaft, schmeckte selbst der Saft aus dem Tetrapack wie frisch gepresst. Nachdenklich betrachtete ich Johannes von der Seite. »Ich hab dir beim Schwimmen zugesehen«, gab ich schließlich zu. Damit ich mich nicht länger so fühlte, als hätte ich ihn heimlich beobachtet.

Amüsiert sah er mich an. »Und? Spannend?«

»Sehr.« Eine Spur zu lange blickte ich ihm in die Augen. Dunkel und warm waren sie, wie Zartbitterschokolade mit einem Hauch von Zimt. »Du …«, begann ich, sprach jedoch nicht weiter.

Auch Johannes schwieg. Sein Lächeln kam mir noch wärmer vor.

Millimeter für Millimeter beugte ich mich ihm entgegen. Noch ohne eine Berührung ahnte ich, wie sich sein Mund auf dem meinen anfühlen würde. Die Stoppeln seines Dreioder Viertagebarts an meiner Wange. Wie ein Vorgeschmack drang ein Hauch von Johannes' Geruch zu mir herüber, herb und warm.

Gerade wollten sich meine Augenlider schließen, da meldete sich der fiese kleine Selbstzweifel in meinem Kopf: *Eine Vogelscheuche wie du*, flüsterte er. *Denkst du wirklich, Johannes könnte sich in dich verlieben? Ja, vielleicht küsst er dich. Aus Mitleid. Um dir einen Selbstbewusstseinsboost zu verpassen.*

Abrupt zog ich meinen Oberkörper zurück und setzte mich kerzengerade auf. »Entschuldige.«

»Wofür?«

Auch er richtete sich auf. Da war keine Enttäuschung in seinem Blick, sondern Hoffnung. Ein vages, verschwommenes *Später-vielleicht*.

Unsicher kaute ich auf meiner Unterlippe herum, setzte ein paar Mal an, etwas zu sagen, aber kein Wort kam heraus. *Hör auf zu träumen, Emma.*

»Alles okay?« Johannes fegte sich ein paar Croissantbrösel von der Hose und sah mich nachdenklich an.

Ich musste dringend das Thema wechseln. Ablenken davon, was sich so richtig anfühlte, mir aber nicht zustand.

Freundschaft – das war der Weg, den ich mit Johannes gehen würde.

Noch immer hielt sich mein Blick in seinen Augen fest. Mit jeder Sekunde mehr, die ich darin verweilte, wurde mir klar, dass ich es war, die gesehen wurde, und ich umgekehrt im Dunkeln tastete.

Ich überlegte. »Darf ich dich was fragen?«

»Alles.«

Nun musste ich doch schmunzeln. »Na ja, alles vermutlich nicht, oder?«

»Mich darf jeder alles fragen. Ob ich antworte, entscheide ich hinterher.«

Auf seinen Lippen konnte ich vage ein verschmitztes Lächeln erahnen. Nachdenklich nagte ich an meiner Unterlippe. So locker-lächelnd dieser Satz auch daherkam, hätte ich ihm, der jeden Tag mit den geheimsten Gefühlen so vieler Menschen jonglierte, eine Einstellung wie diese nicht zugetraut. Er schien sein Herz sorgsam zu schützen.

»Wie war dein Leben, bevor du in den Bauwagen gezogen bist?«

»Ich bin ständig davongelaufen.«

Eine warme Welle der Erinnerung machte sich in mir breit. »Wie damals, als wir uns im Schilf versteckt haben.«

Johannes nickte. »Damals wie heute, es hat sich nichts geändert. Ich bin ständig auf der Flucht gewesen vor Erwartungen, vor Vorschriften, vor den Vorstellungen anderer, wie ich zu sein habe.«

»Und mit Bauwagen lässt es sich schneller flüchten«, fasste ich zusammen.

»Nicht nur das.« Johannes strich sich über die kurzen Bartstoppeln. »Wer im Bauwagen lebt, wird nicht ständig damit konfrontiert, welchem Ideal er nachzueifern hat. Weil man vom perfekten Mann so meilenweit entfernt ist, dass die Leute meistens gleich ganz die Klappe halten.«

Mir kam die Kaffeerunde meiner Großeltern in den Sinn, die Johannes' Leben im Bauwagen genauso belächelte wie vermutlich viele andere Menschen. Und Anja natürlich. »Wirst du oft schief angesehen?«

»Jeden Tag.« Er seufzte, schnitt sich mit dem Messer ein Stückchen Wassermelone ab und biss hinein.

Saft rann ihm über die Finger, er wischte sie an einem Taschentuch ab.

»Die Leute wollen immer alles kommentieren. Und wenn sie es sich verkneifen, sprechen ihre Augen.«

»Manchmal wäre es besser, man würde den Menschen nicht gleich ansehen, was sie denken.«

»Ich finde es ganz gut, dass ihre Blicke oft ehrlicher sind als ihr Mund.« Das Lächeln, das er mir zuwarf, wirkte traurig.

»Du …«, begann ich zögerlich, brach jedoch ab. *Meine Mutter hat mich sehr lieb*, hörte ich die Stimme des sechsjährigen Johannes in meinem Kopf. *Dein Vater nicht?* Nachdenklich sah ich ihn an. Doch irgendwie fürchtete ich, die Frage könnte die unbeschwerte Stimmung zwischen uns zerstören.

»Ja?« Erwartungsvoll sah er mich an.

Ich erwiderte seinen Blick. Offen war er, keine Spur abweisend. Und trotzdem fühlte ich tief in mir, dass er auf die

Frage nach seinem Vater nicht hätte antworten wollen. Oder können. Also nahm ich einen großen Schluck Orangensaft, schob mir den letzten Bissen des Croissants in den Mund und winkte ab. »Nicht so wichtig.«

Auch er setzte an, etwas zu sagen, blieb jedoch stumm. Ein Lächeln zeichnete seinen Blick noch ein Stückchen weicher, doch er war nicht weniger intensiv als sonst.

Ja, wieder war ich es, die gesehen wurde, während ich die Welt hinter seinen Augen nicht mal erahnen konnte.

»Ich helfe dir abspülen«, sagte ich nach einem kurzen Blick auf die Uhr.

Johannes nickte dankbar. Er leerte sein Glas in einem Zug und stand auf. Während er die Reste des Frühstücks in Tupperdosen verpackte und Verderbliches in den Kühlschrank räumte, stieg auch ich die paar Stufen zum Bauwagen hinauf und spülte die Teller.

Als ich nach dem Geschirrtuch griff, fiel mein Blick auf ein Buch. Zumindest sah es aus wie eins. Dick ummantelt mit Zeitungspapier, lag es waagrecht über anderen Büchern.

»Oh!«, rutschte es mir heraus. »Ist das …?«

»Bitte nicht öffnen.«

Johannes' Stimme klang so scharf, dass ich zurückzuckte.

»Das … ist ein Buch, oder?«, fragte ich. Unsicher rieb ich mit dem Geschirrtuch über den Teller, der eigentlich längst trocken war.

»Ja.«

»Ach so«, machte ich. Einfach, um irgendetwas zu sagen. Noch immer wischte ich auf dem Teller herum.

Johannes erschien mir ernst, als er an mir vorbeifasste und das Buch ein Stückchen tiefer ins Regal hineinschob.

»Das ist etwas, das ich eigentlich nie wieder lesen wollte.«

»Eigentlich«, wiederholte ich.

»Eine Geschichte, die es in meiner Welt nicht mehr geben sollte.« Er biss die Zähne so stark zusammen, dass ein Muskelstrang auf seiner Schläfe sichtbar wurde.

»Aber …?« Ich sah ihn an. »Sie lässt dich nicht los.«

»Scheint so.«

Ein kaum hörbares resigniertes Seufzen, und Johannes' Schritte entfernten sich über die Stufen hinaus ins Freie.

Verwirrt starrte ich das umwickelte Ding an. Ich wagte nicht einmal, es zu berühren. In Zeitungspapier eingeschlagen, so steckte es im Regal. Weder den Zeitungsartikel noch das dazugehörige Zeitungsfoto konnte ich näher betrachten. Auf dem gut zwei Finger breiten Buchrücken erkannte ich ein Knie in Feinstrumpfhose. Neben dem Foto formten sich Buchstaben zu Wortteilen, die keinen Sinn ergaben. Unter der dicken Zeitungsschicht blitzte vom Buch selbst nicht die kleinste Ecke heraus.

Ich folgte Johannes hinaus auf die Lichtung. Die Morgensonne schimmerte sanft zwischen den Ästen der gegenüberliegenden Baumgruppe hindurch. »Das Buch ist …«

»Können wir das Thema lassen?«, fiel er mir ins Wort.

Das erste Mal, seit ich Johannes kannte, wirkte er aufgewühlt, ja beinahe ärgerlich.

Ich stockte.

»Entschuldige.« Seine Züge wurden wieder weich, er fasste nach meiner Hand und drückte sie sanft. »Das wollte ich nicht.«

»Ich werde das Buch nicht mehr ansprechen, wenn du das nicht möchtest.«

»Weißt du …« Noch immer hielt er meine Hand fest in

seiner. »… deine Großmutter hat immer gesagt: Es gibt Bücher, in die muss man hineinwachsen wie in Schuhe. Wenn man zu früh versucht, mit ihnen zu laufen, kann das sehr schmerzhaft enden.«

Kapitel 14

Ungutes Grummeln brodelte in meinem Bauch. Voller Fragen, hatte ich mich recht still von Johannes verabschiedet. Doch keine einzige davon hatte ich ihm gestellt.

Als ich die Anhöhe zur Terrasse meiner Großeltern hinaufstieg, saß dort schon wieder ein kleines Grüppchen zusammen. Die Stimme vom Schmidt Peter schallte mir laut entgegen.

»Kommst heute Abend mit, Lotte? Aufs Feuerwehrfestl?«, rief er.

Die winkte ab. »Das ist doch längst vorbei, wenn ich vom Geburtstagskaffee meiner Schwiegertochter daheim bin.«

»Die fangen erst um sechs an. Und haben Barbetrieb ab zehn«, schaltete sich Opa ein. »Wär das nix?«

»Was soll ich in einer Bar, ha?« Lotte schüttelte den Kopf.

»Da setzt du dich gemütlich hin zum Ratschen, dann kriegst einen Hugo«, meinte der Peter.

Lotte nahm einen Schluck Kaffee und stellte die Tasse energisch auf dem Tisch ab. »Ich kenne keinen Hugo.«

Alle lachten. Ob Lotte gerade Scherze machte oder nicht, konnte man nie sicher sein. Obwohl sie das Trendgetränk von ihrer ältesten Enkelin her hätte kennen müssen.

Peters Augen blitzten. »Da werden wir schon einen Hugo für dich finden.«

»Wie wär's denn mit dem Bachhuber Hugo?«, meldete Opa sich zu Wort. »Der könnte vom Alter her passen.«

Peter goss sich ein Bier nach. »Der ist schon gestorben.«

»Schlecht«, sagte Lotte.

»Was ist mit dem Hugo?«, rief der Staudinger Fritz und legte eine Hand ans Ohr.

»Gestorben ist er!«, brüllte Opa.

»Ah.«

»Der Schiegerl Hugo, gefällt der dir nicht?«, rief Opa wieder Lotte zu.

»Der ist doch viel zu jung für die Lotte.« Peter schüttelte den Kopf. »Fast fünfzehn Jahre jünger.«

»Nehm ich.« In Lottes faltigem Gesicht gruben sich noch ein paar mehr Falten um den Mund, als sie lachte. »Einen alten Mann hab ich selber daheim, da brauch ich keinen zweiten.«

»Emma!«, rief Opa, als er mich bemerkte.

Strahlend sprang er auf, um mir einen Kuss auf die Stirn zu drücken – wofür er sich auf die Zehenspitzen stellen musste.

»Guten Morgen allerseits«, rief ich, doch meine Stimme klang verhalten. So ganz war ich den Trubel noch nicht gewohnt.

»Morgen«, schallte es mir aus mehreren Mündern entgegen, und ich musste lächeln.

»Setz dich, Emma.« Oma klopfte auf den Stuhl neben sich und schob mir eine Tasse Tee hin. Ich folgte ihrer Einladung. »Nimm dir ein bisschen Müsli, Semmeln, Brezen oder …«

»Sie hat schon gefrühstückt«, fiel ihr die Lotte ins Wort. »Johannes hat in aller Herrgottsfrühe was beim Peter geholt.«

Mit Mühe unterdrückte ich ein Grinsen. »Ja, er hat ein frisches Roggenmischbrot mitgebracht.«

»Wie?« Die Lotte horchte auf. »Ich dachte, zwei Croissants und …«

Jetzt lachte ich doch los, und Lotte seufzte schuldbewusst.

»Okay, Kleine. Du hast gewonnen.«

Auch der Staudi grinste, obwohl er vermutlich nichts verstanden hatte. Um ihn nicht zu kränken, sprach ihn jedoch niemand darauf an. Ich nahm einen großen Schluck Tee und lehnte mich wohlig seufzend zurück. Aus dem Augenwinkel sah ich einen Schatten über die Terrasse in den Lesesaal huschen.

»Frau Behr!«, rief Opa prompt. »Setzen Sie sich doch einen Moment zu uns.«

Die Angesprochene verharrte einen Augenblick im Türrahmen. Ihre Seidenbluse floss geradezu an ihr herunter.

»Ich hab's eilig, muss für meine Schwester kochen, die heute zum Mittagessen kommt.«

»Am Sonntag sollte man sich keinen Stress machen.« Der Schmidt Peter winkte ab. »Bei mir in der Bäckerei ist momentan der Azubi allein. Und die Lotte wird auch gleich wieder in den Stall verschwinden. Aber für einen Kaffee muss immer Zeit sein.«

In ihrer Miene regte sich nichts. »Ich wollte eigentlich nur schauen, ob *Anna Karenina* inzwischen …«

»Leider nein.« Oma schüttelte den Kopf.

Frau Behrs Blick flog über die Runde, kurz blieb er auf meiner Narbe hängen. Falten bildeten sich zwischen ihren Augenbrauen, die sie angestrengt zusammenkniff, um mein Gesicht zu betrachten. Ich hielt für einen Moment die Luft an. Das Spannungsgefühl kehrte jäh auf meine Wange zurück.

Opa räusperte sich vielsagend.

»Kaffee?«, warf Oma ein.

»Hm?« Frau Behr wandte den Blick ab. Ernst, beinahe ein wenig abweisend.

»Kaffee?«, fragte Opa und deutete auf die beiden Kannen in der Mitte des Tisches. »Schwarztee? Oder ein Glas Milch? Lotte hat frische Milch gebracht.«

»Hm.« Ekel trat in ihr Gesicht. »Schwarzen Kaffee für mich. Ohne Milch und ohne Zucker.«

»Kommt sofort.« Opa ließ sich seine gute Laune nicht verderben.

»Staudi, der Kaffee, den du da mitgebracht hast, schmeckt köstlich!«, rief der Schmidt Peter laut.

»Freut mich.« Der Staudinger strahlte.

»Wo ist der her?«, fragte Opa laut, während er Frau Behr eine Tasse einschenkte. »Wo kaufst du den?«

Staudi grinste noch ein bisschen breiter. »Freut mich.«

Opa seufzte.

Der Schmidt lachte. »Staudi, meine Frau hat mir einen Tritt gegeben, dass ich die Treppe hinuntergekugelt bin.«

»Freut mich.«

Oma tippte dem Staudinger Fritz auf die Schulter. »Hörgerät einschalten!«

»Jaja!« Er nickte und lächelte.

Der Schmidt Peter winkte ab. »Solange es ihm trotzdem mit uns gefällt, lass ihm seine Ruhe mit dem Hörgerät.«

»Recht hast.« Opa nickte.

»Ein funktionierendes Hörgerät wäre wichtig«, schaltete Frau Behr sich im Ton einer Lehrerin ein und nahm ihre Tasse entgegen. Ihre Halsketten klackerten sanft gegeneinander, als sie sich nach vorn beugte. Sie nippte. »Sie sollten sich ein gutes Hörgerät zulegen, damit Sie vernünftig am sozialen Miteinander teilnehmen können!«, rief sie in Staudis Richtung.

»Freut mich.« Er tätschelte ihre freie Hand so unbeholfen, dass sie beinahe ihren Kaffee verschüttet hätte.

»Sie müssen …«, setzte sie in hoher Lautstärke an, doch Lotte fiel ihr ins Wort.

»Lassen Sie's gut sein.« Die Lachfalten um ihre Augen gruben sich noch ein wenig tiefer in die Haut. »Das probieren wir schon seit fast drei Jahren. Wenigstens hat er inzwischen eins.«

»Ein Croissant?« Opa hielt ihr einen Teller hin. »Ganz frisch. Aus der Bäckerei vom Schmidt Peter. Die besten, die man hier in der Gegend bekommen kann.«

»Bin ja auch der einzige Bäcker hier«, meinte der Schmidt trocken, und Opa grinste.

Frau Behr nippte stumm an ihrem Kaffee und schüttelte den Kopf, als Opa ihr noch einmal auffordernd die Croissants hinhielt.

»Sie sind neu hergezogen, oder?«, fragte Opa. Der Teller mit den Croissants klackerte, als er ihn zurück auf den Tisch stellte.

»Ja.«

»Und …?« Oma nickte ihr aufmunternd zu, doch Frau Behr nippte nur an ihrem Kaffee.

»Gefällt es Ihnen bei uns?«, klinkte Lotte sich wieder ein.

»Was für eine Frage!«, protestierte der Schmidt Peter sofort. »Wo auf der Welt könnte es schöner sein als hier am Chiemsee?«

»Finden Sie sich schon gut zurecht?«, fragte Oma.

»Wenn wir Ihnen mal irgendwie helfen können, sagen Sie jederzeit Bescheid, gell?«, bot die Lotte an.

»Was sollten Sie mir denn helfen können?«

Der Blick, den Frau Behr der Lotte nun zuwarf, war genauso abweisend wie zuvor.

Die Lotte starrte sie an. Es dauerte, bis sie antwortete,

wenn auch mit einem verständnislosen Gesicht: »Na ja, wo man hier gut einkaufen kann. Wo man Gelbe Säcke findet. Welche Streuobstwiesen fürs Selberpflücken da sind. Wie man am besten nach Rosenheim kommt ...«

Der Luftstrom, den Frau Behr nun auf ihren Kaffee pustete, hörte sich unwirklich laut an. »Dass der Bus hier nur dreimal am Tag vorbeikommt, hab ich schon im Fahrplan gesehen.«

»Die Leute mit Auto nehmen gern mal jemanden mit«, versuchte Oma zu erklären. »Hier im Dorf helfen sich alle gegenseitig.«

»Wenn man nett ist«, rutschte es dem Schmidt Peter heraus, was Frau Behr mit einem bohrenden Blick quittierte.

»War doch nur ein lieb gemeintes Angebot«, schaltete Oma sich mit einem freundlichen Lächeln ein.

Frau Behr nickte. Stumm nippte sie an ihrem Kaffee. Vermutlich bemerkte sie gar nicht, dass der Schmidt Peter und die Lotte einen vielsagenden Blick tauschten und Opa resigniert, aber leise seufzte.

»Hier sind alle hilfsbereit«, betonte Lotte. Sie betrachtete Frau Behr, als suche sie in ihrem Gesicht nach einer emotionalen Regung.

»Wie eine Familie«, sagte ich und spürte, wie es mir warm ums Herz wurde.

Frau Behr nahm auch von mir keine Notiz. Ihre eisblauen Augen starrten weiter geradeaus, sodass ich nicht einmal mit Sicherheit hätte sagen können, ob sie mich akustisch wahrgenommen hatte.

»Sie leben sich schon noch ein.« Opa nickte ihr freundlich zu.

»Die Menschen hier sind rücksichtslos.« Frau Behr nahm

einen Schluck Kaffee und setzte die Tasse betont langsam ab. »Bei mir gegenüber schreien ständig ein paar Kinder herum.«

»Sie spielen.« Opa zuckte mit den Schultern. »Ist doch schön, wenn Kinder zum Spielen rausgehen.«

»Und erst neulich hat irgendeins nachmittags um halb drei Uhr Blockflöte geübt. Und die Eltern haben es fast zwanzig Minuten lang spielen lassen.« Frau Behr schüttelte den Kopf. »Rücksichtslos, zur Zeit der Mittagsruhe.«

Wir tauschten unauffällige Blicke. Schließlich waren es Lottes jüngste Enkelinnen, die regelmäßig zur Blockflöte griffen.

»Spielt eins von den Kindern Flöte?«, schaltete sich der Staudi ein und legte eine Hand ans Ohr. »Ich wünschte, ich könnt's hören.«

»Wir hören meistens auch nichts«, tröstete ihn der Schmidt Peter. »Aber Frau Behr, die hat gute Ohren.«

»Beneidenswert.« Der Staudi nickte lächelnd.

»Wir freuen uns immer, wenn wir was von den Kindern hören«, versuchte Oma zu erklären, doch Frau Behr sah nicht so aus, als könnte sie diese Ansicht teilen.

Opa hatte sich in den Kopf gesetzt, Frau Behr in die Dorfgemeinschaft aufzunehmen. Er konnte es nicht sehen, wenn in unserem schönen Dorf jemand lebte, der nicht nach allen Regeln der Gastfreundschaft willkommen geheißen wurde. Doch momentan sah es so aus, als würde er sich am Projekt Problem-Behr die Zähne ausbeißen.

»Guten Morgen, störe ich gerade?«

Ein junger Kerl streckte den Kopf durch die Terrassentür, vermutlich ein Praktikant, und mir gab es einen Stich in den Magen.

»Hätte einer von Ihnen kurz Zeit?«

Opa nickte und sprang auf. »Bin gleich da!«

Glücklicherweise hatte sich der Praktikant da schon umgedreht, ohne die gesellige Runde noch eines Blickes zu würdigen.

»Emma, ich wollte dir den neuen Rosenstock zeigen, den Opa und ich vor ein paar Wochen gepflanzt haben.« Oma stemmte sich aus ihrem Gartenstuhl hoch.

»Oh.«

»Um diese Uhrzeit sind die Blüten am schönsten.« Sie lächelte den anderen entschuldigend zu. »Ihr kommt doch kurz allein klar?«

»Keine Sorge.« Der Schmidt grinste. »Solange der Kaffee nicht alle wird, halten wir's noch 'ne Weile aus.«

Der Staudi beugte sich vor, um besser zu verstehen, Frau Behr starrte mit tiefen Stirnfalten in ihre Kaffeetasse. Lotte lächelte uns verständnisvoll zu. Vermutlich ahnte sie, wieso ich aus dem Geschehen gezogen wurde.

»Das tut dir nicht gut, oder?«, flüsterte Oma, als sie mich zur Längsseite des Hauses führte. Ihre Hand lag auf meinem Rücken. »Die Leute aus dem Modelbusiness, der Trubel … Und du, mit deiner Narbe …«

»Mir geht es gut«, unterbrach ich sie, bevor sie wieder auf meiner Narbe herumreiten konnte. »Eine homöopathische Dosis Modelbusiness halte ich schon aus.«

»Aber nicht gleich am Anfang. Du bist ja erst angekommen hier.«

»Das wird schon.« Hoffte ich zumindest.

»Hat dir die Zeit bei Johannes gutgetan?«

Ich nickte. Vermutlich mehr, als Oma ahnte.

Sie lehnte sich an die Hausmauer. »Er heilt eben doch alle Herzen. Auch deins.«

Ich lächelte nur. Dass Johannes' Nähe mir so guttat, lag vermutlich eher daran, dass er meine Narbe überhaupt nicht zu bemerken schien. Dass er nicht permanent versuchte, nichts Falsches zu sagen.

»Wirklich schön, dass ihr wieder Kontakt habt. Konntest du deine Narbe bei ihm mal vergessen?«

Ich könnte sie auch hier vergessen, wenn ich nicht ständig daran erinnert werden würde. Angestrengt nagte ich an meiner Unterlippe, schluckte meine aufkeimende Genervtheit hinunter.

»Genau das brauchst du jetzt in deiner Situation«, meinte sie und nickte unsicher, als müsse sie sich selbst bekräftigen.

Doch ich antwortete nicht.

»Verbring viel Zeit mit ihm.« Sie zog die Schultern hoch. »Dann geht es vielleicht auch immer leichter mit deiner Narbe ...«

»Verdammt«, fauchte ich. »Noch ein Mal das Wort Narbe, und ...!«

»Ach, Kleines ...« Omas Blick war voller Wärme.

Ich atmete tief durch. »Entschuldige.«

»Schon gut. Ich weiß doch auch nicht, wie ...« Sie zögerte. »Wie ich jetzt mit dir umgehen soll.«

»Ist das der Rosenstock?«, fragte ich, um das Thema zu wechseln. Ich deutete auf die kleine Pflanze, die ihre zartroten Blüten in die Luft reckte und offenbar danach strebte, genauso groß zu werden wie all die anderen Rosenstöcke neben ihr.

»Ja. Vor ein paar Wochen haben wir ihn eingesetzt. Er hat ein wenig Zeit gebraucht, anzukommen. Aber jetzt gedeiht er prächtig.«

»Du hast ein Händchen dafür.«

»Nein.« Ihre Augen schimmerten feucht. »Wenn man hofft und sie hegt und pflegt, dann wird jedes zarte Pflänzchen groß und stark. Vor allem die, die mir ganz besonders am Herzen liegen.«

»Ach, Oma.«

»Bist du mir noch böse?«, fragte sie. »Weil ich die Modelleute hier im Haus habe?«

Ich holte tief Luft. »Nein.«

»Doch. Ich seh's dir an.«

Vermutlich war es egoistisch, ihr vorzuwerfen, sie hätte es absagen können.

»Anja sagt, wir müssen das durchziehen. Vielleicht … Nein, bestimmt hätte es sich stoppen lassen, wenn ich gewollt hätte, das ist schon richtig. Aber da du ja wegen deiner Arzttermine später kommen wolltest, hab ich mir gedacht, dass du es ohnehin nicht mitbekommst. Weißt du …? Ich dachte, dass ich den zuständigen Leuten und damit auch Anja dann nicht unnötig Probleme machen muss – schließlich hat sie damals so viel für dich getan.« Oma suchte unsicher meinen Blick. Für einen Moment wirkte sie beinahe wie ein schüchternes Schulmädchen. »Verstehst du, Liebes?«

»Alles gut.« Ich schluckte schwer. »Ich bin wirklich nicht böse.«

»Ganz wirklich?«

»Ganz wirklich.«

Sie atmete hörbar aus. Offensichtlich hatte sie es gebraucht, es aus meinem Mund zu hören.

»Vielleicht tut es dir gut, tagsüber unterwegs zu sein. Mit Johannes, mit Biene … Und nur zum Schlafen zurückzukommen?«

Ich nickte nur.

»Weißt du was, ich geb dir die Kamera mit. Mach doch ein paar schöne Bilder vom See. Von den herrlichen Blumen, und vielleicht erwischst du einen Schmetterling.«

»Mach ich.«

»Oder leih dir Peters Boot aus, fahr raus auf den See! Da gibt's bestimmt auch schöne Motive.«

»Mach ich.«

Sie sah mich mit diesem Ausdruck in den Augen an, als würde sie notfalls Nadel und Faden holen, um meine Mundwinkel ein Stückchen höher anzuheften.

»Das bringt dich auf andere Gedanken und hilft vielleicht. Ich möchte doch, dass es dir ganz schnell wieder gut geht. Dass du mal alles vergessen kannst, ja?«

»Das wird schon«, presste ich heraus. Sie meinte es sicher nur gut. Aber gerade brachte sie mich mit ihrer Fürsorge auf die Palme.

Zerknirscht sah sie mich an. »Ich nerve dich mit meinen Ratschlägen, oder?«

»Nein, tust du nicht.«

»Ich möchte so gern, dass es dir besser geht. Aber ich habe das Gefühl, ich mache es nur noch schlimmer.«

»Wirklich nicht.« Ich schluckte und klopfte ihr umständlich auf die Schulter. »Mir geht es ganz hervorragend hier.«

Skeptisch blickte sie mich an, aber zumindest lächelte sie.

»Biene war vorhin hier. Offenbar ist der Flurfunk nicht bis zu ihr durchgedrungen.«

»Ein Wunder.« Ein Grinsen fand auf meine Lippen zurück.

»Sie hat erst relativ spät eine Hochzeit, wo sie fotografieren muss. Und fragt, ob du vor Arbeitsbeginn Lust auf einen Ratsch hast, vielleicht einen Brunch oder einen kurzen Ausflug.«

»Immer!«

Kapitel 15

»Schön, endlich wieder hier zu sein.« Genüsslich hielt ich die Nase in den Fahrtwind und lächelte Biene zu. »War eine gute Idee.«

Sie nickte. »Das muss Jahre her sein.«

Eine Weile lauschten wir nur dem rhythmischen Klackern der Pferdehufe und dem Schnauben der Pferde, die unsere Kutsche vom Schiffsanleger der Herreninsel hinauf zum Schloss bringen würden.

Rechts und links zogen Bäume an uns vorbei. Moosbewachsen. Dick und dünn. Knorrig und gerade. Wir passierten Hecken und saftig grüne Wiesen. Ich starrte hinaus. Die Mähnen der Pferde flogen im Trab, die Kutsche unter uns vibrierte. Bei jeder Kurve quietschte sie sanft.

In Gedanken war ich bei Johannes. Als Kinder hatte Oma uns oft Geld mitgegeben, wir hatten das erste Schiff zur Herreninsel genommen und die Kutschfahrten in vollen Zügen genossen. Meist durften wir auf dem Kutschbock sitzen, direkt über den Pferden. Dicht an dicht gekuschelt.

»Spuck's aus.« Biene grinste. »Wenn du weiter so in die Gegend starrst, mach ich mir Sorgen.«

»Ich glaube, ich hab mich verliebt.«

»Wusste ich's doch!« Biene kreischte so laut, dass die Pferde nervös die Ohren anlegten.

»Pschscht«, machte ich lachend.

»Johannes!«, wisperte Biene, diesmal kaum hörbar.

»Nein.«

Kurz stockte sie. »Wer dann?«

»Nur ein Scherz. Natürlich Johannes. Wer sonst.«

Mit einem verdächtigen Funkeln in den Augen beugte Biene sich vor, ihre Stimme hielt sie noch immer gesenkt: »Wie war euer Nachmittag? War es so romantisch wie früher? Was habt ihr gemacht?«

»Ich glaube, ich habe ihn verletzt.«

Der schwärmerische Ausdruck auf ihrem Gesicht verschwand. Zurück blieb sanftes Mitgefühl.

»Er …« Wie viel konnte ich erzählen, ohne Johannes' Vertrauen zu brechen? »Ich bin ihm vermutlich irgendwie zu nahe gekommen.«

»Das wundert mich nicht.«

Erstaunt blickte ich sie an.

Sie zuckte mit den Schultern und klemmte ihren Rucksack zwischen den Beinen fest, als er in der Kurve umfiel.

»Emma. Er lebt im Wald. Erzählt Geschichten für unterschiedlichste Leute, um sie zu heilen. Seit so langer Zeit ist er für andere da.«

»Du willst damit sagen …?«

Aus dunklen Augen blickte sie mich ernst an. »Für ihn ist es bestimmt erst mal ungewohnt, dass sich jemand für ihn interessiert. Für Johannes.«

»Dass mich der Mensch interessiert, nicht der Geschichtenerzähler«, sagte ich langsam.

»Genau.«

Sie nickte, und ich schwieg.

So hatte ich es noch gar nicht betrachtet. Die Vorstellung, Johannes hätte die letzten Jahre nur gegeben und nie empfangen, stimmte mich ein wenig traurig. Kein Wunder, dass er auch bei mir nur gab. Sicherstellte, dass es mir gut ging, wohingegen er sich selbst als nicht so wichtig ansah.

Biene hakte sich bei mir ein. »Aber es kann bestimmt noch werden. Wenn du mich fragst, ihr gehört einfach zusammen.«

»Hm«, machte ich nachdenklich.

»Stimmt's?«, fügte Biene eine deutliche Spur leiser hinzu.

Ich heftete meinen Blick an die Schweifhaare der Pferde, die sanft im Trab hin und her schwangen. »Ich mache mir da keine großen Hoffnungen.«

Sie drückte ihren Arm noch ein wenig enger an meinen. »Emma, sag so was nicht!«

»Ehrlich gesagt … fühlt sich das alles elend an.« Ich atmete tief durch.

»Da bist du der erste Mensch, für den sich Verliebtsein elend anfühlt.«

»Vermutlich.« Ich seufzte.

Mitfühlend sah sie mich an. »Ist er wenigstens so, wie du ihn dir vorgestellt hast?«

»Ja …«, antwortete ich und nickte. »Noch viel besser sogar. Nie hab ich mich bei einem Mann so wohlgefühlt wie bei ihm.«

»Aber?«

»Ich traue mich einfach nicht.«

»Ihm …«, Biene rückte ein Stückchen näher, »… zu sagen, dass du …«

»Weißt du …« Ich holte tief Luft. Über den Rücken der Pferde starrte ich hinaus. Gerade bog die Kutsche um die Kurve, hinter einer Weißbuchenhecke tat sich ein herrlicher Ausblick über den königlichen Ziergarten auf. Springbrunnen spuckten ihr in der Sonne schillerndes Wasser gen

Himmel, Blumen malten in den unterschiedlichsten Farben ihre Muster in den Garten, und in der Ferne blitzte uns das Schloss entgegen. »Hübsch, nicht wahr?«, fragte ich.

»Emma.« Biene schmunzelte.

»Ach«, machte ich und winkte ab. Ich schwieg eine Weile, suchte nach Worten. »Findest du nicht, Johannes hätte Besseres verdient als mich?«, fuhr ich schließlich fort. »Jemanden, der hübsch ist und ebenmäßige Haut hat und ...« Ich stockte.

»Denkst du nicht, Johannes ist dein Aussehen egal?«, fragte Biene, statt zu antworten.

»Schon, aber ...«

»Na also!«

Sie nickte, als der Kutscher die Pferde vor dem Schloss anhielt. Mit einem fürsorglichen Seitenblick auf mein lädiertes Bein half sie mir über die Trittbretter hinab.

»Er verliebt sich in erster Linie in deine inneren Werte. Das ist es doch, was zählt, oder nicht?«

»Na ja.« Ich seufzte. »Aber ich bin definitiv schlimm anzusehen.«

Biene öffnete den Mund, um zu protestieren, doch ich hob schnell die Hand. »Stimmt doch«, beharrte ich und folgte ihr die Stufen zum Schloss hinauf, wo wir uns ein schönes Plätzchen in der Sonne suchten, um den Blick über den Garten zu genießen. »Mag sein, dass er nicht so auf Äußerlichkeiten guckt. Aber das gehört doch zum Verlieben dazu, oder nicht?«

»Das ... schon, ja«, gab Biene zu.

»Weißt du«, setzte ich an und streckte die Füße in der Sonne aus. »Ich will keinen Partner, der mein Aussehen erträgt.«

»Emma!«

»Stimmt doch. Ich will das einfach nicht. Lieben wird mein Gesicht niemand mehr. Höchstens ertragen. Nein, Biene. Du musst mir nicht widersprechen. Da habe ich lieber keinen Partner als einen, der mir zuliebe darüber hinwegsieht, dass Krater in meiner Haut sind, die man vermutlich sogar vom Mond aus sehen würde.«

Mir gab es einen kleinen Stich in den Magen. *Ausgerechnet Johannes.* Biene hatte recht. Die letzten Jahre hatte er immer nur gegeben, nie auf sich selbst geschaut. Mit mir an seiner Seite würde das nie aufhören.

»Emma.« Bienes dunkle Augen schimmerten feucht.

»Keine Sorge«, sagte ich. »Ich finde mich damit ab.«

Biene setzte an, etwas zu sagen, doch ich kam ihr zuvor. »Ich sollte Johannes vergessen. Auch wenn es mir nicht leichtfällt«, gab ich zu.

Mit einem Seufzen lehnte Biene sich zurück. »Ich habe so sehr gehofft, ihr nähert euch an.«

»Wenn ich ehrlich bin, ich auch.« Kurz stockte ich, ein trauriges Schmunzeln auf den Lippen. »Ich hab ihn beim Schwimmen beobachtet.«

Biene schwieg, doch ihre Miene verriet, wie sehr sie mit mir fühlte.

Mein Schmunzeln wurde ein klein wenig breiter, auch wenn mein Herz dabei schmerzte. »Hübsch anzusehen ist er auf alle Fälle.«

»Im Ernst, Emma.« Sie zauberte zwei Thermosbecher aus ihrem Rucksack. »Könntest du zusehen, wie Johannes eine andere küsst?«

»Ich habe nicht vor, dabei zuzusehen«, antwortete ich trocken.

»Du wirst es bereuen, wenn du ihn ziehen lässt.«

»Vielleicht.«

Vorsichtig hantierte Biene mit Thermoskanne und Schraubdeckel. Dampfend floss der Kaffee hinein. »Und du wirst immer wissen, dein Johannes liegt dicht an dicht mit einer anderen im Bett und kuschelt sie in den Schlaf. Das willst du doch nicht, oder?«

»Lieber ist Johannes mit einer anderen glücklich als an meiner Seite unglücklich.«

Überrascht sah sie mich an. »Nicht dein Ernst.«

Doch. Ich schluckte.

Biene starrte mich eine Weile traurig an. Vielleicht überlegte sie, wie sie mich trösten könnte.

»Ich hab Butterbrezen dabei«, sagte sie schließlich sanft. Es raschelte, als sie die Tüte aus dem Rucksack zog und sie mir hinhielt. »Vom Schmidt Peter. Waren noch warm, als ich sie geholt habe.«

»Lieb von dir, freut mich«, antwortete ich tonlos und schnappte mir eine davon. Der Schmidt Peter backte sie wie kein anderer. Außen eine dünne Knusperschicht, innen fluffig und weich. Jede einzelne von ihnen hatte eine ganz individuelle Form. Und obwohl einige geradezu schlampig gerollt wirkten – *greislich schauen sie aus*, schimpfte so mancher Kunde, *jetzt gib dir mal mehr Mühe!* –, so wusste Opa sie doch am besten zu beschreiben: *Sie tanzen, Peter! Deine wunderschönen Brezen tanzen!*

Biene sah aus, als hätte sie meine Gedanken gelesen.

»Warte erst mal ab. Johannes ist einer von den Menschen, die in allem etwas Schönes erkennen.«

Kapitel 16

Als ich die Lichtung erreichte, kuppelte Johannes gerade den Bauwagen an sein Auto.

»Hey«, sagte ich leise.

»Hey.« Überrascht drehte er sich zu mir um. »Ich muss für einen Nachmittag nach Prien. Wenn du Zeit hast und mitfahren möchtest, steig gern ein.«

Eigentlich war ich mit einem leicht merkwürdigen Gefühl im Bauch zur Lichtung gekommen. Das in Zeitungspapier gewickelte Buch und Johannes' Reaktion darauf hatten mir zu denken gegeben. Doch da er sich nun ins Auto schwang, blieb für unsicheres Zögern keine Zeit, also ließ ich mich auf dem Beifahrersitz nieder. Wo ich jäh bemerkte, dass ich seit dem Unfall keinen Fuß mehr in ein Auto gesetzt hatte. U-Bahn, ja. Flugzeug, Bus. Aber kein Auto.

Das Strahlen in Johannes' Augen sprach aus, was ich im Geheimen erhofft hatte, noch bevor er es sagte.

»Ich freu mich, dass du da bist.«

»Wie war's bei den Kindern?«, fragte ich und stützte mit beiden Händen mein verletztes Bein, um es vorsichtig abzuknicken.

»Toll.« Er strahlte. »Eine erste Klasse, noch ganz süß und tapsig.«

»Und jetzt?« Vorsichtig lächelnd legte ich den Gurt an. »Ein weiterer Projekttag?«

Er schüttelte den Kopf. »Die Gemeinde Prien hat angefragt, ob ich dort mal Geschichten erzählen könnte. Sie glauben, es würde gut ankommen.« Nach einem Blick in die Seitenspiegel startete Johannes den Motor und drehte am Lenkrad. »Wie war dein Tag? Hast du …« Er brach ab. Ein ernster Blick streifte mich. »Alles okay?«

»Na klar.« Ich bemühte mich, munter zu klingen, auch wenn sich in meinem Bauch gerade alles schmerzhaft zusammenzog. »Ich war meine Großeltern besuchen. Und mit Biene auf der Herreninsel, wir …«

»Auf der Herreninsel?«, wiederholte Johannes sanft.

Mit dem rhythmischen Klicken des Blinkers rollte er auf die Kreuzung zu, Autos zischten vorbei. Sein Blick war nach vorn gerichtet, und trotzdem schien er zu spüren, dass ich in meinem Sitz erstarrte.

»Genau.« Ich atmete tief durch, als er sich in den Strom der Autos einordnete.

Der zarte, kaum erkennbare Anflug eines Lächelns breitete sich auf Johannes' Gesicht aus.

»Was habt ihr dort gemacht? Kutsche, Schloss?«

»Beides.« Ich heftete den Blick angestrengt auf die Straße.

Johannes gab nicht auf. »Wie geht's Biene?«

»Gut.« Ich tastete nach dem Haltegriff über der Tür. Schwindel erfasste mich, das Armaturenbrett schwankte vor meinen Augen, als säßen wir nicht im Auto, sondern auf einem Schiff.

Johannes' besorgter Blick streifte mich. »Soll ich einen Moment anhalten?«

»Geht schon, danke.«

Mit Sorgenfalten auf der Stirn legte er seine Hand auf meine und drückte sie sachte. »Sag Bescheid, wenn es dir zu viel wird, ja?«

»Ich schaff das.« Unter meinem laut pochenden Herzen spürte ich den Atem schwerer gehen. Mein Atem, der laut den Psychologen in der Rehaklinik fließen sollte wie ein kristallklarer Gebirgsbach, zog sich nur noch wie Kaugummi. Ich rang nach Luft und stützte mich auf den Oberschenkeln ab, um so viel Sauerstoff wie möglich in meine Lunge zu saugen.

»Ganz ruhig atmen.« Johannes umfasste meine Hand ein wenig fester.

Ich klammerte mich an ihn, drückte seine Finger, bis die Knöchel weiß wurden.

»Ausatmen«, sagte er leise.

»Ich … krieg keine …« Panisch riss ich am Ausschnitt meines T-Shirts, um der Enge zu entfliehen, doch das Gefühl blieb. »Einatmen ist das … Problem.«

»Ausatmen«, wiederholte Johannes ruhig. »Alles raus, dann geht auch wieder was rein.«

Erneut rang ich nach Luft. Das Armaturenbrett verschwamm vor meinen Augen.

Johannes streichelte mit seinem Daumen sanft über meinen Handrücken. »Versuch mal zu gähnen.«

»Ich …« *Ich ersticke. Luft!* Unbeholfen machte ich ein paar Gähnversuche, doch die Luft schien weder in die eine noch in die andere Richtung zu fließen.

»Dir passiert nichts.«

Wie von fern drang Johannes' Stimme an mein Ohr. Sie klang so warm und beruhigend, dass ich ihm gerne glauben wollte.

»Das ist eine Panikattacke.«

Der Gurt drückte sich sanft an meine Schulter, als Johannes für die nächste rote Ampel bremste. Meine Hände begannen zu kribbeln, Schmerz bohrte sich in meine Atemmuskulatur.

»Ganz langsam einatmen.« Johannes ließ mich für einen Moment los, um zu kuppeln, dann fand seine Hand wieder meine. »Luft anhalten und bis drei zählen. Eins, zwei …«

Ich presste die Luft aus meiner Lunge und rang panisch nach Atem.

»Fast.« Johannes ließ sich nicht aus der Ruhe bringen. »Immerhin zwei Sekunden. Und wieder langsam einatmen, Luft anhalten …«

Ich griff seine Hand noch fester. Das Armaturenbrett vor meinen Augen wirkte seltsam verändert. Vor der Windschutzscheibe zogen Autos vorbei, doch ich sah sie nur durch einen unwirklichen Schleier. Fast so, als liefe ein Film vor meinen Augen ab, während mein Leben pausierte.

»Ganz ruhig weiteratmen.«

Johannes gab vorsichtig und langsam Gas, vermutlich meinetwegen. Hinter uns hupte jemand.

»Ich weiß, wie sich das anfühlt.«

»Echt?«, presste ich atemlos heraus. Überrascht sah ich ihn an. »Du?«

»Ja«, sagte er schlicht. »Ich hatte das auch. Eine lange Zeit. Meine erste Panikattacke hatte ich vor vielen, vielen Jahren in der Lombardei.«

Das Ortsschild zog an uns vorbei, und während er beschleunigte, rückte die Umgebung wieder ein Stückchen weiter in den Hintergrund. So, als hätten meine Augen vergessen, wie Sehen geht. Die Bäume an den Straßenseiten ließen das Sonnenlicht in goldenen Punkten über Johannes' Schulter tanzen. Beinahe unwirklich schwirrten sie neben mir hin und her.

»Alles ist gut«, hörte ich Johannes' Stimme wie durch Watte an meinem linken Ohr. »So schlimm es sich auch anfühlt, das geht vorbei. Versprochen.«

So fuhren wir eine ganze Weile durch die Chiemgauer Landschaft. Meine Hand wurde kalt, nur noch vage spürte ich seine Hand wärmend in meiner. Erst nach Minuten beruhigte sich mein Atem.

»Bekommst du jetzt ein bisschen besser Luft?«, fragte Johannes nach einer Weile.

Ich nickte stumm. Ja, ich bekam wieder besser Luft. Auch wenn es momentan so schien, als würde meine Lunge aufhören zu atmen, wenn ich es nicht mit jedem Atemzug bewusst selbst tat.

»Du sagst, wenn ich anhalten soll.« Sein besorgter Blick traf mich von der Seite.

»Es geht schon, lieb von dir.« Mein Magen schmerzte. Bei jedem Auto, das unser Bauwagengespann überholte, gluckerte in meinem Bauch Nervosität.

Ein zuversichtliches Lächeln breitete sich auf Johannes' Gesicht aus. »Mit jeder Autofahrt wird es besser, du wirst sehen.«

»Müssen die alle so knapp überholen?« Mittlerweile mischte sich ein wenig Wut in meine Angst. »Das war eng. Hat der den Audi gegenüber nicht kommen sehen?«

»Wir sind durch den Bauwagen recht langsam unterwegs«, sagte Johannes leise. »Die Leute haben es eilig und denken nicht nach. Vermutlich hatten sie noch nie einen schweren Verkehrsunfall.«

Erst, als er beim Ortsschild sachte herunterbremste, entspannte ich mich etwas. Noch immer starrte ich auf die Straße, als könne hier, mitten im Ort, plötzlich ein Auto vor uns auftauchen. Obwohl Johannes es mir so leicht wie möglich machte und sogar auf der Vorfahrtsstraße vor jeder Kreuzung vorsorglich die Geschwindigkeit drosselte, fiel die Nervosität erst restlos von mir ab, als das Auto langsam in Richtung Landzunge rollte. Der kleine Pavillon lag unbeeindruckt am Wasser. Linden reckten ihre buschigen Kronen in den Himmel empor, hinter ihrem Blätterdach zeichneten sich bläulich dunkel Bergketten in den beinahe wolkenlosen Himmel.

Verlegen löste ich meine Hand aus seiner, streckte die verkrampften und verschwitzten Finger. »Tut mir leid. Ich hab gar nicht gemerkt, wie stark ich zugedrückt habe.«

»Keine Sorge, alles noch dran.« Er grinste.

Erschöpft lehnte ich mich an die Kopfstütze und wischte mir den Schweiß von der Stirn. »Ich bin platt. Aber ich hab überlebt.«

Johannes grinste schon wieder. »Ein voller Erfolg, würde ich sagen.« Vorsichtig manövrierte er den Bauwagen durch das Gewusel von Menschen und blieb neben einer Schmuckverkaufsbude vor dem Café Apfelglück stehen. Direkt vor uns lag der tiefblaue See.

»Darf man hier …?«

Johannes nickte. »Sondergenehmigung für heute. Die Gemeinde Prien unterstützt immer gern neue Projekte. Auch Geschichtenerzähler.«

Schnaufend schloss ich für einen Moment die Augen. »Puh, jetzt bin ich fix und alle.«

Johannes strich mir sanft über die Schulter und zog den Zündschlüssel ab. »Ich mach dir erst mal einen Tee. Du siehst aus, als könntest du einen gebrauchen.«

Ein Lächeln kämpfte sich von ganz unten auf meine Lippen. »Seh ich so aus, wie ich mich fühle?«

»Wie der berühmte Schluck Wasser in der Kurve.« Johannes zwinkerte mir zu.

»Wasser?« Grinsend löste ich den Gurt und stieg aus dem Auto. »Wenn schon, dann einigen wir uns auf Mojito oder Tequila Sunrise.«

»Mindestens. Ein Schluck Mojito in der Kurve.«

Ich streckte mich seufzend. Warmer Wind hieß mich willkommen, als umarmte er mich nach der nervenaufreibenden Fahrt. Das Lachen von Kindern drang leise und fröhlich vom Strand herüber. »Ist das schön hier.«

Kaum hatte Johannes den Bauwagen betreten, Wasser aufgesetzt und den Klappstuhl vor die Tür getragen, näherten sich schon die ersten Neugierigen. Damit ich nach all der Aufregung nicht auch noch fremde Blicke auf meinem Gesicht erdulden musste, schlüpfte ich schnell zu Johannes in den Wagen. Dort stieg eine Dampfwolke aus dem kleinen Wasserkocher auf, der mit dem inzwischen sprudelnd kochenden Wasser gehörig schwankte.

Johannes spähte über die Gardine hinaus auf die Straße, wo bereits drei Frauen warteten. Eine davon hatte sich in schüchternem Abstand zum Bauwagen positioniert. Die zweite stellte gerade ihre Handtasche auf dem Klappstuhl ab, um darin zu kramen, während die dritte auf sie einredete. Nachdenklich verfolgte Johannes jede ihrer Regungen.

»Na?«, fragte er, als ich eintrat. »Schwarztee, Grüntee, Kräuter, Früchtemischung …«

»Schwarztee wäre toll.« Ich nickte ihm dankbar zu, stützte mich am Bücherregal ab und sank auf die Bettkante. Noch stand ich recht wacklig auf den Beinen.

»Kommst du klar?«

Fürsorge stand ihm ins Gesicht geschrieben, als er beiläufig einen gehäuften Löffel Schwarzteeblätter in die Teesocke füllte und mir eine Keksdose hinschob. Der Blick aus seinen dunklen Augen kam mir so intensiv vor wie selten.

»Soll ich noch ein wenig bei dir bleiben?«

»Lieb von dir.« Lächelnd sah ich Johannes dabei zu, wie er den Tee mit Wasser aufgoss. Der Beutel tanzte sanft hinauf zur Oberfläche, die feinen Blätter schienen darin aufzusteigen. »Ab hier schaff ich es allein.«

»Hast du …« Mit einer besorgten Miene setzte er sich nun doch noch einmal zu mir, direkt gegenüber. »Hast du dir mal überlegt, eine Therapie zu machen?«

»Ja.« Ich seufzte. »Bin auf der Warteliste. Es ist alles voll. Manche haben über ein Jahr lang keine Termine mehr frei. Der nächstmögliche ist in sieben Monaten.«

»Uff, okay.«

Dass ihn das schockierte, sah ich ihm an. Dennoch wirkte er zuversichtlich, als er aufstand.

»Bis dahin schaffen wir das schon, oder?«

»Du bist mir die beste Unterstützung, die ich mir nur wünschen kann.« *Und noch mehr.* »Aber jetzt lass deine Besucherinnen nicht warten …«

»Ich bin gleich nebenan.« Er drückte meine Hand und stand auf. »Falls eine neue Panikattacke kommt, unterbrich uns ruhig.«

»Danke.« *Niemals.* Trotzdem blieb ein Gefühl von Wärme zurück, als Johannes mir zulächelte und die Tür hinter sich anlehnte.

Seine Schritte verhallten über die kleine Treppe nach unten.

»Ach, da schau einer an. Sind Sie das?«, dröhnte draußen eine laute Frauenstimme. »Der Geschichtenerzähler? Sie hab ich mir älter vorgestellt.«

»Tatsächlich«, gab Johannes amüsiert zurück.

»Und hier auf diesem Klappstuhl gibt's Geschichten?«

»Gibt es.« Er klang bestimmt. »Aber ich würde gern mit Ihnen ... ja, genau, Sie da hinten ... mit Ihnen würde ich gern anfangen. Kommen Sie ruhig zu mir. Ich bin sicher, die beiden Damen werden Sie vorlassen und ein wenig zurücktreten, um Ihnen Privatsphäre zu gönnen.«

Ich umfasste die Teetasse mit beiden Händen, wohlig warm fühlte sie sich an. Der Duft von Ceylon stieg mir in die Nase. Schwarztee aller Sorten, mit Milch und Zucker, so war ich groß geworden.

Meine Mutter hatte ihn gekocht, solange ich denken konnte. Er schmeckte nach Gutenachtgeschichten, nach Ich-hab-dich-lieb-Umarmungen und dem Mädelsnachmittag mit guten Freundinnen. Eine Cuppa, wie wir sie zu Hause nannten, eine Cup of Tea, wärmte das Herz. Ganz besonders dann, wenn sie von einem lieben Menschen serviert wurde. Eine Cuppa konnte alles heilen – und für eine Cuppa war immer Zeit.

»Es war einmal ein König«, hörte ich Johannes draußen seine Geschichte beginnen. »Und er besaß ein Königreich, das von einem Fluch heimgesucht worden war. Weite Teile des Reiches lagen in völliger Dunkelheit, und kein Mensch wagte sich dorthin vor.«

Ich schloss die Augen. Zusammen mit seiner Stimme drang warmer Wind herein, das Gezwitscher der Vögel und der Geruch von frisch gemähtem Gras. Vermutlich arbeiteten Landschaftsgärtner irgendwo in Richtung Schwimmbad.

»Der König hatte gerade einen der fünf Leibwächter seiner Tochter in den Ruhestand verabschiedet und war auf der Suche nach einem neuen Mitarbeiter. Die Arbeit beim König war begehrt, deshalb meldeten sich viele Bewerber, und der König überlegte, wie er wohl den besten Kandidaten für diesen anspruchsvollen Job herausfinden könnte.«

Nachdenklich zog ich die Teesocke ein Stückchen aus der Tasse und ließ sie wieder absinken. Die Teeblätter quollen auf, der Beutel füllte sich, und das Wasser nahm immer mehr Farbe an. Der wärmende Geruch nach Ceylon breitete sich im Bauwagen aus.

Draußen setzte Johannes seine Geschichte fort: »Der König ließ den großen Thronsaal mit Gerümpel vollstellen, bis kein Zentimeter des Fußbodens mehr zu sehen war. Alte Möbel, Tische, Kissen und Plunder. Alles lag durcheinander. Bilderrahmen, kostbares Porzellan, Holzfiguren und Kleider. Hier und da ein paar Mausefallen, einsatzbereite Schwerter und scharfkantige Scherben.

Zu den Dienern sagte er: *Es herrscht Dunkelheit in weiten Teilen meines Königreichs, und böse Mächte rufen Wanderer in die Tiefen des Dunkels wie Sirenen den Odysseus. Meine Tochter liebt die Wälder, womöglich lockt der Fluch auch sie eines Tages in die Dunkelheit. Deshalb will ich einen Leibwächter finden, der sich in der Dunkelheit zurechtfindet.*

Also wartete er, bis abends die Sonne untergegangen war und der Raum in Dunkelheit versank. Dann versteckte er seine Tochter im hintersten Eck des Raumes und spickte alle Zugangswege dorthin mit Mausefallen und Scherben.«

Durch die angelehnte Tür erhaschte ich einen Blick auf den Chiemsee, Johannes' Gegenüber saß jedoch außerhalb meines Blickfeldes. Für wen er diese Geschichte ausgewählt hatte, würde ich vermutlich nie erfahren.

»Die Bewerber standen Schlange, um diesen Job zu ergattern. Der König trat vor die Menschen hin und sprach:

Ich suche einen mutigen Leibwächter, der sich nicht vor der Dunkelheit scheut. In diesem finsteren Saal ist meine kleine Tochter versteckt. Wer es schafft, sie aus der Dunkelheit unbeschadet zu mir zu bringen und dabei selbst unverletzt zu bleiben, wird einer der Leibwächter für die Prinzessin sein.

Ein Mann trat vor. *Dunkelheit macht mir nichts aus*, antwortete er. *Ich habe Augen wie ein Luchs.* Keine zwei Meter weit kam er, dann verletzte er sich die Füße an den Scherben, die der König auf den Boden hatte streuen lassen.

Ich kann gut tasten, um Gefahren schnell zu erkennen, sprach der Nächste, *daher trete ich nicht auf die Scherben.* Doch in der Dunkelheit fasste er als Erstes in die scharfe Klinge eines Schwertes – und auch er musste die Aufgabe frühzeitig beenden.

Ich mache es wie eine Fledermaus, sagte der dritte Bewerber, *durch das Echo meines Schnalzens kann ich mich in der Dunkelheit orientieren.* Die Prinzessin fand er trotzdem nicht, das Echo der Mausefallen war offenbar zu schwach …

So und so ähnlich erging es auch all den anderen, die sich für den Job bewarben – bis am Ende nur noch eine zierliche junge Frau übrig war.

Was ist deine besondere Fähigkeit?, fragte der König sie. *Ich habe keine*, erwiderte die junge Frau betreten.

Die gescheiterten Männer verhöhnten sie und sagten: *König, willst du nicht lieber einen von uns einstellen, selbst wenn wir in der Dunkelheit versagt haben? Jemanden, der stark ist? Jemanden, der sportlich ist und weit springen kann? Der Augen hat wie ein Luchs? Eine halbe Portion wie diese sollte die Aufgabe nicht ausführen dürfen.* Sie lachten und amüsierten sich prächtig. Einer rief: *König, sie ist so zart und zerbrechlich – du kannst von Glück reden, wenn sie es schafft, das große Eingangstor zu öffnen, um zur Arbeit zu erscheinen!*

Der König schickte die junge Frau dennoch hinein in den Thronsaal. Die Männer reckten die Hälse, einige grinsten. Sie warteten darauf, den ersten Schmerzensschrei zu hören.

Stattdessen vernahmen sie das leise Ratschen eines Streichholzes, als die junge Frau die Fackeln entzündete, in deren hellem Schein sie die Prinzessin hinten im Saal entdeckte und sie vorsichtig an allen Gefahren vorbeilavierte, um sie gesund und munter dem König zu übergeben.«

Lächelnd fischte ich die Teesocke aus der Tasse, rührte Zucker und Milch ein – und nahm einen Schluck kräftigen Schwarztee. Und plötzlich wünschte ich mir, Johannes würde auch meine Geschichte irgendwann zu Ende erzählen.

Es war einmal eine Königstochter, hörte ich seine Stimme in meiner Erinnerung – jedes einzelne Wort schien sich in mein Gedächtnis eingebrannt zu haben. *Es war einmal eine Königstochter. Doch sie wusste nicht, dass sie eine Königstochter war. Sie war so schön, dass alle Vögel sangen und alle Pflanzen erblühten, wenn sie vorüberging. Doch sie wusste nicht, wie schön sie war. Sie lebte in einem Schloss, das ganze sieben Schritte lang und fünf Schritte breit war. Doch sie wusste nicht, dass es ein Königreich war.*

Kapitel 17

»Na?« Johannes strich mir über die Schulter, als er eine Stunde später zurück in den Bauwagen trat. »Ich glaube, das war der Letzte. Feierabend für heute.«

Ein Lächeln schlich sich auf mein Gesicht. »Schön, dass du wieder da bist.«

»Geht's dir besser?«

»Alles gut«, antwortete ich. Und zum ersten Mal seit meinem Unfall stimmten diese Worte tatsächlich, die mir so oft über die Lippen huschten. Mit einem Schulterzucken leerte ich den Rest meines Schwarztees in einem Zug. Mir ging es prächtig. Wenn man von dem Umstand absah, dass ich inzwischen sogar mit etwas so Banalem wie einer einfachen Autofahrt überfordert war. »Glücklicherweise kann ich mir bei dir sicher sein, dass du meinen Panikanfall nicht auf YouTube hochlädst. Falls deine Dashcam Ton überhaupt aufnimmt.«

»Würde ich nie tun … Weil ich gar nicht wüsste, wie das geht.«

Johannes grinste, und ich boxte ihn lachend in den Bauch. »Witzbold.«

»Lust auf eine kleine Bootsfahrt?«, fragte er.

»Au ja.« Ich musste dringend an die frische Luft. Eigentlich hatte ich längst durch Prien streifen und alten Erinnerungen nachhängen wollen. Die Zeit, während Johannes seine Geschichten erzählte, wäre perfekt dafür gewesen. Aber dann hatten seine Märchen mich in ihren Bann gezogen.

»Komm mit.«

Wie selbstverständlich legte er eine Hand in meine und zog mich hinaus, hinunter zum Bootsverleih, wo ein junger, braun gebrannter Kerl mit Zigarette am Steg saß, die Beine ins Wasser baumeln ließ und natürlich – wie sollte es auch anders sein – sofort auf mein Gesicht starrte.

Ich wappnete mich gegen den kritischen Blick, doch zu zweit schienen uns die Leute nicht halb so viel anhaben zu können. Sanft hielt Johannes mich fest. Gerade genug umschloss seine Hand meine, sodass ich Halt fand, er mich aber nicht bedrängte.

»Servus«, sagte der Bootsjunge und blies den Rauch in die Luft, ohne die Augen von meiner Narbe abzuwenden. »Wie viele Personen? Kommen noch mehr?«

Ich fand meine Stimme wieder. »Nur wir zwei.«

Ein Nicken. Der Blick des Bootsjungen schwenkte zu Johannes hinüber. Mit einer Spur von Mitleid. Vielleicht fragte er sich, was so ein groß gewachsener, attraktiver Mann mit einer Frau wie mir machte.

»Elektroboot, Tretboot oder Ruderboot?«

»Elektro?«

Fragend sah Johannes mich an, und ich nickte.

Endlich löste sich der Blick des Jungen von uns und glitt suchend über den Steg. »Der Gustl ist frei.«

»Nehmen wir.« Ich lächelte.

Das Boot schaukelte, als Johannes mir hineinhalf. Auf schwankendem Untergrund wurde mir mehr als schmerzlich bewusst, wie sehr mich mein kaputtes Bein noch einschränkte. Aus dem Augenwinkel sah ich den Bootsjungen an seiner Zigarette ziehen. Mit der Linken hielt er das Boot ruhig.

Obwohl der junge Mann mich keines weiteren Blickes würdigte, schüttelte ich meine Haare ein wenig mehr ins Gesicht. Mit zugegebenermaßen geröteten Wangen ließ ich mich auf die schmale Holzbank fallen. Johannes setzte sich neben mich und griff nach dem Lenkrad.

»Ihr kennt euch aus?«

Johannes nickte. »Wir kommen klar, danke.«

»Dann viel Spaß euch.«

Mit einem kräftigen Stoß schubste der Bootsjunge den heftig schwankenden Gustl vom Steg, dann startete Johannes den leise brummelnden Elektromotor.

»Hach«, machte ich zufrieden. Ich versuchte, den Schmerz in meinem Bein zu ignorieren. Lächelnd wandte ich das Gesicht zur Sonne, lauschte den Wellen, die sich gluckernd unter dem Boot brachen, und atmete die frische Seeluft ein. Mit jeder kleinen Welle schienen wir den gewaltigen Bergen ein wenig näher zu kommen.

»Du hast wieder Schmerzen«, sagte Johannes leise.

»Es geht schon.« Allein die Tatsache, dass er meinen Schmerz wahrnahm, machte den ein bisschen erträglicher.

Eine Amsel sang am Ufer ihr liebliches Lied, nur das Rauschen des Wassers füllte ihre Atempausen. Schweigend fuhren wir auf den See hinaus, das Gelächter der Kinder am Ufer wurde leiser und das Plätschern der Wellen lauter.

»Die Geschichten waren wunderschön«, sagte ich nach einer Weile und lächelte wehmütig. Ja, sie hatten mich berührt, jede einzelne. Und immer wieder hatte ich mich gefragt, wie Johannes es schaffte, für jeden einzelnen Menschen die eine Geschichte zu finden, die es ihm warm ums Herz werden ließ.

Johannes antwortete nicht. Um seine Lippen lag ein stummes Lächeln. Umrahmt von Bergen, tanzten die kleinen Wellen im Sonnenlicht.

Neugierig sah ich ihn an. »Woher weißt du, welche Geschichte für welchen Menschen passt?«

»Keine Ahnung«, sagte er und sah mich geradeheraus an. »Hab nur so ein Gefühl.«

»Wie kommt es, dass du deine Zuhörer so gut lesen kannst?«, fragte ich weiter. Auch mich faszinierte es, wie er jedem von ihnen – mit all ihren Träumen, Sehnsüchten und ihrer Hilflosigkeit – gerecht zu werden schien. »Kommt das von deinem abgebrochenen Psychologiestudium?«

»Nein. Das sicher nicht.« Lachend schaltete er den Motor aus. Das kleine Boot schaukelte sanft mit den Wellen. »Ich schätze, ich habe als Kind recht oft Menschen beobachtet.«

»Die Leute auf Omas Terrasse.«

»Auch.« Kurz setzte er an, etwas zu sagen, verstummte jedoch gleich wieder. »Vermutlich alle Leute, die ich irgendwann mal getroffen habe.«

»Du warst als Kind oft allein, oder?«, fragte ich aus dem Bauch heraus.

»Schon.« In seinem Blick erkannte ich kaum eine Regung. »Als Fünfjähriger hat mich meine Mutter mal in Italien vergessen und ist ohne mich nach Hause gefahren. Nach der ersten großen Panik hat man Zeit, die Leute in den Cafés und auf den Straßen zu beobachten.«

Ich starrte ihn entsetzt an. Gerade weil er es mit einer Beiläufigkeit erzählte, die mir eine Gänsehaut über den Rücken jagte. »Das ist ja furchtbar.«

»In Italien endet das meistens damit, dass alle Leute den süßen Bambino mit Leckereien versorgen.« Johannes grinste schief. »Mit einer großen Schüssel Pannacotta zwischen den Patschehändchen steckt man das ganz gut weg.«

Vermutlich stand Entsetzen in meinem Blick geschrieben, denn er legte lachend einen Arm um mich.

»Ist doch alles gut, ich hab's überlebt.«

»Hat sie …« Ich überlegte einen Moment. »Das klingt, als wäre es öfter passiert.«

»In Italien hat sie mich nur ein Mal vergessen«, antwortete er und sah mich mit einem Blick an, als wäre es die Geschichte eines Fremden. »Aber dass sie mir ein paar Münzen in die Hand gedrückt und mich in einem Café abgesetzt hat, das gab es tatsächlich öfter.«

»Johannes …«

»Übrigens auch mal in London. In einem Pub, direkt gegenüber von King's Cross Station, hat sie mich mit einem großen Ginger Beer und fünf Pfund in der Hand abgesetzt.« Lächelnd drückte er meine Hand. »London ist eine hübsche Stadt. Dort hast du doch die letzten Monate gelebt, oder?«

»Ich … Ja, hab ich.« Erinnerungen stiegen in mir auf. An den kleinen Johannes, der Hand in Hand mit mir vor seiner Mutter weglief. »Deshalb wolltest du nie mit in den Urlaub, wenn deine Eltern weggefahren sind.«

»So schön es ist, Menschen zu beobachten«, er seufzte, »irgendwann …«

»… ist man sich nicht mehr sicher, ob die Eltern einen lieb haben«, vollendete ich seinen angefangenen Satz leise.

»Deine Oma hat sich sehr um mich gekümmert«, sagte Johannes, und seine Stimme bekam einen warmen Ton. »Sie hat mir immer wieder gesagt: *Deine Mutter hat dich sehr lieb, Johannes. Sie kann es nur nicht so zeigen.*« Kurz räusperte er sich. »Und so will ich es auch sehen.«

»Warum … hat sie …?«

»Ich war nicht der Junge, den sie sich gewünscht hätte, weißt du?«

»Was hätte sie sich denn gewünscht? Was kann denn ein Kind schon falsch machen?« Ungläubig starrte ich ihn an.

»Sie hatte eine andere Vorstellung vom Leben mit Kind.« Johannes zuckte die Schultern. »Am liebsten wäre sie viel früher wieder arbeiten gegangen. Ein Kind, das ihr kurz vor dem nächsten Termin die weiße Bluse mit Spaghetti Bolognese vollspritzt, hat da keinen Platz.«

Mitfühlend tastete ich nach seiner Hand, doch Johannes drückte meine mit einem Lächeln.

»Mir geht's gut, keine Sorge.«

Soviel Mühe er sich auch gab, völlig nahm ich ihm das nicht ab. »Es tut mir so leid. Das muss echt schwer sein, ganz besonders als Kind.«

Seine Hand lag warm in meiner.

»Alles gut, ich …« Er atmete tief durch. »Es hat mich lange beschäftigt. Selbst heute frage ich mich manchmal, ob sie mich liebt. Oder ob ich ihr völlig egal bin.«

Nachdenklich betrachtete ich ihn. Plötzlich fühlte ich mich ihm so viel näher als zuvor. Klar, er war schon immer mein bester Freund gewesen. Der, der immer zu mir gehalten hatte. Und doch. In diesen Tagen war ich die Schwache. Diejenige, die gesehen wurde. Die Trost brauchte und Schutz. Jetzt war ich es, die betrachtete. Selbst Johannes, der für so viele Leute den Fels in der Brandung spielte, durfte manchmal schwach sein und trauern. Ich fragte mich, ob er wusste, dass …

»Wie gut, dass ich nicht allein bin auf der Welt.« Johannes lächelte und drückte meine Hand. »Dass es andere Menschen gibt, die mich lieb haben.«

Er wusste es also. »Hab ich«, bekräftigte ich. Und am liebsten hätte ich ihm diese Worte in Stein gemeißelt, damit er nie daran zweifeln musste. »Schon immer. Und es wird immer so sein.«

»Ich dich auch«, flüsterte er grinsend.

Ich dachte wehmütig an unsere Zeit in Kindertagen zurück, wo wir uns ewige Liebe geschworen hatten.

»Hat dein Vater nicht zu dir gehalten?«, fragte ich.

»Ich weiß nicht, wer mein Vater ist.«

»Gar nicht?« Es machte mich traurig, davon zu hören. Johannes dagegen versuchte offenbar angestrengt, sich nichts anmerken zu lassen.

»Meine Mutter redet nicht darüber.« Er lehnte sich zurück und blinzelte in die Sonne. »Vermutlich ist er Italiener.«

»Würdest du ihn gern kennenlernen?«

»Die Frage stellt sich nicht, weil ich die Möglichkeit dazu gar nicht habe.« Er starrte in die Weite, sein Blick verlor sich irgendwo in den Bergen.

Eine Weile betrachtete ich ihn. Tastete sein Gesicht mit Blicken ab. Die kantigen Konturen, die unter seinen Worten ein wenig kühler wirkten. Die klitzekleinen Bartstoppeln. Die breiten Schultern.

Plötzlich war er nicht länger derjenige, der sich immer nur kümmerte. Jetzt fühlten wir uns mit einem Mal gleich groß an.

Johannes zuckte mit den Schultern. »Wie hat deine Großmutter immer gesagt? In jedem Leben gibt es eine Lücke. Und man kann sein ganzes Leben lang damit verbringen, auf diese Lücke zu starren. Oder man guckt eben woanders hin und freut sich, dass der Rest des Bildes heil geblieben ist.«

Lautes, vertrautes Hupen zerriss die Luft. Hinter uns schipperte die MS Edeltraud vorbei und schickte ein paar wunderschöne Wellen in unsere Richtung. »Achtung, Dampfer!«, rief ich. »Gleich schaukelt's.«

Johannes grinste. »Dauerwelle, festhalten!«

»Heeeey!« Dankbar für die Ablenkung, tauchte ich eine Hand in den See und spritzte ihm lachend ein paar Tropfen ins Gesicht.

Er duckte sich unter dem feinen Sprühregen weg, bereit zur Revanche. Wie tausend kleine Funken schoss das Wasser durch die Luft, ehe es kühl und nass auf meinem Gesicht landete.

Ich prustete. »Na warte!«

Atemlos schleuderten wir uns Händevoll entgegen, balancierten unsere Wasserschlacht auf den kleinen Wellen aus. Meine Brust schmerzte vom vielen Lachen – und mit jedem Schwall Wasser, der mir ins Gesicht spritzte, schien ich lebendiger zu werden.

Gerade beugte ich mich zur Seite, um die nächste Handvoll Wasser zu schöpfen, da warf mich eine besonders große Welle der MS Edeltraud nach vorn – und ich landete auf Johannes. Wohliges Kribbeln breitete sich in meinem Bauch aus, als sein Geruch warm und herb an meine Nase drang.

»Foul!«, rief er und lachte.

»Ups.« Grinsend tastete ich nach den Planken, um mich aufzusetzen, doch ich fasste ins Leere. Wie gern wäre ich auf ihm liegen geblieben, hätte seinen Geruch eingeatmet und seine Wärme in mich aufgesogen. Doch Johannes verdiente mehr als die Liebe einer hässlichen Frau.

Sein Gesicht war meinem plötzlich so nah. Wassertropfen schimmerten zwischen den kurzen Stoppeln seines Dreitagebarts, und selbst in seinen Wimpern hingen sie wie morgendliche Tautropfen in den Grashalmen.

»Ganz nass bist du«, sagte er leise und lächelte. Beinahe liebevoll strich er mir über die feuchten Wangen. Eine Haarsträhne, die sich dunkel und nass mit Wasser vollgesogen hatte, schob er mir hinters Ohr zurück. »Du bist wunderschön.«

Mit einem Mal musste ich schlucken. So etwas wie Wut stieg in mir auf, ich presste eine Hand gegen seinen Brustkorb und setzte mich auf. »Das finde ich nicht lustig.«

Johannes sah mich erschrocken an. »Emma ...«

»Ich finde es toll, dass ich bei dir all das vergessen kann. Dass du über meine hässlichen Seiten hinwegsiehst. Und mehr in mir siehst als nur die kaputte Oberfläche.« Schmerzhaft pochte mir das Herz in der Brust. »Aber ich hätte eigentlich gedacht, wenigstens du würdest mich nicht anlügen.«

»Tu ich nicht.«

Sein Blick war so schonungslos offen, dass mir ein sonderbarer Schmerz durch die Brust ging. Ein Vibrieren, als verklänge in mir der letzte Ton einer schmerzvollen Melodie.

»Du bist wunderschön, Emma. Noch immer.«

»Hör auf.« Wütend setzte ich mich kerzengerade auf, die Lust auf den Ausflug war mir vergangen. »Ich würde jetzt gerne umkehren.«

Johannes war unbeeindruckt von meiner Wut. Sein Blick wurde noch wärmer.

»Zeig mir die eine Narbe, die es schafft, so eine schöne Frau zu entstellen.«

»Johannes!« Ich wurde lauter in meiner Erregung. »Du verstehst es nicht, oder? Von meiner linken Seite ist ja kaum noch was übrig! Da zieht sich ein Krater durch meine Haut, den ich bei jeder Mundbewegung spüren kann! Sieh mich doch an!«

»Das tu ich die ganze Zeit«, sagte er und griff nach meiner Hand. »Weil ich dich schon immer gerne angesehen habe. Damals wie heute.«

»Aber …«

»Du bist wunderschön«, wiederholte Johannes noch einmal, und mein Blick floh hinüber zu den Bergen.

Unwillig schüttelte ich den Kopf. »Damals«, flüsterte ich und nickte, um meine Worte zu bestätigen. »Damals war ich schön.«

Ein schiefes Grinsen antwortete mir. »Und schon damals hast du mir nicht geglaubt.«

Jetzt musste ich wider Willen lächeln. »Stimmt. Punkt für dich.«

Johannes' Grinsen wurde noch breiter, er tastete sanft nach meiner Hand. »Und ich würde gern selbst entscheiden, was ich schön finde.«

Warm und weich lag seine Hand in meiner. Mein Blick suchte seinen. »Du … findest mich wirklich noch hübsch?«, fragte ich. So als müsse ich mich vergewissern, bevor ich es glauben durfte. »So, wie ich bin?«

»Wie du bist.«

So wirklich überzeugt war ich noch immer nicht – und doch klang es herzerwärmend schön.

In Johannes' Lächeln lagen Liebe, Zuneigung … und eine Frage. Die ich sofort mit Ja beantworten würde, so er sie denn stellte.

Vorsichtig und fragend beugte er sich mir entgegen – und ich lächelte. Immer näher kam er mir, sein herber Duft stieg mir in die Nase. Und dann küsste er mich zärtlich … mitten auf meine Narbe. Die Berührung war kaum stärker als der Flügelschlag eines Schmetterlings und doch so viel intensiver als alles, was ich in meinem Leben gespürt hatte.

Tausend Gefühle explodierten unter diesem sanften Kuss. Sie lösten etwas in mir aus, das ich nicht in Worte zu fassen vermochte.

Mein Herz lachte, ich hätte quietschen mögen vor Glück. Zeitgleich liefen mir Tränen der Erleichterung über das erhitzte Gesicht. Johannes' Hand lag warm und sachte an meiner nassen Wange. Und unter seinem liebevollen Blick spürte ich noch immer den Widerhall seines Kusses auf meiner Narbe.

Federleicht und zart erweckte er die kaputten Nerven zu neuem Leben, als sammelten sich alle verbliebenen Gefühle in diesem verletzten Stück Haut.

Ich drängte mich an Johannes, wollte seine Wärme spüren. Sanft trafen meine Lippen auf seine. Sehnsuchtsvoll und leise antworteten sie auf das, was er auf meiner Narbe hinterlassen hatte. Mit jeder Welle, die gegen das Boot schlug, erkundeten unsere Lippen sich, umspielten einander in einem lautlosen Tanz.

Ich schloss die Augen, ließ mich in seinen Kuss fallen. Seine Linke schob sich warm und zärtlich unter meinen Nacken, grub sich in mein Haar. Seine Rechte strich über meinen Rücken und drückte mich an sich. Ich umfasste seine Oberarme, um ihm noch näher zu kommen, seine Muskeln unter dem T-Shirt zu spüren.

Sachte wagte er sich mit der Zunge vor, als warte er auf meine Erlaubnis. Ich erwiderte seinen tiefen Kuss, Arm in Arm sanken wir auf die Bank. Schmal war sie, viel zu hart und so unbequem wie vermutlich kaum irgendein Platz am Chiemsee. Doch davon ließen wir uns nicht aufhalten, sogar mein Bein schwieg taktvoll.

Ich fühlte Johannes' Lippen auf meinen, spürte seinen Arm um meine Taille und drückte mich an ihn. Ein Gefühl von überbrodelndem Glück breitete sich in mir aus. So, als wären in meinem Herzen hundert Heliumballons eingeschlossen, die sofort in Richtung Himmel düsten, sobald sich auch nur die kleinste Luke öffnete.

Dicht an dicht, Kuss um Kuss schaukelten wir kuschelnd auf den glitzernden Wellen.

Kapitel 18

Einen perfekteren Sommerabend als diesen hätte sich die freiwillige Feuerwehr für ihr Dorffest nicht aussuchen können.

Die Sonne stand tief am Himmel, der See schimmerte bläulich grün, und all die kurzärmligen Besucher vertrauten darauf, dass es eine laue Nacht werden würde.

Blasmusik schallte mir entgegen, überall strahlende Gesichter. Blicke hefteten sich auf mich, als ich mich zwischen den voll besetzten Bierbänken hindurchschob. Offenbar sah man mir mein Glück an.

Der Duft von gegrillten Würsteln stieg in meine Nase, eine leichte Brise wehte über den See, und ich spürte, wie sich ein wohliges Gefühl in meinem Herzen ausbreitete. Brust raus, Schultern zurück. Es fühlte sich verdammt gut an.

Ich schritt durch die Reihen, als wäre es nicht das kleine Feuerwehrfest unseres Dörfchens, sondern ein Laufsteg in Paris.

»Ja, da schau her.« Opa lachte zufrieden, als ich mich neben Biene auf die Bierbank quetschte. Mit der Linken schob er sich seinen Trachtenhut aus der Stirn. »Bist ein paar Zentimeter gewachsen? Hat Oma dich ordentlich mit Chiemseewasser gegossen, hm?«

»Dein Kuchen wird es sein«, antwortete ich amüsiert. »Ich wachse offenbar in die Höhe, nicht in die Breite.«

Mit einem Mal fühlten sich die Blicke um mich herum nicht mehr mitleidig an. Und in meinem Kopf meldete sich langsam und vorsichtig der Gedanke an ein Leben. Nicht länger davonzulaufen, sondern wieder dazuzugehören. So richtig. Das baldige Ende der Schonzeit kam mir inzwischen nicht mehr ganz so beängstigend vor. Irgendwann würde ich die Gesellschaft der anderen ohne nachzudenken genießen, mir einen Job suchen ... Doch ich kam nicht dazu, den Gedanken zu Ende zu führen.

»Hey«, begrüßte Biene mich. Ihr dunkles Haar fiel ihr heute lockig und glänzend über die Schultern. Erst, als sie mich schwungvoll in eine Umarmung zog, bemerkte ich gerührt, dass sie noch immer ungeschminkt herumlief. Und das, obwohl sie in ihrem Lieblingsdirndl steckte. Das schöne dunkelgrüne, das so wunderbar zu ihren Rehaugen passte.

Bewundernd sah ich an ihr herunter. »Hübsch! Du siehst toll aus.«

»Nein.« Sie wurde rot. So als dürfte sie von mir kein Kompliment annehmen.

»Lieb von dir, dass du dich nicht schminkst«, flüsterte ich. Und erst jetzt dachte ich wieder an meine Narbe.

Biene winkte ab. »Wo ist Johannes?«, fragte sie.

Die glitzernden Hängeohrringe schwangen gegen ihren Hals, als sie sich suchend umdrehte.

»Der kommt gleich. Grade stellt er noch Bücher zurück in den Lesesaal.« Ich warf Oma einen amüsierten Blick zu. »Gut, dass ihr das Haus nie absperrt.«

»Deine Großeltern glauben noch an das Gute im Menschen«, sagte der Schmidt.

Der saß in seinem abgewetzten Trachtenjanker direkt gegenüber und drehte das Weizenglas in den Händen.

Auch Lotte bahnte sich einen Weg zu uns, ein Grinsen auf den Lippen, und ließ sich zwischen dem Staudi und dem Schmidt auf die orangefarbene Bierbank plumpsen. Dem Bierglas und einem herrenlosen Schlüssel nach zu urteilen, der nun vor ihr lag, hatte sie ihren Platz nur kurz verlassen.

»Glücklich schaust aus, Emma.« Sie winkte quer über die Köpfe der Leute. »Anni! He, Anni! Hast ned noch ein paar Bratwürstl für die Emma?«

Nur mit Mühe übertönte sie die Blasmusik, dafür rieb sich der Schmidt Peter jetzt mit schmerzverzogener Miene das linke Ohr.

Der Staudi beugte sich quer über den Tisch, um mir die Hand zu tätscheln. »Du strahlst ja richtig.«

»Ich bin auch total glücklich«, sagte ich und hob die Stimme, da auf dem See das Horn eines Ausflugsschiffes ertönte, das um diese Uhrzeit vermutlich seine letzte Route fuhr. »Die Zeit hier tut mir so gut.« Und das stimmte. War es Einbildung oder Realität? Die Blicke der Leute schienen sich nicht länger an meine Narbe zu heften.

Biene versuchte erfolglos, ein breites Lächeln zu unterdrücken. »Nicht nur der Chiemsee tut dir gut«, bemerkte sie leise.

»Ach ja?« Ich zwinkerte ihr zu.

Als die Blasmusik zum lautstarken Finale ansetzte, beugte sich Biene unauffällig ein wenig näher zu mir.

»Und?«, flüsterte sie in mein Ohr. »Habt ihr … euch geküsst?«

Ich nickte, und ihr Lächeln wurde noch eine Spur breiter.

Sanft drückte sie meine Hand. »Endlich!«

Ich lachte bloß. Aus dem Augenwinkel bemerkte ich bereits die groß gewachsene, breitschultrige Männersilhouette, die sich durch das fröhliche Gewusel in Richtung unseres Tisches schob.

»Mäuschen, Emma! Wir warten doch alle drauf.« Oma beugte sich an Opa vorbei zu mir, ihre Augen funkelten. »Die Radlbeck hat gesagt, der Schiegerl Hugo hätte beim Segeln ein knutschendes Pärchen gesehen.«

»So?« Belustigt drehte ich mich zu Johannes um, der einen Gruß in die Runde schickte und sich neben mich auf die Bank schob. »Keine Ahnung, wer das gewesen sein könnte.«

Johannes hielt mir ein alkoholfreies Weizen hin, und unsere Blicke kreuzten sich kurz mit einem liebevollen Lächeln. »Schön, euch alle zu sehen.« Er lachte. »Geht's etwa schon wieder um uns?«

»Sonst passiert hier ja nix.« Die Lotte grinste.

Vielsagend hob der Schmidt Peter die Augenbrauen. »Johannes, die Radlbeck hat dir das mit den Zwillingen übrigens geglaubt.« Amüsiert streckte er uns sein Bierglas entgegen. »Darauf trinken wir. Prost.«

»Prost!«, riefen auch die anderen, und wir stießen an.

Ich nahm ein paar kräftige Schlucke von meinem alkoholfreien Weißbier. Schaum hing an meiner Oberlippe, als ich das Glas zurück auf den Tisch stellte und den feinen Perlen zusah, wie sie sanft zur Schaumkrone hinaufstiegen.

»Bratwürstl!«, rief jemand von schräg hinten – und schon wurde ein Teller mit vier Bratwurstsemmeln vor mir abgestellt.

»Danke!« Beim Blick über die Schulter erspähte ich nur noch eine wirbelnde Dirndlschürze. Da schien jemand in Eile zu sein.

»Die sind für euch.« Oma schob den Teller näher zu Johannes und mir. »Wir alle hatten schon.«

Hungrig griffen wir zu. Röstig dunkler Duft stieg in meine Nase, der mittelscharfe Senf quoll aus der Semmel, als ich die beiden Hälften ein wenig zu fest zusammendrückte.

»Gibt's hier keine vernünftigen Gerichte?«

Ich hörte Frau Behr, bevor ich sie sah. Und ich schämte mich dafür, dass ich mir wünschte, sie wäre zu Hause geblieben.

»Für die Vegetarier gibt's Gemüselasagne«, rief jemand hinter uns, doch Frau Behr stöckelte bereits in mein Blickfeld. Vermutlich hatte sie auf diese Info nicht einmal geantwortet.

»Bratwürste sind mir zu fettig. Und Lasagne hat auch immer so viel Käse obendrauf«, schimpfte sie. Schon quetschte sie sich neben Johannes auf die Bank und fixierte den Schmidt Peter. »Sie sind doch einer davon, oder nicht? Von denen, die das organisiert haben?«

»Von den Feuerwehrlern, ja«, brummte der, ohne aus seinem Glas aufzusehen. Seufzend hob er es an die Lippen.

»Ist das so schwer?« Kopfschüttelnd winkte sie ab. »Vernünftige Gerichte wären doch das Mindeste, wenn Sie wollen, dass sich die Leute amüsieren.«

»Bis jetzt haben sich alle prächtig amüsiert.« Der Schmidt lachte, als er die blitzenden Blicke von Lotte auffing, die Mühe hatte, ihre Mundwinkel in Zaum zu halten.

»Werden Sie nicht frech.« Drohend hob Frau Behr den Zeigefinger in seine Richtung.

»Und die Leute amüsieren sich weiter!«, rief die Lotte und stemmte sich vom Tisch hoch. »Wer will noch ein Bier?«

Biene nickte. »Ein Radler, danke!«

»Für mich auch!«, meldete sich Oma.

»Sie auch?«, fragte Lotte in Richtung von Frau Behr. »Zur Entspannung?«

Doch Frau Behr schüttelte nur den Kopf.

»Peter, du?«

»Für mich nicht, sonst schimpft meine Frau später wieder.« Der Schmidt Peter zuckte grinsend mit den Schultern.

»Staudi?«, rief Lotte. Und als sie keine Reaktion bekam: »HE, STAUDI?«

Opa zog das tropfende Bierglas vom Staudinger aus dem Bierwärmer – einem mit warmem Wasser gefüllten Kupfereimer – heraus. »Hat noch.«

Für Frau Behr interessierte sich nun niemand mehr. Lotte war auf dem Weg zum Getränkeausschank, der Staudi diskutierte mit Biene und meinen Großeltern darüber, ob sein Hörgerät nun an- oder ausgeschaltet war, und der Schmidt Peter drehte sich zum Nachbartisch um, um einen Plausch mit den Leuten dort zu halten.

Nur Johannes legte seine Semmel für einen Moment ab und lehnte sich ein Stückchen näher in Frau Behrs Richtung. »Frau Behr …«

»Hm?«, machte sie in einem Tonfall, als fürchte sie, sich gegen irgendetwas verteidigen zu müssen. Die Brauen hatte sie zusammengekniffen.

Ich atmete scharf ein. Aufgeladene Stimmung wie diese verunsicherte mich mehr, als ich es zugeben wollte. Im Gegensatz zu Johannes, denn der saß entspannt neben mir und zuckte mit keiner Wimper. Frau Behrs schlechte Laune schien ihn nicht im Geringsten zu stören.

Sie rutschte auf der Bank herum. »Diese Bierbänke sind unzumutbar.« Ihre perfekt lackierten Fingernägel glänzten im Sonnenlicht, als sie ihre Ketten zurechtzupfte. »Und Sie rutschen gefälligst mal weiter nach links.«

Gerade als ich mich fragte, ob Johannes' Ruhe echt oder

gespielt war, wandte er sich an Frau Behr. »Warum sind Sie so traurig?«, fragte er leise.

Er tat es mit der Gelassenheit eines erfahrenen Chirurgen, der einen präzisen Schnitt setzt, und traf ins Schwarze.

Einen Moment sah es aus, als wollte Frau Behr losschimpfen, doch dann füllten sich ihre Augen mit Tränen. Sie wandte sich ab und schluckte.

Ich sah betreten weg. Strich mit den Fingern ein paar Schrammen auf der orangefarbenen verwitterten Tischplatte nach und fragte mich, ob die Bierbankgarnituren noch dieselben waren wie damals, als wir Kinder waren. Ein wenig unangenehm war es mir schon, Frau Behr in diesem intimen Moment zu erleben – eine Seite, die hier vermutlich niemand an ihr kannte.

»Hier.« Johannes fischte eine Packung Taschentücher aus seiner Hosentasche und bot ihr eins davon an.

Ihre Augen leuchteten eisblau unter dem schimmernden Lidschatten, nervös fingerte sie an einer ihrer vielen Halsketten herum.

»Sie sind doch der Geschichtenerzähler, nicht?«

»Ja«, antwortete Johannes schlicht und legte die Packung Taschentücher auf den Tisch.

Frau Behrs Blick wurde weicher, beinahe vorsichtig sah sie Johannes an. »Können Sie mir meine Geschichte erzählen?«

Hastig schob ich mir den letzten Bissen meiner Bratwurstsemmel in den Mund. Diese Geschichte wollte ich auf keinen Fall mit anhören, denn Frau Behr wirkte nicht so, als würde sie diesen Moment teilen wollen. Ich griff nach meinem Bier und wollte mich von der Bank hochstemmen, doch Johannes kam mir zuvor.

Er drückte mir einen flüchtigen Kuss auf die Lippen. »Ich

gehe mit Frau Behr ein paar Schritte, ja? Vielleicht finden wir irgendwo einen ruhigen Fleck.«

»Okay!«

Kaum hatten die beiden ihren Platz verlassen, drehte Biene sich zu mir um.

»Huch. Geht Johannes schon?«

»Er erzählt Frau Behr eine Geschichte.«

Nachdenklich blickte sie den beiden nach. »Für sein junges Alter wirkt er manchmal verdammt alt.«

Ich musste schmunzeln. »Wie sagt Oma immer? Es sind nicht die Jahre, die dich alt machen. Es sind die …«

»Erlebnisse.« Nickend vollendete Biene meinen Satz.

»Genau.«

Prüfend begutachtete sie mich von oben bis unten. »Die Tage mit Johannes haben dir gutgetan. Als hätten sie dir eine Krone aufgesetzt.«

»Nein.« Ich grinste. »Sie haben mich nur daran erinnert, dass bereits eine Krone auf meinem Kopf sitzt.«

»Finger weg von meinem Bier!«, rief die Lotte lachend, als sie drei volle Biergläser auf unseren Tisch stellte und der Schmidt grinsend und betont unauffällig nach einem Glas tastete.

»Staudi, Prost!«, rief Opa und hob sein Bier in die Höhe, während der Staudinger Fritz sein Glas umständlich aus dem Bierwärmer herausfischte, um mit ihm anzustoßen.

»Wie lange willst du das noch im Bierwärmer stehen lassen?«, fragte die Lotte, doch der Staudinger trank nur seelenruhig aus seinem Bierglas.

»Staudi!«, rief Opa.

Der Staudinger Fritz wischte sich über die schaumbenetzten Lippen und legte eine Hand ans Ohr. »Hm?«

Freundschaftlich klopfte ihm der Schmidt auf die Schulter. »Wenn du lieber was Warmes trinkst, bestellen wir dir das nächste Mal einen Tee.«

»Jaja! Freilich!«

Der Staudi nickte lächelnd, obwohl ich mir sicher war, dass er nichts verstanden hatte. Doch er war glücklich in dieser Runde – und nur das zählte. Strahlend zwinkerte er mir zu und nahm noch einen Schluck.

»Schön pusten, gell, Staudi?«, rief der Schmidt Peter und grinste. »Schön pusten, nicht dass du dich verbrennst an deinem Bier!«

Nun schien der Staudi doch etwas verstanden zu haben, denn er nickte zufrieden. »Bier schmeckt am besten, wenn es die Temperatur von einem schönen Fußbad hat.«

»Baaaah, Staudi!«, schimpfte Opa. »Sag das noch mal, und die nehmen dir deinen bayerischen Pass ab. Für immer.«

Biene und ich wechselten belustigte Blicke.

Lotte griff nach Staudis Hand und drückte sie lächelnd. »Das mit dem warmen Bier ist schwer zu verzeihen, Staudi. Aber ich freu mich, dass du heute so gut hörst.«

Der Staudinger grinste in die Runde wie ein Kind. »Habt ihr gehört? Sie hat mich gelobt, oder?«

»Hat sie.« Seufzend griff der Schmidt Peter nach Staudis Kupfereimer, um die Temperatur zu fühlen. »Aber der Bierwärmer hier … Au! Zefix! Der ist ja richtig heiß.«

»Wo ist Johannes?«, unterbrach Oma ihn.

Stumm deutete ich hinunter zum Ufer, wo Johannes sich mit Frau Behr auf einer Holzbank niedergelassen hatte. Selbst aus der Entfernung wirkte sie zerbrechlich. »Mit Frau Behr.«

Der Schmidt reckte den Kopf. »Ist sie das? Bist du sicher?«

»Ja.« Tatsächlich war sie kaum wiederzuerkennen. Eingesunken saß sie da. Die glänzenden Halsketten, die sonst ihre stolzgeschwellte Brust zierten, baumelten deplatziert herunter. Immer wieder wischte sie mit einem Taschentuch über ihre Augen.

»Hab ich's doch gewusst.« Lächelnd lehnte meine Großmutter sich an Opa, der ihr zärtlich über die Schulter strich. »Johannes knackt die harte Schale irgendwann.«

»Abwarten«, brummte der Schmidt.

»Ungewöhnlich, oder?« Seufzend fegte Lotte mit den Händen ein paar Brösel vom Tisch. »Dass Johannes in diesem Alter schon so … tiefgründig ist.«

»Er war schon immer so.« Opa sah auf den Chiemsee hinaus, wo die Abendsonne die Wolken in leuchtendes Rot tauchte.

Segelboote glitten durch das dunkle Wasser. Er folgte ihnen mit dem Blick, als wären sie Gedanken an die Vergangenheit, die man nur einfangen musste, um sich zu erinnern.

»Wisst ihr noch, wie er als kleiner Bub eine Frau dabei erwischt hat, als sie uns ein Buch aus dem Lesesaal klauen wollte?«

»Stimmt. Da war er vielleicht sechs oder sieben Jahre alt.« Oma musste lächeln. »Er hat sie gefragt, warum sie das tut. Ob sie einsam ist. Und hat gesagt, wenn sie ein Buch braucht, um sich nicht länger einsam zu fühlen, dann würde er ihr eins von seinen schenken.«

Kapitel 19

»Na?«, fragte ich, als Johannes sich wieder zu uns auf die Bierbank setzte.

»Selber na.« Er grinste.

Eine Wolke seines zartherben Geruchs umhüllte uns. Fast selbstverständlich strich er mir eine Haarsträhne hinters Ohr und gab mir einen flüchtigen Kuss. Und wenn Oma nicht im 45-Grad-Winkel über dem Tisch gehangen hätte, um einen Blick auf uns zu erhaschen, hätten wir uns sicher noch einen zweiten gegeben.

»Lief es gut?«, fragte ich und beugte mich näher zu ihm, um den Schmidt Peter nicht zu unterbrechen, der ein paar heitere Kundengeschichten aus seiner Bäckerei zum Besten gab.

Seufzend zuckte er die Achseln. »Sie tut mir sehr leid«, sagte er. Gerade so laut, dass ich es hören konnte, aber niemand sonst am Tisch. »In ihrem Leben hat sie es nie einfach gehabt, weißt du.«

»Das hat sie dir erzählt?«

»Es musste offenbar mal raus. Manche Dinge wiegen ein wenig leichter, wenn sie erst mal ausgesprochen sind.« Nachdenklich sah er Frau Behr nach, die in der Ferne immer kleiner wurde. »Ich glaube, es hat ihr gutgetan.«

»Denkst du, sie wird jetzt Teil des Dorflebens sein? So richtig?«

»Sie wird es versuchen. Eine kleine Geschichte verändert

aber nicht ihren Charakter.« Johannes lachte. »Für Wunder bin ich nicht zuständig.«

Der Schmidt Peter zog den Teller näher zu sich. »Also, wenn niemand mehr die letzte Bratwurstsemmel isst, würde ich mich erbarmen?«

»Bitte!« Opa nickte grinsend. »Iss. Damit du groß und stark wirst.«

Neugierig reckte Lotte den Kopf. »Da ist Anja.«

Mein Herz hüpfte für einen kurzen Moment in Richtung Hals. Biene griff nach meiner Hand. »Tu dir das nicht an«, flüsterte sie. »Hab vorhin ein Gespräch mitgekriegt … Ging um dich.«

Unschlüssig biss ich auf meiner Unterlippe herum.

»Sie hat wohl sogar Make-up dabei.«

»Perfekt«, sagte ich tonlos.

»Ich muss gleich los«, flüsterte Biene. »Anni am Grill ablösen. Aber vielleicht mag ja Johannes mit dir flüchten, hm?«

»Anja?« Opa legte die Hand an seine Augen. »Wo?«

»Da.« Seufzend setzte Lotte das Bierglas an ihre Lippen. »Die wird einfach nicht älter. Und ich kriege täglich zwei Falten dazu.«

»Ich weiß, was gegen Falten hilft«, mischte sich der Schmidt Peter kauend ins Gespräch.

»Botox.« Biene verdrehte die Augen.

»Falsch.« Spitzbübisch grinsend tätschelte er seinen Bauch. »Kuchen! Macht ein rundes Gesicht und polstert Falten von innen heraus auf.«

»Recht hast du«, pflichtete Opa ihm bei. »Und morgen Nachmittag backe ich wieder. Dann dürfen alle Ladys zur Faltenprophylaxe vorbeikommen.«

Lotte nickte. »Bin dabei.«

»Vielleicht will Anja sich zu uns setzen?«, fragte Oma. Sie lehnte sich zurück, um zwischen zwei jungen Burschen in Lederhosen hindurchzugucken. »Ich seh sie nicht?«

»Ich muss raus hier«, flüsterte ich Johannes zu, der recht nachdenklich dreinblickte.

Beinahe teilnahmslos starrte er auf den Chiemsee hinaus. Nur die tiefe Falte zwischen seinen Augenbrauen deutete darauf hin, dass er Gedanken wälzte. Schwere Gedanken.

»Hm?«

»Huhu!«, rief Opa und winkte. »Anja, wir sind hier!«

Ich räusperte mich leise und stand auf. »Entschuldigt mich, ja?« Biene hatte recht. Gerade jetzt, da der Abend so schön verlaufen war, wollte ich keiner perfekt geschminkten Anja gegenübersitzen, die mit ihren Schönheitstipps mein neu gewonnenes Selbstbewusstsein ruinierte.

Auch Johannes erhob sich. »Ich begleite dich.«

»Jaja, die Jugend.« Grinsend wechselte Opa einen Blick mit dem Schmidt.

Oma strahlte. »Lass sie, die brauchen ein bisschen Zeit für sich.«

Johannes' Hand fand meine. Und gemeinsam fühlte sich der Weg zum Ufer gar nicht mehr wie eine Flucht an. Trotzdem. Johannes, der oft und gerne schwieg, verbreitete eine Art von Schweigen, die kühler war als sonst.

»Geht's dir gut?« Besorgt betrachtete ich ihn.

»Alles okay.« Er lächelte mir zu, doch es war nur ein halbes Lächeln.

»Hat dich das Gespräch mit Frau Behr runtergezogen?«, fragte ich mitfühlend.

»Ganz im Gegenteil«, antwortete er. »Geschichten zu erzählen, lenkt mich immer ab.«

Ich grinste schief. »Die Probleme der anderen lenken von den eigenen ab.«

»So könnte man es ausdrücken.«

Nun wurde sein Lächeln doch ein bisschen breiter. Kurz setzte er an, etwas zu sagen, blieb jedoch stumm.

Neben uns stürzten sich ein paar Enten laut schnatternd ins Wasser, als wollten sie die Stille füllen, die zwischen uns entstand. Feine Tropfen stoben in die Luft.

»Ja?«, fragte ich. Seine Hand lag warm und leicht in meiner. Sanft strich ich mit dem Daumen über seinen Handrücken.

»Kennst du das Gefühl …« Er atmete ein, aber nicht mehr aus. Sah aufs Wasser hinaus. Überlegte. Schließlich wandte er sich seufzend zu mir um. »Wenn du einem Menschen so viel sagen möchtest, aber gleichzeitig weißt, dass kein Wort der Welt zu ihm durchdringen würde?«

Ich antwortete nicht, sah ihn einfach nur an. Und drückte seine Hand sanft, um ihm zu signalisieren, dass ich ihm zuhörte.

»Wenn man einen Menschen lieb hat. Aber du immer nur auf Platz zwei warst.«

Nun klingelte es doch. »Deine Mutter?«

Johannes nickte.

Mich befiel eine vage Ahnung. »Wie kommst du jetzt drauf?«, fragte ich leise.

»Sie ist hier.«

Ich starrte ihn an. Es dauerte eine Weile, bis die Rädchen in meinem Kopf ineinandergriffen. »Anja«, flüsterte ich und suchte in Johannes' Augen nach einer Regung.

Er nickte.

Gedanken zuckten unkontrolliert durch meinen Kopf. Ein paar davon verknoteten sich. Anja? Die Anja, die sich mütterlich dafür eingesetzt hatte, dass ich auf das Cover der *Vogue* gekommen war? Die mich zu Castings gefahren und mir beigebracht hatte, wie ich mich zu kleiden, zu schminken und zu präsentieren hatte?

»Sie …« Mein Mund wurde trocken.

»Ich weiß.« Wehmütig sah Johannes mich an. »Eigentlich war sie mehr deine Mutter als meine.«

»Das muss dir sehr wehgetan haben … Aber ich habe das nie …« Verzweifelt suchte ich nach Worten. »Warum habe ich nie bemerkt, dass …?«

»Vermutlich war ich nicht wichtig genug für sie, als dass sie über mich gesprochen hätte.«

Er hörte sich ganz entspannt an, doch ich fühlte, dass er aufgewühlt war.

»Warum hast du es mir nie gesagt?«.

»Ich habe immer versucht, es vor dir zu verheimlichen«, antwortete er. »Und habe gehofft, dass du es nie herausfindest.«

»Wenn ich gewusst hätte, dass Anja deine Mutter ist …«

Johannes lächelte traurig. »Dann?«

»Dann hätte ich den Kontakt zu ihr gemieden.«

»Siehst du.« Liebevoll drückte er meine Hand. »Und das wollte ich nicht. Schließlich war das Modeln dein Traum. Und es hat dir so gutgetan. Meine Mutter war für dich das Ticket in die Branche.«

Plötzlich fiel es mir wie Schuppen von den Augen. »Du warst es. Du hast deiner Mutter gesagt, da ist ein Mädchen, das modeln möchte.«

»Ja«, sagte er, und seine Stimme klang rau.

»Eines Abends stand sie plötzlich vor unserer Tür.« Vor meinem geistigen Auge sah ich Anja durch die Haustür treten. *Du hättest das Zeug zum Modeln, Emma. Die perfekte Größe, schöne Körperproportionen. Wäre das nichts für dich?* »Ich dachte immer, meine Großmutter hätte ein gutes Wort für mich eingelegt. Also war ihre Überraschung gar nicht gespielt.«

»Eigentlich störe ich nur ungern …«

Ich zuckte zusammen, als sich Anjas Hand auf meine Schulter legte.

»… aber deine Großeltern sagten mir, dass ich euch hier finde.«

Widerwillig drehte ich mich zu ihr um. Ihre Augen schimmerten in demselben dunklen Braunton wie die von Johannes, doch es fehlte ihnen an Wärme.

»Hier.« Ohne Umschweife hielt sie mir einen kleinen Tiegel hin. Durch das Glas erahnte ich einen hellen Nude-Ton. »Damit du endlich wieder unter Leute gehen kannst.«

»Lieb von dir, aber …« Unschlüssig starrte ich auf das Make-up, das genauso wenig funktionieren würde wie meines.

Johannes war schneller als ich. Entschieden schob er ihre Hand zurück. »Braucht sie nicht.«

Anja sagte nichts. Ganz langsam sah sie an Johannes hinunter. Bedacht. Von oben nach unten. Und das war Antwort genug.

Die Stille zwischen den beiden wog schwer. Ihre Blicke schienen aneinander festzufrieren. Obwohl keiner von ihnen ein Wort sagte, fühlte ich irgendetwas in Johannes erkalten.

Unschlüssig legte ich eine Hand auf seinen Rücken. Als könne meine Berührung ihm zeigen, dass ich hinter ihm stand. Was auch immer das bedeutete.

»Entschuldigung.« Ein Mann mittleren Alters drängte sich plötzlich dazwischen. Die Lesebrille um seinen Hals baumelte in der Luft, als er sich vorbeugte. »Gibt's hier noch eine Geschichte, oder ist schon Feierabend?«

»Tut mir sehr leid«, sagte Johannes, ohne seine Augen von Anja abzuwenden. »Die Dame hier ist die Letzte heute.«

Der Herr nickte verständnisvoll lächelnd. »Dann komme ich morgen wieder.«

»Soso.« Ein Hauch von Spott schwang in Anjas Stimme mit. »Ich bekomme eine Geschichte zu hören.«

Johannes ging nicht darauf ein. »Es war einmal eine junge Frau«, begann er stattdessen – und seine dunklen Augen, die sonst so warm wirkten, blickten starr auf Anjas Stirn. »Und in ihrem Herzen klaffte ein Loch. Die junge Frau litt große Schmerzen, sie wünschte sich nichts sehnlicher, als dieses Loch zu füllen. Sie ging auf die Suche nach einem Mann, der bereit war, ihr Herz mit guten Worten und Zärtlichkeiten zu stopfen, doch das Loch war zu groß. Egal, wie viel die junge Frau auch von den Zärtlichkeiten aufsaugte, es war nie genug. Sie war traurig und verzweifelt. Sie versuchte es mit einem neuen Mann, doch auch dieser konnte das Loch in ihrem Herzen nicht stopfen. Immer schneller wechselte sie die Männer, in der Hoffnung, es würde ihr besser gehen, wenn sie nur schnell genug all das sammelte, wovon ihr jeder einzelne Mann nur so wenig geben konnte.«

Nachdenklich sah ich ihn an. Dass er in dieser Beziehung schon so abgeklärt war, um aus der Distanz eine Geschichte zu erzählen, nahm ich ihm nicht hundertprozentig ab.

»Irgendwann bemerkte sie, dass auch Erfolg ein wenig dazu beisteuern konnte, das Loch zu füllen«, erzählte Johannes weiter. »Sie ließ sich fotografieren, zeigte sich auf den Laufstegen der Welt. Mit jedem Kompliment, mit jedem Job wurde das Loch in ihrem Herzen ein wenig kleiner. Ein

Dir verdanke ich meinen Erfolg! verschloss bereits einen beträchtlichen Teil der Wunde, ein *Du bist schön!* noch mehr. Für ein paar Tage stopften Erfolge und Komplimente ihr Herz zu großen Teilen, doch wirklich geheilt war es nie.

Mama, hörte sie ihren kleinen Jungen rufen. Doch sie hatte Sorgen, von denen er nichts verstand. Die so ersehnten Sätze wie *Du bist schön!* verflüchtigten sich nach ein paar Tagen, verschwanden ins Nichts, und zurück blieb wieder nur Leere. Die junge Frau verzweifelte fast. Sie setzte alles daran, ihre Schönheit zu bewahren. Mit Geld und Zeit und Schmerzen, mit Verzicht und Qual und Ärzten holte sie sich verlorene Schönheit zurück, nur um immer wieder den ersehnten Satz zu hören: *Du bist schön.*« Johannes atmete hörbar aus.

Der Blick, den er ihr nun zuwarf, schaffte es nur notdürftig, seine überquellende Wut zu verbergen.

»Und mehr und mehr wurde sie zur Plastikpuppe«, flüsterte er.

Das gab mir einen Stich. Da war er. Der kurze Moment, in dem Johannes die Kontrolle verlor. So abgeklärt, wie er tat, war er offenbar doch nicht. Diese kleine Spitze zielte mehr als deutlich darauf ab, Anja wehzutun.

»*Mama*, rief ihr kleiner Junge, doch sie wollte nichts davon hören. Sie wünschte sich nichts sehnlicher, als endlich ein heiles Herz zu haben. Das Puzzleteil zu finden, das ihr Herz vollständig machte. Wenn ihr Junge sie nicht ständig stören würde, hätte sie es vielleicht längst gefunden. In ihrer Not stopfte sie alles, was sie finden konnte, in ihr Herz hinein. Es füllte sich langsam, doch es schmerzte. Keins der Teile passte so richtig in die Lücke.

Erst, als die Kräfte sie verließen, als sie eigentlich schon aufgeben wollte, bemerkte sie ihren Sohn, der nach all den

Jahren vergebenen Rufens resigniert das Haus verließ. In seinen Händen hielt er das verlorene Stück Herz.«

Hinter Anjas perfekt geschminkten Augen regte sich nichts. Sie sah Johannes an, als hätte er ihr den Wetterbericht der nächsten Tage vorgelesen, und nickte.

»Hübsche Geschichte. Kann mir gut vorstellen, dass den Leuten so was gefällt.«

Johannes schluckte.

»So.« Anja wandte sich mir zu und drückte mir nun doch den kleinen Tiegel in die Hand. »Wenn du mal wieder hübsch sein möchtest, kannst du den sicher gut gebrauchen.«

Ich starrte vom Tiegel in meiner Hand zu Anja – und zurück.

»Bis bald.« Sie lächelte. Das Lächeln einer perfekten, wunderschönen Puppe.

»Bis bald«, antwortete ich leise.

Kaum war Anja im Getümmel verschwunden, nahm ich Johannes bei der Hand und zog ihn mit mir – am Ufer entlang. Mein Griff war sanft, aber doch fest genug, dass er keine Fragen stellte. Auch wenn er kein Wort sagte, wusste er offenbar, wohin ich lief, und wurde mit jedem Schritt ein wenig entspannter.

Sein leises, zurückhaltendes Schmunzeln konnte jedoch nicht darüber hinwegtäuschen, dass es in ihm brodelte.

»Das Tempo von damals bekommst du mit dem Bein vermutlich nicht hin.«

Recht hatte er. Um in dieser Geschwindigkeit zu laufen, musste ich mich mehr konzentrieren als gedacht.

Hand in Hand folgten wir dem Schilfgürtel, in dem die Wellen sanft zwischen den Halmen plätscherten.

»Du denkst, es existiert noch?«, fragte er.

Hinter seinen dunklen Augen schimmerte eine Unbeholfenheit, die ich bis dato gar nicht von ihm kannte.

»Muss es.« Ich drückte seine Hand. Den Make-up-Tiegel steckte ich in meine Hosentasche, die sich merklich ausbeulte.

Schweigend folgte er mir durch das unberührte Gras, Schritt für Schritt auf der Suche nach der Unbeschwertheit gemeinsamer Kindertage.

»Da ist es!« Ich zeigte ins Schilf und zog Johannes mit mir.

Kühl umspülte das Wasser meine Beine. Eine Ente flog laut schnatternd auf, und ich hielt mich an Johannes fest, um dem Widerstand des Wassers zu trotzen, das den Weg zum Boot zu einer kleinen Herausforderung werden ließ.

»Ich heb dich hoch.«

Beinahe fühlte es sich an wie in Kindertagen, als er die Arme um meine Hüfte schlang und mich ins Boot hob – noch vorsichtiger als damals. Aus dem Jungen war ein Mann geworden. Kraft hatte er bekommen. Die Aktion, die ihn als Kind ins Schnaufen gebracht hatte, kostete ihn heute nicht mehr als ein müdes Lächeln.

Das Boot schaukelte heftig, als Johannes sich am Rand hochzog, die Beine hochschwang und sich mühelos hineingleiten ließ. Kaum lag er neben mir auf dem alten, morschen Holz, glättete sich seine Miene. Die Sorgenfalten verschwanden, der Glanz trat zurück in seine Augen.

»Eine gute Idee«, flüsterte er und legte seine Hand in meine.

Warm war sie, erhitzt vom Laufen. Ein paar Tropfen Chiemseewasser schimmerten silbrig auf seinem Handrücken.

»Es tut mir so leid.« Umständlich drehte ich mich auf die Seite, um ihm bequem in die Augen sehen zu können. »Es muss sich schrecklich für dich anfühlen.«

»Ich wünschte …«, setzte er an, brach jedoch ab. Er blickte hinauf zum Abendhimmel, der bereits rötlich leuchtende Wolken über den Horizont schickte.

»Ja?«

»Jetzt habe ich doch kurz die Kontrolle verloren.« Ein Anflug von Scham zog wie ein Schatten über sein Gesicht.

»Das ist nur … menschlich.« Nachdenklich betrachtete ich ihn. Und irgendwie fühlte ich mich Johannes ein gutes Stück näher. Durch den Seitenhieb auf seine Mutter war ein Stück seines Herzens aufgeblitzt. Ungeschönt und nackt.

»Es tut weh, die Nummer zwei zu sein, weißt du.« Johannes schluckte.

Ich nickte. »Im Leben der eigenen Mutter.«

»Du hast mich manchmal an sie erinnert.« Sein Blick tastete vorsichtig nach meinem.

»Ja?« Etwas in meinem Magen schlug einen missglückten Salto.

»Auch sie hat alles versucht, um schön zu sein«, sagte er leise. »Operationen, strenge Diäten, komplizierte Beautyroutinen und täglich mehrere Stunden Sport. Und sie hat dabei genauso traurig ausgesehen wie du damals.«

Ich schluckte.

»Und ich habe gehofft, dass du nicht so wirst wie sie.«

Werde du nicht auch noch so wie Johannes, versprich mir das. Hatte das nicht Anja neulich erst zu mir gesagt?

»Schau mal.« Johannes wälzte sich auf den Rücken, um sein Handy aus seiner Hosentasche zu kramen. Konzentriertes Tippen auf dem Touchscreen, dann hielt er es mir hin.

»Das Foto habe ich auf dem Dachboden meiner verstorbenen Großeltern gefunden, als wir das Haus ausgeräumt haben. Hab es abfotografiert.«

Unsicher griff ich nach dem Handy. Auf dem Display lachte mir eine junge Frau mit frechem Kurzhaarschnitt entgegen. Ein paar Kilo zu schwer, mit einer etwas zu großen Nase und freundlichen Lachfalten, die sich um ihre tiefbraunen Augen kräuselten.

Tief aufseufzend steckte Johannes das Handy wieder ein. »Sie sieht so glücklich aus.«

»Das tut sie.« Mein Mund war trocken geworden.

»Ich habe sie später nicht oft gesehen, weißt du.« Johannes starrte hinauf in den Abendhimmel. »Meistens hat sie mich irgendwo geparkt. Im Internat. Oder bei deinen Großeltern. Aber wenn sie ein paar Tage mit mir verbracht hat, war sie unglücklich und gereizt.«

»Deshalb wolltest du hier nicht weg.«

»Ja.« Er nickte. »Hier war der Ort, wo ich glücklich sein konnte. Wo niemand an mir herumgezupft hat. Niemand mich in Designerklamotten gesteckt und anschließend geschimpft hat, wenn sie dreckig geworden sind.«

Schweigend sah ich ihn an. Eine leichte Brise ließ das Schilf flüstern. Als wolle es aussprechen, was ich nicht in Worte zu fassen vermochte.

»Ihre Erwartungen konnte ich sowieso nie erfüllen. Wozu es dann erst versuchen?«

»Es tut mir leid«, gab ich schließlich zu. »Du wolltest deine Mum vergessen, und ich bin dir ständig auf den Senkel gegangen mit Schminke, Fotos und allem Drum und Dran.«

»Nicht schlimm.« Jetzt lächelte er doch. »Es hat Spaß gemacht. Mit dir. Immer.«

Gott sei Dank. Es hätte sich falsch angefühlt, unsere komplette Kindheit. So, als hätte ich meinen Spaß auf Kosten von Johannes gehabt.

»Und jetzt reden wir nicht mehr von meiner Mutter.« Johannes drehte sich näher zu mir und fasste nach meiner Hand. »Sonst fühlt es sich langsam so an, als läge sie mit uns im Boot. Und hier hat sie nichts verloren. Das ist unser geheimer Platz.«

»Und wird es immer sein.«

Sanft drückte er meine Hand. »Danke, dass du mir zuhörst. Das hatte ich lange nicht mehr.«

Nachdenklich betrachtete ich ihn. Johannes, der Zuhörer. Die Leute, die eine Geschichte von ihm hören wollten, waren mit sich selbst beschäftigt. Der Mensch, der da vor ihnen saß, interessierte sie nicht. Für seine Mutter war er mehr oder minder eine Kleiderpuppe gewesen. Die man hübsch anziehen und den Leuten vorführen konnte. Höchste Zeit, dass er an meiner Seite der sein durfte, der er nie gewesen war: einfach nur Johannes.

»Ich kann dich auch lieb haben«, zitierte ich die kleine Emma von damals, und es wurde mir warm ums Herz, als ich an unsere erste Flucht in dieses Boot zurückdachte.

Ein breites, befreites Lächeln legte sich über Johannes' Gesicht. Er zog mich ganz dicht an sich, kuschelte seine Wange an meine.

Sein Atem kitzelte mein Ohr, als er sagte: »Und ich kann auch dich lieb haben.«

»Weil ich so schöne Sommersprossen habe«, antwortete ich und sog tief seinen Duft ein, der uns umhüllte wie eine eigene Welt.

»Lieb haben kann man auch ohne Sommersprossen«, sagte

Johannes grinsend – und nach einem letzten, intensiven Blick schlossen wir unsere Augen.

Sanft und vorsichtig berührten sich unsere Lippen. Tasteten sich vor, als begegneten sie sich zum ersten Mal. Unter uns schaukelte das Boot auf den Wellen, wir folgten ihrem Rhythmus. Ich drängte mich noch enger an Johannes, spürte seine Wärme an meinem Oberkörper. Er strich über meinen Rücken, hielt mich fest bei sich.

Ein Kuss ist eine Geschichte, die nur mit zwei Erzählern funktioniert – hatte Oma mal verkündet. Und was sollte ich sagen? Ich war bereit für Kapitel zwei.

Zurückhaltender als damals drang heute das Licht der untergehenden Sonne durch das Schilf und ließ seine goldenen Strahlen auf dem alten Boot tanzen. Schwach und zart erahnte ich das Lichterspiel hinter geschlossenen Augenlidern.

Johannes schob sein Kinn vor, sein Kuss wurde tiefer. Ich erwiderte ihn leidenschaftlich. Ohne seine Lippen von meinen zu lösen, zog er seine Kapuzenjacke aus und knüllte sie zu einem Bündel zusammen. Er warf sie hinter mir ins Boot. Sachte schob er mich auf die Jacke, drückte meinen Oberkörper in den weichen Stoff.

»Liegst du bequem?« Seine Stimme klang rau.

»Ich bin keine achtzig, Johannes.« Laut lachend blinzelte ich in den satt dunkelblauen Abendhimmel hinauf. Und trotzdem berührte mich das wohlige Gefühl, dass er zu jeder Sekunde auf meine Schmerzen Rücksicht nahm.

Ich küsste ihn. Mit aller Innigkeit und Zärtlichkeit, die ich aus dem Inneren meines Herzens hervorbringen konnte. Warm und vertraut spürte ich Johannes dicht über mir. Seufzend ließ ich mich fallen. Seine Lippen liebkosten meinen Hals, wanderten tiefer. Er zog mir vorsichtig mein T-Shirt über den Kopf, zeichnete mit den Händen meine Silhouette nach, bis hinunter zur Hüfte.

Ich grub meine Linke in seine Haare, mit der Rechten tastete ich nach seinem Gürtel.

Und Haut an Haut schufen wir Erinnerungen an eine Zeit wie keine andere.

Kapitel 20

»Guten Morgen.«

Golden flimmerte das erste Licht des Morgens auf meinen Lidern. Ein tiefer Atemzug erschnupperte Wasser, feuchtes Moos und – Johannes. Müde streckte ich mich nach allen Seiten, meine Linke fand seine raue Wange, meine Rechte stieß gegen Holz. Ich brauchte ein paar Sekunden, um mich zu sammeln.

Warm fühlte ich Johannes' Atem an meinem Gesicht. »Bleib ruhig liegen«, hörte ich ihn sagen – seine tiefe Stimme kitzelte in meinem Ohr. Ein wohliges Kribbeln zog sich über meine Haut, als er mir einen Kuss auf die Wange drückte. »Ist noch so früh.«

Gähnend öffnete ich die Augen. Die Berge leuchteten verheißungsvoll im Morgenlicht, und auf dem See hing noch der Schleier der Nacht. Kühl und feucht strich die Luft um meine Haut. Das Boot schaukelte, als ich mich umständlich auf die andere Seite drehte. Für mein verletztes Bein fand ich nicht so recht einen Platz. Es schmerzte, doch die Nacht war es definitiv wert.

»Es wäre besser gewesen, in den Bauwagen zu gehen.« Johannes schmunzelte. Zärtlich rieb er seine Nase an meiner Wange. »Aber du bist beim Kuscheln eingeschlafen, und ich wollte dich nicht mehr wecken.«

Selbst wenn ich wach gewesen wäre, um nichts in der Welt hätte ich die kuscheligen, warmen Arme von Johannes verlassen mögen. Auch nicht für die winzige Unterbrechung des Heimwegs.

»Wunderschön war's.« Verträumt sah ich ihn an.

Ich wuschelte durch sein Haar und zog ihn näher zu mir. Ausgerechnet als unsere Lippen sich trafen, klingelte sein Handy. Die Vibration in seiner Hosentasche spürte selbst ich an den Oberschenkeln.

»Nicht jetzt«, nuschelte Johannes zwischen zwei Küssen.

Lächelnd löste ich mich von ihm. Unsere Lippen trennten sich, doch unsere Augen schienen sich weiter zu küssen. »Ist schon gut.«

»Nein.« Seine Lippen fanden zu meinen zurück. Undeutlich nuschelte er in unseren Kuss hinein: »Egal, wer es ist. Bei einem Kuss lassen wir uns nicht stören.«

»Ist schon gut«, wiederholte ich. Meine Hand glitt in seine Hosentasche, ich hielt ihm das Handy hin. »Wenn jemand so früh am Morgen anruft, könnte es doch wichtig sein.«

»Ach was.« Er winkte ab. »Das ist vermutlich mein Kumpel Blacky. Normalerweise gehen wir montags immer miteinander eine Runde laufen. Wahrscheinlich hat er vergessen, dass ich am Chiemsee bin.« Sein Blick fiel auf das Display, und er stockte.

»Was Schlimmes?« Nun saß ich kerzengerade im Boot.

Johannes starrte auf das Handy in seiner Hand. »Meine Mutter.«

Mit den Lippen formte ich ein *Oh*, doch kein Laut kam heraus.

»Sie hat mich in den letzten drei Jahren kein einziges Mal angerufen.«

»Geh ran«, flüsterte ich. »Dafür wirst du Ruhe brauchen, ich lasse dich besser allein.« So schnell es mein kaputtes Bein erlaubte, stemmte ich mich hoch. Das Wasser spritzte nach allen Seiten, als ich mich – wenig galant – hineinplumpsen ließ. Gänsehaut zog sich über meine Beine nach oben, denn über Nacht hatte sich der See abgekühlt. Ich drückte Johannes' Hand, die er mir hinhielt, und gab ihm einen flüchtigen Kuss. »Viel Glück, du schaffst das!«

»Wann sehen wir uns wieder?«, fragte er. Noch immer hielt er meine Hand, in der anderen das läutende Telefon.

»Am Nachmittag?«

Er nickte. Mit einem letzten warmen Händedruck ließ er mich los, und ich stapfte durch das knietiefe Wasser zum Ufer. Im Weggehen hörte ich gerade noch, wie er sich meldete – ein leichtes Schwanken in der Stimme.

Kühl streifte der Morgenwind um meine nassen Beine, legte sich sanft um meinen schmerzenden Oberschenkel. Das Haus meiner Großeltern lag um diese Uhrzeit erstaunlich still am Wasser. Nur das Quietschen des Bollerwagens übertönte für ein paar Augenblicke das Plätschern der Wellen.

Gerade noch erhaschte ich einen Blick auf den Schmidt Peter, der offenbar heute Eier, Milch und Semmeln im Ort verteilte. Lächelnd stieg ich die Anhöhe zum Haus hinauf. Um ein Haar hätte ich Opa nicht bemerkt, der unbeweglich wie eine Statue in seinem Terrassenstuhl saß und in einem Buch las. Eine Statue in blau gestreiftem Schlafanzug, um genau zu sein.

»Guten Morgen!«, rief ich gut gelaunt.

Opa lugte über den Rand des Buches. »Besuch zu früher Stunde! Wie schön, dass du schon wieder da bist! Hast du Hunger, oder ist es dir noch zu früh für ein gutes Frühstück?« Grinsend sprang er auf. »Ach, was frage ich! Natürlich hast du Hunger! Wer diese Terrasse betritt, bekommt etwas zu essen. Basta.«

»Dann wehre ich mich nicht.« Lachend hob ich beide Hände und trat in den Lesesaal. Glücklicherweise war niemand hier.

Der Geruch von alten Büchern, Papier und Druckerschwärze lag in der Luft. *Der Atem der Geschichten*, wie Oma sagen würde. *Denn zwischen zwei Buchdeckeln steckt so viel Leben, selbst wenn es nicht aus Fleisch und Blut gemacht ist.*

»Franz?«, hörte ich Omas Stimme aus dem Flur. »Hast du im Kopf, wie dieses Buch heißt, wo dieser Inder mit dem Fahrrad bis nach Schweden fährt, um seine große Liebe wiederzufinden?«

»Kein Franz.« Schwungvoll bog ich um die Ecke. »Nur Emma, sorry.«

»Nur Emma! Du bist gut.« Oma stieg von der Leiter und pustete sich eine weiße Haarsträhne aus dem Gesicht, die sich aus ihrer Hochsteckfrisur gelöst hatte. »Hoffentlich hat Opa sich inzwischen was angezogen?«

»Alles gut.«

Sie lachte. »Also nicht.«

»Lass ihn doch«, meinte ich schulterzuckend und versuchte, Opa zu ignorieren, der heimlich aus der Küche in die Speisekammer schlich.

Nicht vorsichtig genug offenbar, denn Oma wandte sich suchend um.

»Oh nein.« Mit gespielter Beschämung hielt er sich ein Netz Äpfel vor den Schlafanzug. »Nicht schimpfen, meine Liebste. Nicht schimpfen.«

Auf Omas Stirn vertiefte sich eine ihrer Stirnfalten. Sie bekam ebenjenen Ausdruck im Gesicht, den Opa immer als

Lehrerinnenblick belächelte. »Die Leute können jeden Moment kommen.«

Opa hob die Schultern. »Aber ich bin ja gar nicht derjenige, der fotografiert wird. Oder hab ich da was nicht mitbekommen?«

»Du …«, setzte Oma an und winkte schließlich ab. »Ach! Egal.«

»Obwohl ich schon fotogen wäre, oder nicht?« Grinsend drehte er sich zur Seite, streckte die Hüfte raus und machte eine Schnute. Das Apfelnetz schwang er sich über die Schulter wie eine Handtasche. »Die engagieren mich vom Fleck weg.«

Ich musste kichern.

»Franz!« Entrüstet packte Oma ihn an der Seite.

Opa grinste mir spitzbübisch zu. »Hopfen und Malz verloren bei deinem Großvater, was?«

Wenn Blicke töten könnten, könnten sie sicher auch Opas Klamotten aus dem Schlafzimmer holen. Und die Blicke meiner Großmutter wären die ersten dafür.

»Ach, Franz.«

»Jaja.« Resigniert legte er die Äpfel auf eine Kommode und schlurfte die Treppe nach oben. »Hab schon verstanden. Ich gehe mal ins Bad. Das Frühstück ist aber noch nicht fertig.«

»Keine Sorge, das mach ich«, flüsterte ich und warf ihm einen amüsierten Blick zu, den er mit einem Zwinkern beantwortete.

»Dir geht's gut?« Oma begutachtete mich von oben bis unten.

»Bei euch immer«, gab ich lächelnd zur Antwort. Dass mein Bein seit der gestrigen Nacht extrem schmerzte, sagte ich nicht. Mit all dem Glück, das ich in Johannes' Armen geradezu aufgesogen hatte, würde mir das niemand ansehen.

»Glücklich schaust du aus.«

Also doch. »Und du? Du bist auf der Suche nach ein paar Büchern?«

Ihre Augen leuchteten. »Bin ich doch immer.«

»Welche Schätze hast du denn heute ausgesucht?«, fragte ich neugierig.

»Ich weiß noch nicht.« Nachdenklich ließ Oma die Augen über die Regale gleiten. »Lotte sucht was für ihre kleine Enkelin.«

»Ist die nicht bald durch mit allen deinen Kinderbüchern?« Ich musste lachen.

»Das ist es ja.« Oma seufzte. »Vielleicht kann Johannes aushelfen.«

»Bestimmt«, versicherte ich ihr und drückte ihr einen Kuss auf die Stirn. »Ich gehe uns jetzt mal Frühstück machen, ja? Dann könnt ihr euch ein wenig zurücklehnen.«

»Nix da!« Oma drängte sich so hektisch an mir vorbei, dass sie über die Leiter stolperte. Im letzten Moment fing ich sie auf.

»Ich mache Frühstück«, wiederholte ich und zog sie hoch.

»Wer krank ist, soll nicht …«, setzte sie an, doch mitten im Satz fiel ihr offenbar auf, was sie da gerade von sich gab.

»Ich bin nicht krank.« Lächelnd tätschelte ich ihren Arm und fasste nach dem Netz mit Opas rotbackigen Gartenäpfeln. »Und deshalb gehe ich jetzt Frühstück machen.«

Ich spürte Omas Blick zwischen meinen Schulterblättern. Er folgte mir zur Garderobe, wo ich die Schmerzmittel aus meiner Jacke kramte, und den Gang entlang, bis ich in der Küche aus ihrem Blickfeld verschwand.

Auf der Arbeitsplatte lag bereits frisches Obst aus dem Garten. Himbeeren, Erdbeeren, eine späte Kirschensorte. Die Äpfel, die Opa vom letzten Jahr eingelagert hatte, würden wunderbar dazu passen. Ein wenig Joghurt von Lottes Bauernhof müsste noch im Kühlschrank sein.

Im Vorübergehen füllte ich ein Glas mit Leitungswasser und warf mir eine Tablette ein. Nach ein paar Minuten schon würde sie meine Schmerzen lindern.

»Ach, da bist du ja«, hörte ich Oma murmeln und musste lächeln.

Soweit meine Erinnerung zurückreichte, hatte Oma immer wieder mit ihren Büchern gesprochen. Ich mochte sechs, vielleicht sieben Jahre alt gewesen sein, als ich sie fragte, ob sie denn nicht wisse, dass die Bücher sie nicht verstehen konnten. Oma hatte nur gelacht, mir zugezwinkert und gesagt: *Beweise es.* Seitdem hatte sich die kleine Emma immer wieder gefragt, ob Oma das ernst meinte.

Heute wusste ich: natürlich nicht. Aber den Zauber von damals, den hatten die Bücher behalten.

Nebenbei setzte ich Wasser auf. Summend griff ich nach Opas Kaffeemühle, füllte Bohnen hinein und begann zu kurbeln. Durch das durchsichtige Glas des Wasserkochers beobachtete ich die Blubberblasen. Wie sie langsam zur Oberfläche schwebten, immer schneller und schneller, bis schließlich alles brodelte und blubberte. Dampf stieg auf, legte sich auf die Scheibe des Küchenfensters und tauchte die morgendliche Aussicht auf den See in einen milchigen Schleier.

Röstig zarter Kaffeeduft breitete sich in der Küche aus, als ich den gemahlenen Kaffee in einen Filter schüttete und ein klein wenig kochendes Wasser darüber goss, damit er Zeit bekam, sich vollzusaugen.

»Mmmh, das riecht fantastisch.« Opa hob seine Nase in die Luft, an den Schultern schob er mich von der Besteckschublade weg. Die Messer klapperten in seiner Hand. »Staudis Kaffee ist der Hammer.«

»Ist er«, pflichtete ich ihm bei. Grinsend sah ich an ihm herunter. Eine beigefarbene Hose, ein schwarzes Hemd. Und an seinen Haaren konnte ich sehen, dass er sie gerade vor ein paar Minuten in Form gekämmt hatte. »Standesgemäß gekleidet?«

»Aber hallo!« Opa grinste zurück. »Ich befolge ganz brav, was deine Großmutter sagt.«

Schluck für Schluck goss ich das kochende Wasser in den Filter und sah zu, wie der Kaffee herausplätscherte.

»Du siehst ganz schön müde aus.« Opa wuschelte mir durchs Haar. »Und ein wenig zerrupft.«

»Jetzt erst recht.« Grinsend zwinkerte ich ihm zu. »Sag mal, Opa, habt ihr vielleicht eine Zeitung?«

»Kommt noch. Die Radlbeck teilt bei uns immer zuletzt aus.« Es klapperte, als er Wurst und Käse aus dem Kühlschrank nahm. »Ich bin ja nicht so neugierig wie deine Großmutter, aber …«

»Stellenanzeigen«, sagte ich und lächelte. Ich hob den Filter von der Kaffeekanne und setzte den Deckel drauf. Nicht, weil ich dringend einen Job suchte. Sondern weil ich wissen wollte, wie es sich für mich anfühlte, verschiedene Stellenanzeigen zu lesen. Und wenn sich eine davon gut anfühlte, dann …

Seine Augen leuchteten. »Du bleibst hier? Bei uns am Chiemsee?«

»Das weiß ich noch nicht.« Schmunzelnd wusch ich ein paar Äpfel und legte sie auf Opas Holzbrett, um sie klein zu schneiden. Es war zu früh, um über einen Job nachzudenken. Ich brauchte immer noch ein wenig Abstand vom Alltag. Mein Plan, so zu tun, als wäre der Unfall nie passiert, war schließlich nicht aufgegangen. Immer wieder gab es jemanden, der mich gnadenlos daran erinnerte, wie ich aussah. Und was ich verloren hatte. »Ich suche noch keinen Job. Ich wollte nur mal … gucken. Fühler ausstrecken, eine Idee bekommen. Verstehst du?«

»Vier Wochen Erholung bei deinen Großeltern. Das war der Deal. Die vier Wochen brauchst du. Und die vier Wochen bekommst du. Keine Widerrede!«

»Aye, Sir.« Ich musste lachen.

»Ich weiß doch, warum du plötzlich darüber nachdenkst, am Chiemsee zu bleiben.« Opa stieß mir grinsend den Ellenbogen in die Rippen. »Wegen Johannes, hm?«

»Na ja«, begann ich ausweichend. »Ich kann mir gut vorstellen, dass das zwischen uns …«

»Hab ich dir doch gesagt.« Zufrieden nickend stapelte Opa ein paar Kaffeetassen übereinander und lud sich Käseteller, Wurstteller und Geschirr auf die Arme. »Ihr beiden seid schon immer füreinander bestimmt.«

»Du suchst einen Job hier?«, hörte ich Oma aus dem Flur.

Hätte ich doch bloß nichts gesagt.

Gleich darauf streckte sie ihren Kopf durch die Küchentür. »Das finde ich sehr stark von dir, Emma. Ist sicher nicht einfach, sich … umzuorientieren, oder? Den Traum zu begraben und neu anzufangen?«

Ich zuckte die Achseln. Oma meinte es nur gut. Aber zugegebenermaßen hatte sie ein besonderes Talent, mich immer wieder mit der Nase auf alles zu stoßen, was mir ohnehin schon wehtat. »Ich wollte nur mal … gucken.«

»Tuuuut, tuuut«, machte Opa.

Mit einem großen Tablett in den Händen drängte er Oma zur Seite, die ihm auswich und sich zu mir an die Arbeitsplatte gesellte.

Ich spürte ihre Hand auf meiner Schulter. Ihre nachdenklichen Blicke folgten jedem meiner Handgriffe, als ich Lottes frischen Joghurt aus dem Kühlschrank nahm, ihn in eine Schüssel umfüllte und das Obst darauf drapierte.

»Du bist immer willkommen hier«, meinte sie schließlich. »Das weißt du doch, oder?«

»Danke dir.«

Gedankenverloren stellte sie eine Pfanne auf den Herd, schmolz ein wenig Butter und schlug ein paar Eier hinein.

»Ich will damit sagen ... Du sollst keinen Druck haben, dir einen Job zu suchen. Nimm dir Zeit, mach alles in Ruhe. Und wenn du einen Job gefunden hast, der dich erfüllt, dann freuen wir uns mit dir.«

»Lieb von euch.« Ich drückte ihr einen Kuss auf die faltige Stirn. Die Spiegeleier brutzelten und pufften leise, als ich angeklebte Stellen löste. Herrlicher Duft stieg in meine Nase. »Ich brauche etwas, worauf ich mich freuen kann. Worauf ich hinarbeiten kann. Und die Auszeit hier tut mir so gut, dass ich mir inzwischen sogar vorstellen könnte, irgendwann öfter auf Menschen zu treffen.« Mit Halstuch womöglich. Aber immerhin.

Oma hielt mir die Tür auf, als ich Obst und Spiegeleier hinaus auf die Terrasse trug. Sie folgte mir in einigem Abstand mit dem Kaffee. »Willst du gar nicht studieren? Wozu hast du deine A-Levels gemacht?«

»Eine Ausbildung ist mehr mein Ding, glaube ich.«

»Und stell das bloß nicht infrage!«, rief Opa, als Oma den Kaffee auf dem Tisch abstellte. Mit einem Grinsen hob er den Zeigefinger. »Lass Emma doch ihre eigenen Entscheidungen.«

»Schon gut.« Lachend hob Oma beide Arme.

Der Kaffee dampfte, als Opa jedem von uns eine Tasse einschenkte. »Der Schmidt Peter könnte bestimmt noch eine tüchtige Bäckerin gebrauchen.«

»Oder die Tochter vom Staudi Hilfe in ihrem Friseursalon!« Oma teilte die Spiegeleier aus. »Hat da nicht neulich ein Mitarbeiter gekündigt?«

»Frisuren zu kreieren, das hat dir doch als kleines Kind schon immer Spaß gemacht«, pflichtete Opa ihr bei.

»Da ist man den ganzen Tag auf den Beinen«, erwiderte ich vorsichtig. »Mit meiner Verletzung schaffe ich das nicht.«

»Buchhändlerin?«, schlug Oma vor.

»Das wäre was.« Ich nickte.

»Lottes Schwiegertochter sucht noch jemanden für ihre Kfz-Werkstatt.«

»Würde mir auch Spaß machen«, gab ich zu und lächelte. Schließlich war ich Tyler in seiner Werkstatt oft zur Hand gegangen – und wusste, wie es sich anfühlte, müde, ölverschmiert und glücklich nach Hause zu kommen. »Aber ich kann nicht mehr so schwer heben.«

Opa zeigte sich zuversichtlich. »Du hast noch so viel Zeit. Bis zum Ende deiner Auszeit hier finden wir was, da bin ich sicher.«

Hungrig nahm ich ein paar Löffel Joghurt und pflückte mir eine Breze aus der Papiertüte, die der Schmidt Peter bei seiner Runde auf dem Tisch hinterlassen hatte.

»Kosmetikerin?«, versuchte Oma noch einmal ihr Glück. »Arzthelferin? Kindergärtnerin? Köchin? Elektrikerin? Verkäuferin im Supermarkt hier?«

»Es bringt nichts, wenn du wahllos aufzählst«, unterbrach Opa sie. »Der Beruf muss ihr doch Spaß machen.«

»Ein blindes Huhn …«, setzte Oma an.

»… findet es auch kacke, wenn man ihm die Körner wahllos gegen den Schnabel wirft.« Opa verschränkte die Arme vor der Brust.

»Ich danke euch«, sagte ich und verkniff mir ein Lachen.

Kapitel 21

Golden vom Sonnenlicht stand der Bauwagen am Wasser, die Blätter der umliegenden Bäume flüsterten im Wind. Der Schatten, den die große Weide warf, flog wie ein wunderschönes Muster über das Holz.

Schon von Weitem sah ich Johannes winken. Er stand in einem ausgebeulten T-Shirt und Jeans vor dem Bauwagen, auf dem Kopf sein geliebtes dunkelblaues Cap, und schichtete Holz unter das Vordach. Offenbar hatte er dem Waldbesitzer erst heute Morgen ein paar gefällte Bäume abgekauft und sie zu Scheiten gespalten. Ich streckte den Daumen fragend nach oben, dann nach unten. Doch zu meiner Beruhigung sah ich Johannes strahlen, als er mir den Daumen nach oben zeigte.

»Hey!«, rief ich und wurde schneller, soweit es mein Bein erlaubte. Omas Kamera baumelte an meinem Hals, ihr Riemen schnitt mir in die Haut. Ich humpelte über Wiese, Blumen und Steine, setzte an zu einem kleinen Hüpfer. Und wie ein nasser Sack plumpste ich in Johannes' Arme.

»Emma!« Er strauchelte. Gerade so fing er sich grinsend an der Außenwand des Bauwagens ab. »Uh.«

Lachend zog ich ihn am Arm nach vorn, damit er nicht stürzte. »Entschuldige.« Im Film sahen solche Sprünge immer so leicht aus. Aber vermutlich brauchten die Hauptdarsteller da mehrere Takes. Solange es ein Mal filmreif klappte (und die restlichen Versuche keine optischen Schäden am Liebespaar hinterließen), merkte das ja aus dem Publikum niemand.

»So schön, dich zu sehen.«

Seine Stimme klang beinahe so warm und wohlig, wie der Platz in seinen Armen sich anfühlte, in die ich mich nun kuschelte.

»Ich musste dich heute noch mal sehen.« Seufzend schloss ich die Augen, beugte mich tief in den gemeinsamen Kuss. Und in meinen Lippen begann ein Kribbeln, das sich hinunter zu meinem Herzen und über den ganzen Körper ausbreitete, bis ich glaubte, unter Strom zu stehen.

»Hmmm«, machte Johannes, als wir uns schließlich voneinander lösten. Sein Blick war nicht weniger intensiv als sein Kuss.

»Wie lief's?«, fragte ich. Bei seinem stillen Lächeln erahnte ich bereits, dass sich alles zum Guten gewendet hatte.

»Erstaunlich gut«, antwortete er, und ich konnte ihm die Erleichterung förmlich am Gesicht ablesen. »Sie hat gestern Abend noch über alles nachgedacht. Das hat wohl ein bisschen Zeit gebraucht.«

Hand in Hand schlenderten wir zum Wasser und setzten uns im Schatten einer Weide ins weiche Gras. Ich kickte meine Schuhe hinter mich und ließ die Füße im Wasser baumeln. Sanft schwappten kleine Chiemseewellen gegen meine Beine, das Sonnenlicht wärmte meine nackte Haut.

»Hat sie sich provoziert gefühlt?«

Johannes nickte. »Aber dann hat es wohl irgendwie Klick gemacht.«

»Denkst du …«, begann ich zögerlich, doch ich sprach die Frage nicht aus. Ehrlich gesagt wusste ich nicht mal genau, was ich eigentlich fragen wollte. *Denkst du, es kann gut werden zwischen euch?* Konnte es das? Gab es eine Chance dafür, eine verpasste Kindheit aufzuholen? *Denkst du, du kannst ihr verzeihen?* Wollte er das überhaupt? Nach all den Jahren?

»Ich glaube schon.« Johannes lächelte.

Und ich hatte keine Ahnung, was er meinte. »Was genau?«, fragte ich.

»Weiß nicht«, sagte er, und sein Lächeln bekam eine freche Schieflage. »Aber vom positiven Grundgefühl so ziemlich alles.«

Ich musste lachen. Ein Blankoscheck fürs Glück. »Freut mich so sehr für dich. Wirklich.«

Seufzend dehnte ich meinen Nacken. Ein Gefühl von Zufriedenheit breitete sich in meinem Herzen aus, als ich mich an den Stamm der alten Weide lehnte und für ein paar Augenblicke ruhig auf den See hinaus sah. Knapp über der Oberfläche drehten Schwalben waghalsig ihre Kreise.

»Und du?« Johannes deutete auf die Kamera, die an meinem Hals baumelte. »Wolltest du ein wenig raus und Blumen fotografieren?«

»Ich wollte überlegen, was für ein Job mir irgendwann mal Spaß machen könnte. Um ein Ziel zu haben, weißt du?«

Eine Mischung aus Überraschung und Enttäuschung flog über sein Gesicht. »Okay.«

Ich starrte ihn an. »Du guckst so …? Als hättest du was anderes erwartet. Oder erhofft.«

»Nein, nein.« Johannes winkte ab.

Nun stockte ich doch. »Hast du gedacht, ich würde ein Aussteigerleben vorziehen? So wie du?«

Er schüttelte den Kopf, griff nach meiner Hand und

drückte sie fest. »Nein. Ich hab ja auch einen Job«, sagte er. »Auch wenn es jetzt im Urlaub so wirkt, als würde ich den ganzen Tag nur durch die Gegend gondeln und Geschichten erzählen.«

»Aber?«, bohrte ich weiter. Irgendetwas blieb unausgesprochen.

»Ich hätte mir erhofft, dass du …« Hinter seinen Augen schienen verschiedene Gedanken miteinander zu ringen. Kurz legte er den Kopf schief, setzte ein paarmal an, etwas zu sagen, und winkte dann doch ab. »Egal.«

Amüsiert sah ich ihn an. Verheimlichen konnte Johannes mir nichts. »Spuck es jetzt endlich aus.«

»Eigentlich fände ich es schöner, wenn du wieder anfangen würdest zu modeln.«

Das gab mir einen Stich in den Brustkorb. Ich schluckte schwer. »Das ist nicht witzig.«

Der Blick aus seinen dunklen Augen war intensiver, als ich es gerade verkraften konnte.

»Du willst doch noch, oder nicht?«

»Das ist keine Frage von Wollen.«

Johannes atmete hörbar ein. »Ich meine damit …« Kurz schwieg er, sein Blick ruhte auf mir. »Na ja. Vielleicht macht es Sinn, dass du dir zuerst einen anderen Job suchst.«

Zuerst? Wieder musste ich schlucken. Wer wollte schon ein Model, dessen Gesicht durch eine so große Narbe verunstaltet war? Wenn ich Glück hatte, engagierte mich jemand für eine Halloween-Ausgabe. Aber das war's dann vermutlich auch.

Johannes schien mein Aufgewühltsein zu spüren, denn er drückte meine Hand noch ein wenig fester. »Welcher Job würde dir denn Spaß machen?«

»Bist du nicht froh?«, fragte ich, statt zu antworten. Denn diese Frage geisterte schon länger durch meinen Kopf. »Dass ich nicht mehr modeln kann?«

»Du meinst …«

»Ja.« Ich sah geradewegs in seine dunkelbraunen Augen. »Für deine Mutter warst du immer die Nummer zwei. Wenn sie dem Ideal perfekter Schönheit nachgejagt ist, musstest du zurückstecken. Hattest du nie Angst, dass dir mit mir dasselbe passiert?«

»Doch«, gab Johannes zu, und seine Stimme klang rau.

Sanft bewegte er seine Füße im Wasser. Neben meiner weißen Haut sahen sie noch dunkler aus, als sie ohnehin schon waren.

»Aber dich deshalb von deinem größten Traum abzubringen, wäre ziemlich egoistisch, nicht?«

Nachdenklich biss ich auf meinen Lippen herum, als Johannes einen Arm um mich legte und mich näher an sich zog. Wir tauschten einen kurzen, aber nicht minder zärtlichen Kuss.

»Fotografin«, sagte ich schließlich.

»Hm?«

»Ich könnte mir vorstellen, Fotografin zu werden.«

»Gute Wahl.« Johannes stützte sich mit den Händen auf dem staubigen Boden ab und schob sich hoch in die Hocke. Erde blieb an seinen nassen Füßen kleben. Er nickte, überlegte kurz und nickte wieder. »Klingt gut. Ja. Kann ich mir vorstellen für dich.«

»Endlose Begeisterung.« Lachend gab ich ihm einen Klaps auf den Oberarm.

»Endlos.« Er grinste. »Nein, im Ernst. Freut mich. Ist nicht deine Freundin Biene Fotografin?«

»Ja. Hab vorhin kurz mit ihr telefoniert. Sie findet die Idee toll und fragt demnächst bei ihrer Chefin nach, ob ich mal reinschnuppern darf.«

»Das klingt super. Ich hab zwar ehrlich gesagt keine Ahnung vom Fotografieren, aber ... Na ja, mein letztes Foto war vermutlich das von deinem Haardutt, den ich mit einer Rose erstochen habe.« Vorsichtig zog er mir den Trageriemen über den Kopf. »Aber ich hätte glatt Lust, das noch mal auszuprobieren.«

Die Kamera surrte, als er sie einschaltete. Johannes zwinkerte mir zu, legte sie sorgsam ins Gras, drehte sie in Richtung See und drückte ab.

»Zeig!« Wasserspritzer flogen durch die Luft, als ich meine Füße aus dem Wasser zog und aufsprang. Neugierig schaute ich über seine Schulter.

Schemenhaft formten sich die Farben zu einem Foto. Grashalme ragten verschwommen ins Bild. Der Boden wirkte unwirklich nah, und in scheinbar weiter Entfernung schillerte der Chiemsee.

»Wow.« Ich nickte anerkennend und bückte mich, um mir meine Sandalen wieder anzuziehen.

Johannes drückte mir die Kamera wieder in die Hand. »Deins«, sagte er und grinste. »Frau Fotografin.«

Kurz blieb ich stehen. Das Gras kitzelte meine feuchten Füße. Dass Johannes meinen Traum vom Modeln noch nicht abgehakt hatte, tat mir weh. Jedes Mal, wenn er davon sprach, kratzte er damit die Wunde auf, die ohnehin schon viel zu langsam heilte.

»Kannst du ...« Ich überlegte. Unauffällig streifte mein Blick Johannes. »Kannst du einen Stein ins Wasser werfen?«

Konzentriert hielt ich die Kamera aufs Wasser. Als der Kiesel hineinplumpste, drückte ich ab. Auf der Wasseroberfläche bildeten sich die schönsten Kreise, schillernd und glitzernd und zauberhaft. Größer und zarter werdend, breiteten sie sich aus, bis sie schließlich von Wellen überrollt wurden.

Johannes pfiff durch die Zähne, als die Polaroidkamera uns ratternd und quietschend das Bild ausspuckte, doch auch er schien nicht so ganz bei der Sache zu sein.

»Toll geworden.«

»Hmmm«, machte ich. Eigentlich hatte ich gehofft, dass mir das Fotografieren mit Johannes Spaß machen würde. Dass es sich so leicht und lebendig anfühlen würde wie alles, was ich mit ihm gemeinsam anpackte. Doch die Sekunden schienen länger zu dauern als sonst, und mein Herz war ein wenig schwerer. Unschlüssig visierte ich mit dem Objektiv mal dieses, mal jenes Motiv an, schwenkte über den See.

»Nicht erschrecken«, sagte Johannes.

Trotzdem musste ich kichern, als er seine Arme von hinten um mich legte – genau an dieser einen, kleinen, kitzligen Stelle zwischen Achseln und Taille. Direkt vor der Kamera formte er mit beiden Händen ein Herz.

»Das sieht schön aus.« Ich knipste zufrieden und lehnte mich an ihn, woraufhin er prompt seine Wange an meine drückte. Die sanfte Berührung hinterließ ein Kribbeln in meinem Bauch – und gab mir das stille Versprechen, dass der Schmerz über den verlorenen Modeltraum irgendwann nachlassen würde. Vielleicht hörte dann auch Johannes damit auf, mir so dringend Mut machen zu wollen.

»Moment. Das Segelboot nehmen wir noch mit.«

»Gute Idee.« Recht hatte er. Inmitten seiner Hände rückte das Segelboot auf charmante Art und Weise ins Zentrum des Bildes.

Ich wedelte mit dem Foto. Ob es dadurch wirklich schneller sichtbar wurde, bezweifelte ich, aber probieren konnte man es ja.

»Sieht gut aus.« Er nickte, als ich ihm das Ergebnis hinhielt. »Ein perfektes Urlaubsfoto.«

»Ach«, rief er plötzlich. »Kannst du mich dirigieren? Ich könnte die Finger so halten, dass es aussieht, als würde ich den Segler aus dem Boot heben wollen.«

»Au ja! Tolle Idee.« Konzentriert hob ich die Kamera ans Auge. »Ein wenig weiter nach links ... stopp, zurück ... ja, genau so. Den Zeigefinger mehr krümmen ... den Daumen ... fast, noch ein wenig ... Ja! Cool!«

»Gar nicht übel«, meinte Johannes, als er einen Blick über meine Schulter warf, um das Foto anzusehen.

Zufrieden betrachtete ich das Bild. Zwischen Johannes' Fingern sah der Segler aus wie eine braun gebrannte winzige Puppe.

»Ja.« Ich blätterte lächelnd durch die Fotos und tauschte einen kurzen, aber intensiven Kuss mit Johannes. »In der Ausbildung würde ich mit unterschiedlichen Kameras arbeiten. Übrigens auch lernen, wie man vernünftig belichtet. All das. Hier zum Beispiel, bei deinem Foto ...«

»Ich bin unterbelichtet, ja.« Er seufzte, und ich knuffte ihn grinsend in die Seite.

»Ein paar Fotos vom Bauwagen wären auch schön«, überlegte ich. Obwohl ich die Kamera gerade ausgeschaltet hatte. »Von der Rose, die daneben am Baumstamm hochklettert. Von den Gardinen ...« Prüfend warf ich einen Blick hinüber und musste lachen. »Obwohl die Scheiben ganz schön dreckig sind.«

»Umso besser.« Johannes zuckte mit den Schultern. »Dann kannst du was Hübsches in den Staub schreiben. Irgendeinen Kalenderspruch. Wie …«

»Dreck ist gut für die Seele.«

»Genau.« Grinsend drehte er mich an den Schultern um und schob mich mit sich, in Richtung Bauwagen. »Weißt du noch? Deine Großmutter hat immer gesagt: *Wer nicht regelmäßig von oben bis unten dreckig wird, hat sich einfach nur viel zu lange vor dem Leben versteckt.*«

Ja, daran erinnerte ich mich sehr gut. Eigentlich ein Widerspruch. Viele Leute hatten meiner Großmutter vorgeworfen, sie selbst würde sich viel zu oft mit ihren Büchern verkriechen und bekäme vom Leben nichts mit. Doch sie hatte über diese Vorwürfe nur gelacht und gemeint: *Was spricht denn dagegen, sich ab und zu in Bücher zu flüchten, wenn das Leben zu turbulent wird? Solange man oft genug mit roten Wangen, dreckig und atemlos nach Hause kommt, sind die Bücher der stille Hafen, in den man zurückkehrt.*

»Au ja, machen wir ein paar Staubfotos. Wenn man da was reinmalt, kann das bestimmt sehr hübsch aussehen.«

Johannes grinste. »Und dann organisieren wir eine Fotoausstellung.«

»Die nennen wir dann …«

»Die Ästhetik von Dreck.«

»Yessss!« Ich musste lachen, doch ein Hauch bittersüßer Nachdenklichkeit schwang darin mit. »Da muss ich an etwas denken, was Oma mal zu Lotte gesagt hat. Als es Lotte so übel ging, du weißt schon. Die Kaffeerunde hat sie damals aufgefangen.«

»Ja?«

Um Johannes' Augen bildeten sich Lachfalten, als er mir zulächelte.

»Lottes Sohn betreibt doch eine Biogasanlage. Direkt hinter dem Ort.«

»Okaaay«, machte Johannes langsam.

»Oma sagte: *Das Leben mit besten Freunden ist wie eine Biogasanlage*«, erinnerte ich mich und musste schmunzeln. *»Man wirft einen großen Haufen Scheiße rein und bekommt am Ende etwas Großartiges wieder raus.«*

Jetzt lachte er schallend los. »Dann sind wir zwei auch eine Biogasanlage.«

»Stimmt.« Mein Lächeln wurde zu einem schiefen Grinsen.

Johannes strich mir zärtlich eine Haarsträhne hinters Ohr. Irgendetwas in meinem Bauch machte einen Freudensprung. Ja, die Zeit mit ihm hatte etwas in mir geheilt. Ganz ohne Geschichte. Zumindest hatte ich nie erwartet, dass ich mir so schnell vorstellen konnte, irgendwann wieder einen Job zu haben, für den ich regelmäßig unter Leute gehen musste. Mein kleines persönliches Chiemseewunder.

Johannes zwinkerte mir zu und nahm mir die Kamera aus der Hand. Das leise Surren verriet mir, dass er sie gerade wieder einschaltete.

Noch immer vibrierte der Nachhall seines Lächelns in meinem Bauch. Gerade stieg ich die paar Stufen hinauf zum Bauwagen, da hörte ich Johannes leise hinter mir rufen: »Emma!«

Gut gelaunt drehte ich mich um – und blickte direkt in die Linse der Kamera, die in just diesem Moment klickte. Fassungslos starrte ich ihn an. In seinen Händen spuckte die Polaroidkamera gerade das Bild aus.

»Das ist wunderschön«, sagte er, die Augen auf das Foto gerichtet.

Ich schwieg. Starrte ihn an und suchte nach Gedanken. Doch ich fand keine. Leere. Als hätte jemand in meinem Kopf zwei Fenster geöffnet und die Zugluft hätte alle Gedanken mit sich getragen.

»Wunderschön.«

Er wirkte ehrlich begeistert, während ich noch immer keinen Laut über die Lippen brachte.

»Jetzt habe ich dich immer bei mir.«

Erst, als ich auch darauf nicht antwortete, hob Johannes den Kopf.

»Emma?« Besorgt sah er mich an. Die Besorgnis wurde zu Zerknirschtheit. »Ist alles okay? ... Oje.«

»Ich ...«, flüsterte ich. Gedanken huschten vorbei, doch fassen konnte ich keinen davon.

»Vielleicht ...« Johannes kam vorsichtig ein paar Schritte näher. »Sieh es dir mal an. Du bist wunderschön.«

»Nein.« Meine Stimme war mit einem Mal so laut. So laut in meinem Kopf, hallte durch die Leere. »Ich will es nicht sehen.«

»Du ...«

»Schluss jetzt!« Vermutlich war es Wut, die mein Herz plötzlich so schmerzhaft gegen meinen Hals schlagen ließ. »Ich will keine Bilder von mir angucken, auf denen ich so aussehe.«

Johannes hob beide Hände. »Bitte entschuldige.«

»Du ...«, setzte ich an, rang nach Luft. Mein Brustkorb fühlte sich plötzlich ein Stück enger an. »Kannst du dir das nicht denken?«

»Tut mir leid«, antwortete er leise. »Ich wollte gern ein

Foto von dir haben. So, wie du jetzt bist. Von der Frau, in die ich mich verliebt habe.«

»Aber wieso …?« Ich gestikulierte mit den Händen. Unfähig, in meinem leeren Kopf Worte zu finden.

»Tut mir leid.« Sanft fasste er nach meiner Hand. »Das war dumm von mir. Ich hätte vorher fragen sollen. In dem Moment habe ich nicht nachgedacht. Fand nur, dass ein Schnappschuss etwas Besonderes ist, und dann …«

»Okay.« Unsicher nagte ich an meiner Unterlippe.

»Willst du es wirklich nicht sehen? Es ist wunderschön.« Beinahe liebevoll sah er auf den Ausdruck hinunter.

»Nein«, sagte ich scharf. Wieso kapierte er es nicht? »Wenn es dir so wichtig ist, kannst du es behalten. Aber akzeptiere bitte, dass ich das nicht angucken mag.«

»Gut, dann …« Er sog tief die Luft ein. »Ich habe wirklich nicht nachgedacht, Emma. Und es nicht böse gemeint. Dann brauche ich vermutlich gar nicht fragen, ob …«

Ungute Vorahnung kribbelte in meinem Bauch, ich zog die Brauen zusammen. »Ob was?«

»Eigentlich … wollte ich es auch gern weitergeben.«

»Weitergeben?«, wiederholte ich lauter. Nicht sein Ernst. Kalter Schweiß trat mir auf die Stirn, mein Herz setzte für einen Schlag aus.

Johannes seufzte. »Emma, hör zu …«

Ich stieß scharf die Luft aus.

Schuldbewusst suchte Johannes meinen Blick. »Ich war ein Idiot. Ein richtiger Idiot.«

Ich bemühte mich um Selbstbeherrschung. »Ich bin immer noch verletzlicher, als du denkst. So schnell geht das nicht.«

Johannes sah drein, als wäre er am liebsten im Erdboden versunken. Meine Enttäuschung dämpfte das wenig.

»Wem wolltest du es überhaupt geben?«

Er räusperte sich, sah zu Boden. »Meiner Mutter.«

Fassungslos starrte ich ihn an. *Nein. Nicht sein Ernst.* Johannes. Der Mann, dem ich vertraute. Der in mein Herz hineinspazieren konnte, wann immer es ihm beliebte. Ausgerechnet er wollte seiner Mutter ein Foto der Vogelscheuche geben.

Ja, ich mochte einen großen Schritt gemacht haben am Chiemsee. An meine Narbe dachte ich nur noch selten. Doch Fotos unterschieden sich gewaltig von einer persönlichen Begegnung. Bei Bildern blieb mir keine Kontrolle mehr, wer sie ansah. Wer garantierte mir, dass Anja es nicht an Milo weitergab? An Tom? An einen seiner Kollegen und Kolleginnen, irgendeinem Praktikanten? Womöglich zeigten sie drauf und lachten, amüsierten sich prächtig über mein Gesicht. Wo war meine Kontrolle?

Außerdem ... Im persönlichen Gespräch blieb den Leuten dann doch noch ein kleines bisschen Anstand und Respekt. Wer würde es wagen, meine Narbe eingehend zu betrachten, wenn er mir gegenüberstand?

Lud nicht ein Foto geradezu dazu ein, die Lupe zu holen und genauer hinzusehen?

»Mir ist übel«, sagte ich mit zusammengebissenen Zähnen. War ich überempfindlich, oder war es mit einem Gesicht wie diesem legitim, sich aufzuregen?

»Emma.« Johannes legte mir einen Arm um die Schultern, doch ich schüttelte ihn ab.

»Lass das.«

»Ich habe meiner Mutter das Foto natürlich nicht ohne Grund geben wollen.«

»Ich weiß.« Ich atmete stoßartig aus. Meine Wut überwältigte mich fast. Mein Kopf wurde heiß, und mein Herz raste. Tränen stiegen mir in die Augen, meine Sicht verschwamm.

Verärgert hängte ich mir die Kamera um den Hals. Der Gurt schnitt mir in den Nacken. Mit zittrigen Fingern kramte ich nach einem Taschentuch. »Es sollte an Milo gehen, stimmt's?«

»Ja.« Überraschung blitzte in Johannes' Augen auf. »Woher weißt du das? Hat sie dir davon erzählt?«

Ich lachte bitter, denn ich hörte Anja klar und deutlich in meinem Kopf: *So soll das doch nicht bleiben, oder?* Tränen rannen über mein Gesicht, meine Nase verstopfte. *Milo ist ein Künstler.* Kurz rang ich nach Atem.

»Magst du dich einen Moment hinsetzen?«, fragte Johannes sanft.

Ich reagierte nicht. Wortlos starrte ich auf den Chiemsee hinaus, wo sich eine Wolke vor die Sonne schob. Mit einem Schlag legte sich ein Grauschleier über das Wasser, die Aussicht trübte sich ein.

»Es tut mir wirklich leid, Emma. Ich habe nicht nachgedacht. Ich war ein Idiot.« Seine Schultern hoben sich. »Aber es ist wunderschön, das Foto.«

»Ach!« Ich winkte ab. Als ob es nur um das Foto ginge. Wortlos drehte ich mich um, stieg die Stufen hinunter zur Wiese und stapfte auf den Wald zu. *Lieber Milo. Sieh dir dieses Gesicht an. Vielleicht kannst du daran noch was machen, damit das hässliche Entlein wieder unter Leute gehen kann.* Das war es also, was Johannes wirklich über mein Gesicht dachte. Offenbar hatte er mich die ganze Zeit angelogen. »Schick es doch, wohin du willst, das blöde Foto! Gib es an die *Bild*-Zeitung. Oder stell es auf Facebook, damit sich irgendwelche Trolle darüber lustig machen.«

»Emma!«, hörte ich ihn rufen, doch ich ignorierte ihn.

Weit kam ich mit meinem Bein nicht, da hatte er mich mit großen Schritten eingeholt. »Es tut mir wirklich leid, Emma.«

Ich schüttelte nur den Kopf. Mir war sein Verhalten unbegreiflich.

»Ich wollte nur helfen.« Seine Stimme klang ruhig und unaufgeregt wie immer, doch seine Augen verrieten, wie aufgewühlt er war.

»Ich weiß, aber …« Resigniert winkte ich ab.

»Was ist denn so schlimm an dem Gedanken?«, fragte er vorsichtig. »Wenn Milo mal guckt, was er machen kann?«

Ich stieß ein trauriges Lachen aus. Ausgerechnet Johannes. Der Mann, der vorgab, mich zu lieben, wie ich war. Ausgerechnet er dachte darüber nach, ob Milo mir ein Gesicht basteln konnte, an dem sich niemand mehr störte.

»Emma?«, fragte Johannes leise.

Ich wartete darauf, dass er mich am Arm packen und zu sich ziehen würde. Doch er schien zu spüren, dass ich Abstand brauchte.

»Emma. Bitte.«

Sein Blick war intensiv wie immer, doch ich ließ ihn nicht mehr ein.

Ich grummelte etwas, das nicht einmal ich selbst recht verstand, und ließ Johannes hinter mir zurück.

Kapitel 22

»Emma!«, hörte ich Biene rufen, als ich mich durch das hintere Gartentor stahl und die vier Stufen hinauf zum Hintereingang nahm. Meine Hand lag bereits auf der Klinke, da war sie auch schon bei mir.

Hätte sie nicht gerufen, hätte ich ihre Anwesenheit nicht einmal bemerkt, was vermutlich daran lag, dass Biene es als professionelle Hochzeitsfotografin verstand, sich unsichtbar zu machen. Die Haare trug sie messy hochgesteckt, mit dem Handrücken schob sie sich gerade eine Strähne zurück, um noch einen Bissen von dem Etwas zu nehmen, aus dem eine helle Füllung herausquoll.

»Es gibt frische Windbeutel.«

»Mmmmh«, machte ich. »Sieht gut aus.«

Ihr zweiter Blick war ernster. »Du siehst aus, als bräuchtest du ganz dringend was Süßes.«

»Seit wann macht Opa Windbeutel?«, fragte ich müde. Meine Beine fühlten sich plötzlich kraftlos an, also ließ ich mich einfach auf die Stufen vor dem Hintereingang sinken.

»Frau Behr hat welche gebacken.«

»Frau …?« Irritiert sah ich sie an. »Dann ist wohl doch ein Wunder passiert.«

»Nicht wirklich.« Grinsend schwang Biene sich neben mich auf die kalten Stufen. »Sie ist schlecht gelaunt wie eh und je.«

»Dachte ich mir.«

Sie stopfte sich den restlichen Windbeutel in den Mund und leckte sich die Finger ab. »Sie bemüht sich wirklich«, sagte sie kauend. »Aber ihren Charakter konnte auch Johannes nicht ändern.«

Vorsichtig spähte ich um die Ecke. »Essen Sie doch noch einen«, rief Frau Behr, wobei sie dem Staudinger den Teller mit den Windbeuteln hinschob. »Wenn da was überbleibt, bringe ich nie wieder was mit. Nie wieder! Die sind ganz frisch gebacken.«

»Jaja«, hörte ich den Staudi, den nichts und niemand aus der Ruhe bringen konnte. Mit seinem unverkennbaren Lächeln tätschelte er ihre Hand. »War letzte Woche bei Edeka im Angebot. Wollte mir auch eine Schachtel nehmen, aber ich hab nicht so viel Platz in der Gefriertruhe. Und ich bekomme ja hier jeden Tag Kuchen.«

Biene verkniff sich ein Lachen. »Manchmal frage ich mich, wann der Staudi wirklich nichts versteht und wann er nur so tut.«

»Wirst du nie herausfinden«, flüsterte ich und zwinkerte ihr zu.

Frau Behr hatte sich inzwischen mit verschränkten Armen in einen Terrassenstuhl gesetzt und wirkte gekränkt. Oma sagte irgendwas, das ich auf die Entfernung nicht verstand. Aber es schien zu wirken, denn Frau Behr setzte eine versöhnliche Miene auf.

»Wie war dein Tag?«, fragte ich.

»Na ja.« Biene gähnte. »Eine Familie mit zwei Hunden war da, wir haben Tierporträts und Familienfotos gemacht. Sehr niedlich. Aber davon abgesehen ... ein paar Passfotos, weiter nichts Aufregendes.«

»Schön, dass du noch da bist«, sagte ich. Und meinte es ganz genau so. In einer Stimmung wie dieser tat es gut, eine Freundin um sich zu haben. »Ich dachte, du bist längst im Studio.«

»Ein Kunde hat abgesagt, ich habe kurz Pause.« Sie schob die geknüpften Stoffarmbänder am Handgelenk zurück, um auf ihre Armbanduhr zu gucken. »Eine halbe Stunde noch, dann habe ich den nächsten Termin.«

»Oh.« Ich wollte mich gerade aufrappeln. »Dann will ich dich nicht aufhalten, du …«

»Nichts da. Erst mal raus mit der Sprache.« Biene legte mir eine Hand auf den Oberschenkel und hielt mich zurück. »Du siehst nicht gerade glücklich aus.«

»Ach.« Ich winkte ab. »Ein bisschen Stress mit Johannes. Ich brauche etwas Zeit für mich. Manche Dinge … hätte ich bei ihm nicht erwartet.«

»Er … ist recht verschlossen«, begann Biene vorsichtig. »Da hat man schnell mal eine falsche Vorstellung von einem Menschen.«

»Vermutlich.« Resigniert schabte ich mit der Spitze meiner Sandale in den Fugen der Treppe. »Vielleicht hat er mir in den letzten Tagen viel zu sehr den perfekten Mr. Right gezeigt, sodass ich eine Weile dachte, er wäre es tatsächlich.«

»Was ist denn eigentlich passiert?« Sie beugte sich vor, stützte sich mit den Ellenbogen auf ihren Oberschenkeln ab.

»Er hat ernsthaft gefragt, ob er ein Foto von mir mit meiner Narbe an seine Mutter weitergeben darf. Sie braucht es für Milo, damit er mir ein Gesicht bastelt, mit dem ich mich nicht mehr schämen muss.« Ich stieß die Luft durch die Nase aus. »Und mir erzählt er ständig, ich hätte es nicht nötig, mir die Narbe mit Make-up vollzukleistern.«

»Puh.« Bienes perfekt gezupfte Augenbrauen wanderten nach oben. »Weißt du noch? Mich hat mein Ex-Freund mal schlafend fotografiert und das Bild an seine Freunde weitergeschickt. Der hat zwar nicht einmal gefragt, aber es war immerhin ein Schlaffoto. Selbst da war ich geschockt.«

»Dann findest du es nicht übertrieben, dass ich sauer bin? Dass ich erst mal Zeit für mich brauche? Nachdenken muss?«

»Gar nicht.« Mitfühlend tastete sie nach meiner Hand und drückte sie. »So eine Narbe ist ja noch mal was anderes als ein Schlaffoto. Auch wenn ich sagen muss, dass es für mich ...« Unschlüssig öffnete sie den Mund und schloss ihn wieder.

»Ja?«

Zerknirscht suchte sie meinen Blick. »Dass es für mich ein wenig beruhigend ist, dass Johannes ab und zu Fehler macht.«

»Willst du damit sagen, dass ...«

»Nein«, fiel sie mir hastig ins Wort, ohne abzuwarten, was ich sagen wollte.

Seit meinem Unfall schien Biene ständig darauf bedacht zu sein, mir nicht auf den Schlips zu treten.

»Bitte versteh mich nicht falsch. Ich mag ihn sehr. Aber manchmal frage ich mich, wer er ist. Wer er wirklich ist. Er kommt mir so perfekt vor, dass ich ihn nicht greifen kann. Verstehst du, was ich damit sagen will?«

»Schon«, antwortete ich langsam.

»Das macht es natürlich nicht besser«, räumte sie ein. »Aber zumindest ... zumindest ... Ach, du weißt schon, was ich meine.«

Ja, das wusste ich sehr gut. Schließlich war es mir gestern ähnlich ergangen, als er seine Mutter so provoziert hatte.

»Damit will ich nicht sagen, dass … Also, ich wäre auch enttäuscht von ihm. Wer weiß, wo das Foto dann überall seine Runden dreht.«

Ich sog scharf die Luft ein.

Sofort legte Biene den Arm um mich. »Entschuldige, ich wollte dir keine Angst machen.«

Klar wollte sie das nicht. Und trotzdem bestärkte sie damit das miese Gefühl, das ich in mir trug, seit Johannes mir diese Frage gestellt hatte. Die Angst, Anja, Milo und ein paar andere Leute könnten sich gerade prächtig über meine Narbe amüsieren. Vielleicht sollte ich Johannes zumindest eine SMS schicken? Andererseits brauchte ich definitiv Abstand, bevor ich das mit ihm klären konnte.

»Willst du …« Biene strich mir sanft über den Rücken. »Sollen wir …?«

»Ich werde mich jetzt ein wenig ablenken.« Gerade jetzt, wo noch so viele Gedanken ungeordnet in meinem Kopf herumschwirrten, würde es guttun, erst einmal nicht weiter darüber nachdenken zu müssen. »Aber du musst in die Arbeit.«

»So langsam, ja.«

»Apropos Arbeit.« Biene zog mich an der Hand hoch. »Ich habe mit meiner Chefin gesprochen. Du darfst gern mal vorbeikommen.«

»Echt?« Ich fiel ihr um den Hals. Das waren grandiose Nachrichten. Endlich konnte ich all die Modelträume hinter mir lassen. Ein greifbares Ziel am Horizont würde meine kleine Welt wieder geraderücken.

Auch wenn die Fotografie im Moment vor allem ein Ersatz für meine verlorenen Träume war, würde sie mir irgendwann einmal Spaß bringen, da war ich sicher. »Ich danke dir.«

»Ich freue mich riesig.« Sie drückte mich zum Abschied

noch ein wenig fester an sich. Ihre Hängeohrringe baumelten heftig hin und her, immer wieder stieß der linke davon gegen meine Wange. »Bald wird alles gut.«

Als ich schließlich durch den Hintereingang ins Haus huschte, fühlte ich mich ein wenig besser. Es tat gut, einen Zukunftsplan zu haben. Auch wenn mir der Streit mit Johannes schwer im Magen lag.

Im Lesesaal war es ruhig. Glücklicherweise erinnerte lediglich ein beiseite geschobenes Regal daran, dass hier bis vor Kurzem ein paar Leute aus der Modebranche herumgewuselt waren.

Meine Schritte hallten laut durch die Bibliothek. Die Bücher schienen allen Lärm von draußen zu absorbieren, in sich aufzusaugen und den Raum in vollkommene Stille zu tauchen. Ein Vakuum. Eine von der Außenwelt abgeschirmte Blase, in der man sich versteckte, um in fremde Welten abzutauchen. *Dieser Raum hat tausend Türen*, hatte Oma immer gesagt und gezwinkert. *Wenn es dir nicht gut geht, dann such dir eine aus. Mach sie auf, und renn davon.*

Nachdenklich schritt ich zwischen den Regalen hindurch, streckte einen Arm aus und ließ die Finger über die kühlen Rücken der Bücher gleiten. Dicke Bücher, dünne Bücher. Flache Taschenbuchausgaben und gewölbte Hardcover. Die meisten davon fühlten sich glatt und kalt an, bei einigen Taschenbüchern hatte sich vom Lesen ein kaum merklicher Knick in die Mitte des Buchrückens eingedrückt. Ab und zu fanden meine Finger auch einen Ledereinband, einen aus Samt oder einen aus … *Moment mal.*

Irritiert blieb ich stehen. Ja, tatsächlich, da war es. Das Buch aus Johannes' Bauwagen. In Zeitung eingeschlagen, stand es im Regal und wirkte ein wenig deplatziert.

Neugierig zog ich es heraus. Die umgeschlagenen Enden der Zeitung lösten sich leicht, als ich es in die Hände nahm. Beinahe so, als würde das Buch versuchen, sich daraus zu befreien.

Ich biss mir auf die Lippen. Eigentlich hatte Johannes es mir nicht zeigen wollen. Hatte er nicht gesagt, es sei seine eigene Geschichte? Die, die ihn seit Jahren begleitete, aber für die er sich noch nicht bereit fühlte?

An dieser Stelle hatte er Oma zitiert: *Es gibt Bücher, in die muss man hineinwachsen wie in Schuhe. Wenn man zu früh versucht, mit ihnen zu laufen, kann das sehr schmerzhaft enden.*

Johannes' Geschichte. Das Intimste, das er besaß. Es wäre vermutlich nicht fair, das Buch in seiner Abwesenheit anzusehen. Andererseits – wozu hatte er es hier in Omas Bibliothek gestellt? Gut sichtbar und zugänglich für alle? Und obendrein, ging er mit dem Foto meines verletzten Gesichts nicht genauso unachtsam um?

»Eben«, murmelte ich und zog das Zeitungspapier vorsichtig herunter.

Aus dem satten Dunkelblau des Samteinbands leuchtete mir golden der Titel entgegen. *Die schöne Königstochter.*

Jetzt musste ich doch schlucken. Die Geschichte, die laut Johannes mein Herz heilen sollte. Es war auch die seine.

Langsam ließ ich mich auf dem kühlen Boden nieder, streckte sorgsam mein lädiertes Bein aus.

Erinnerungen überrannten mich. Worte, die gesagt und nicht gesagt worden waren. Johannes, dem meine Geschichte nicht über die Lippen gekommen war. Vermutlich, da er sie noch nicht einmal bis zum Ende gelesen hatte. Er, der sich für all die anderen Menschen täglich unterschiedlichste Geschichten ausdachte, war plötzlich nicht mehr fähig, in den Tiefen seiner Fantasie für diese Story ein Ende zusammenzuzimmern, das in die hintersten Winkel meines Herzens vordrang.

Mein Herz klopfte hart gegen meinen Brustkorb, als ich das Buch aufschlug.

Es war einmal eine Königstochter. Doch sie wusste nicht, dass sie eine Königstochter war. Sie war so schön, dass alle Vögel sangen und alle Pflanzen erblühten, wenn sie vorüberging. Doch sie wusste nicht, wie schön sie war.

Stopp, Emma. Energisch klappte ich das Buch zu. Nein, es war nicht richtig, in dieser Geschichte zu lesen. Selbst wenn es die eine Geschichte war, die mein Herz heilen konnte, so wollte ich sie lieber aus dem Mund von Johannes hören. – Wenn er sie mir denn irgendwann erzählte, schließlich schien ihn diese Geschichte aufzuwühlen.

Nachdenklich strich ich über den weichen Einband. Dass Johannes jemals ein Problem mit seinem Äußeren gehabt hätte, wäre mir neu gewesen. Die Haare zerstrubbelt, die T-Shirts weit und ausgewaschen – das schien ihn nicht zu kümmern.

»Emma?« Oma streckte ihren Kopf in den Lesesaal. »Oh, du liest.«

»Nein, ich denke nur nach.«

»Über Johannes.«

»Ja.« Erstaunt sah ich sie an. Oma war schon immer feinfühlig gewesen, doch manchmal schien sie geradezu Gedanken lesen zu können.

Sie stützte sich an den Regalen ab, um sich zu mir auf den Boden zu setzen. »Ach, Süße.« Liebevoll strich sie mir über den Rücken und lächelte. »Ich habe es schon mitbekommen. Magst du darüber reden?«

Kurz stockte ich. Hatte Biene etwa geplaudert? Oder waren Johannes und ich auf der Lichtung so laut gewesen, dass unser Streit nicht unbemerkt geblieben war?

»Was ist denn passiert?«, fragte sie.

»Ich …« Nachdenklich sah ich sie an. »Eigentlich habe ich mich gerade nur gefragt, ob … Denkst du, Johannes fühlt sich nicht schön?«

Oma wiegte den Kopf. »Das wäre mir neu, dass Johannes sich viele Sorgen um sein Äußeres macht.«

»Hm.« Ich strich gedankenverloren über den samtigen Einband des Buches.

»Aber«, setzte Oma an und griff nach meiner Hand, »er ist sehr verletzlich. Und sehr selbstkritisch.«

»Was willst du damit sagen?«

»Er guckt in viele fremde Herzen. Doch sein eigenes, wenn du mich fragst, findet er nicht schön.«

Nachdenklich blickte ich sie an. Ihr zuversichtliches Lächeln tat so gut. Ja, vielleicht hatte Oma recht. Hässlich fühlen konnte sich jeder. Dazu brauchte man vermutlich keine riesige Narbe im Gesicht.

Oma setzte an, etwas zu sagen, lächelte jedoch nur.

»Sag es.« Ich lachte.

»Was ist denn zwischen euch passiert?«, fragte sie vorsichtig.

Seufzend lehnte ich mich zurück. An meinem Hinterkopf fühlte ich das Holz des Bücherregals, einige Bücher gaben nach und rutschten ein paar Zentimeter nach hinten.

»Ihr habt euch gestritten«, stellte Oma leise fest.

Traurig nickte ich. »Zum ersten Mal, seitdem wir uns kennen.« Die Kindheit mit Johannes war rosarot und süß gewesen. Wie Zuckerwatte. Manchmal hatte ich mich mit

Biene in die Haare bekommen, tagelang nichts gesprochen und schrecklich geweint. Dass so etwas auch mit Johannes passieren könnte, das wäre mir nie in den Sinn gekommen. Nun war er da, der erste Streit. Und es fühlte sich an wie das Ende der Welt.

»Magst du … erzählen, worüber?« Sie streckte ein Bein aus, verzog schmerzgeplagt das Gesicht.

»Wir können uns aufsetzen«, bot ich erschrocken an und hielt ihr sogleich die Hand hin.

Abwehrend wedelte sie mit den Armen, der Anflug eines Grinsens flog über ihr faltiges Gesicht. »Bloß nicht. Ich komme vermutlich sowieso nicht mehr hoch.«

»Ich helfe dir später.« Lächelnd drückte ich ihre Hand.

»Also?«, fragte sie. »Johannes und du, ihr seid jetzt wichtiger.«

»Er hat immer gesagt, dass er mich so liebt, wie ich bin.« Ich stockte. »Dass er mich schön findet. Trotz all der Narben.«

»Aber?«

»Er hat ein Foto von mir gemacht. Und wollte es über seine Mutter an Milo weitergeben, den Make-up-Profi. Anja hatte mir das auch schon angeboten. Dass er sich meine Narbe mal ansieht und guckt, wie man sie … von abartig schrecklich zu schrecklich bekommen könnte.«

Oma zuckte zusammen, tastete nach meiner Hand. »Sag doch nicht immer so was. Ich dachte, dir ginge es schon so viel besser damit?«

»Ja, ich …« Unschlüssig zupfte ich an meinem T-Shirt herum. »Es ist ein Schlag ins Gesicht, weißt du?«

Oma wandte sich mir zu. Sie schwieg, doch ihre Aufmerksamkeit gehörte nur mir.

»Wenn jemand …« Mein Brustkorb fühlte sich eng an. »Wenn jemand, der dir immer gesagt hat, dass du okay bist, dir plötzlich hinter deinem Rücken einen Termin bei Milo machen will!«

»Das muss sich nicht widersprechen, Emma.«

»Aber … Was? Wieso?«

»Vielleicht sieht er, wie schwer es dir fällt, dich vor anderen zu zeigen.«

Ich schluckte. Ja, es war mir in den letzten Tagen leichter gefallen, mich zu zeigen. Blicke auf meinem Gesicht hatten mir immer weniger ausgemacht. Aber eine gewisse Unsicherheit blieb.

»Hast du vielleicht mal irgendwas in die Richtung fallen lassen?«, fragte sie. »Dass du dich noch immer nicht wohlfühlst, wenn du dich Leuten zeigst?«

»Nicht direkt. Wieso?«

»Mir kommt es irgendwie so vor, als würde Johannes unbedingt helfen wollen.« Oma lächelte, und kleine, feine Fältchen kräuselten sich wunderhübsch in ihren Augenwinkeln. »Immer. Als würde sein Lebensinhalt darin bestehen, anderen zu helfen.«

»Hm.«

»Er erzählt Geschichten, um die Herzen der Menschen zu heilen. Kinder lässt er jederzeit umsonst seine Bücher ausleihen. Und für dich würde er so ziemlich alles tun, damit es dir gut geht.« Sie sah mich freundlich aus ihren blauen Augen an. »Vielleicht will er dir so dringend helfen, dass er einfach übers Ziel hinausschießt.«

Ich stockte. War es das? Vielleicht hatte Oma damit gar nicht so unrecht. Tag für Tag saß Johannes vor seinem Bauwagen, erzählte Geschichten und kümmerte sich um andere.

Um ihn hatte sich lange Zeit niemand gekümmert. Selbst bei mir hatte es lange gedauert, bis er von seiner Mutter erzählen konnte. Womöglich war es längst ein Automatismus geworden, allen zu helfen, denen er irgendeine Lösung anzubieten hatte.

»Vielleicht hat er es wirklich nur gut gemeint«, sagte ich zerknirscht.

»Bestimmt.«

An Omas Lächeln erkannte ich, wie weit überlegen sie meinen Problemen war und trotzdem immer mitfühlen konnte.

»Du bist mir nach dem Unfall so tough vorgekommen.«

»Und mit Johannes werde ich plötzlich so verletzlich. So sensibel.« Ich nickte. Monatelang hatte ich den Blick auf mein Gesicht gehasst. Aber keine einzige Träne vergossen. Und kaum saß ich Johannes gegenüber, brach alles aus mir heraus.

Was wahrlich nichts Schlechtes war, im Gegenteil. Es hatte sich gut angefühlt, ein Gegenüber zu haben, dem ich hundertprozentig vertraute. Gefühle endlich zuzulassen. Mich auffangen zu lassen. Und zu trauern – über das, was vorbei war. Und doch brachte es diese neue Empfindsamkeit mit sich, dass ich auch Johannes gegenüber dünnhäutiger wurde.

Oma drückte meine Hand noch ein wenig fester. »Je näher man sich ist, desto leichter kann man den anderen verletzen.«

»Danke fürs Zuhören, Oma.« Erleichtert atmete ich auf. Ich wedelte mit dem Buch. »Darf ich das einstecken?«

»Na klar.«

»Danke.«

»Vielleicht wird es ja doch noch was zwischen euch.« Sie hob die Schultern und lächelte vorsichtig. »Deshalb müsst ihr euch ja nicht gleich trennen.«

»Trennen?« Jetzt musste ich doch lachen. Verletzt war ich, ja, das schon. Ich brauchte Zeit für mich, wollte sauer sein und gekränkt. Aber dass ich deshalb Johannes aufgeben würde? Niemals. »Keine Sorge, niemand hat was von Trennung gesagt.«

»Nicht? Es klang so. Zumindest ... bei Johannes.«

Ich fuhr auf. »Johannes hat ...? Was?«

»Vorhin erst war er hier.« Oma nickte ernst. »Hat seine Bücher abgegeben, die er noch von mir hatte. Und gesagt, er zieht weiter und sucht sich irgendwo anders einen Stellplatz für den Bauwagen.«

»Was?« Geschockt rappelte ich mich auf. Ich hielt Oma die Hand hin, um ihr aufzuhelfen. Tausend Gedanken explodierten in meinem Kopf, bevor ich sie zu Ende denken konnte.

»Viel habe ich nicht aus ihm herausbekommen.« Schnaufend zog Oma sich am Regal hinter uns hoch.

»Warte, vorsichtig.« Ich griff ihr unter die Achsel, um sie notfalls auffangen zu können, falls sie sich mit ihrer Kraft verschätzte. »Ein Streit bedeutet doch nicht, dass ... Denkt er, ich würde wegen eines Streits alles infrage stellen, was er für mich ist?«

»Vielleicht habe ich ihn auch falsch verstanden.«

»Das wäre ... Klar bin ich verletzt, dass er so was tut.« Energisch blies ich mir eine Haarsträhne aus dem erhitzten Gesicht. »Aber ...«

Oma strich mir mitfühlend über den Rücken. »Johannes wirkt immer so stark und gelassen. Die Ruhe selbst. Doch das ist er nicht.«

Ich presste die Finger an meine Stirn, hinter der sich bereits ein leises Ziehen ankündigte. Kopfschmerzen. »Warum tut er das? Denkt er wirklich, wegen eines kleinen Streits würde ich ihn komplett fallen lassen?«

»Emma.« Oma seufzte. »Johannes wohnt nicht umsonst in einem Bauwagen, oder? Ich schätze nicht, dass es das erste Mal ist, dass er davonläuft.«

»Aber …«

»Und – ich glaube, den Kommentar darf ich mir schon erlauben – als Kind hat er nie erfahren, dass Beziehungen stabil sind.«

»Weißt du, was er sonst noch gesagt hat?«

Hilflos hob Oma die Schultern. »Er meinte, du hättest jemand Besseren an deiner Seite verdient.«

Kapitel 23

Schmerz zuckte durch mein verletztes Bein, doch ich biss die Zähne zusammen und zwang mich weiter. Am Ufer entlang durch den Wald. Atemlos erreichte ich die Lichtung.

Er war weg.

Der Platz, wo der Bauwagen gestanden hatte, war leer. Das Gras darunter hatte sich verfärbt, die Reifen deutliche Mulden im Moos hinterlassen.

»Sch…«, fluchte ich.

Ungläubig starrte ich auf das dunkle Rechteck im Gras, das bis vor Kurzem der Stellplatz von Johannes' Bauwagen gewesen war. Ein flaues Gefühl breitete sich in meinem Magen aus. Dass er emotional auf so wackligen Beinen stand, hätte ich nicht gedacht.

Der kommt gleich zurück, flüsterte irgendetwas in meinem Herzen. *Oma hat ihn bestimmt völlig falsch verstanden.*

Ich zog mein Handy aus der Hosentasche, scrollte die Kontakte entlang. H, I, J. Johannes.

»Geh ran«, flüsterte ich, doch das erhoffte Freizeichen blieb aus.

Eine freundliche Frauenstimme erklang aus meinem Handy. »Guten Tag. Sie sind verbunden mit der Mailbox von …« Leises Krachen ertönte, und Johannes' Stimme nannte seinen Namen. Er hörte sich so ruhig und gelassen an wie immer. Ein Wunder, dass er hinter seiner Fassade so verletzlich war.

»Bitte sprechen Sie Ihre Nachricht nach dem Tonsignal.«

»Hey«, meldete ich mich. Nach dem beschwerlichen Weg hatte ich Probleme, meine Atmung unter Kontrolle zu halten. »Ich bin's. Emma. Also, dein Bauwagen ist nicht mehr hier. Und meine Großmutter ist nicht sicher, ob sie dich richtig verstanden hat. Nur für den Fall … dass wir uns irgendwie missverstanden haben … Natürlich hat mich diese Fotosache sehr verletzt. Und ich brauche eine Weile Abstand. Aber das bedeutet doch nicht, dass du mir deshalb weniger wichtig bist. Verstehst du?« Unsicher biss ich mir auf die Lippen. »Wäre schön, wenn du mich zurückrufst.«

Wie von weit weg drang das Motorengeräusch eines Autos an meine Ohren, langsam kam es näher.

»Emma?«, hörte ich es plötzlich hinter mir.

Ich drehte mich um. Das Auto stoppte nur ein paar Meter von mir entfernt. Am Steuer saß sie. Mit ihrer perfekt gekämmten Kurzhaarfrisur, einer dunklen Bluse und langen, dunklen Wimpern. Der eine Mensch, den ich gerade am wenigsten brauchen konnte.

»Hey, Anja«, antwortete ich, ohne von meinem Handy aufzusehen. Angestrengt scrollte ich durch meine SMS-Nachrichten, in der Hoffnung, sie würde weiterfahren. Meine Eltern schickten liebe Grüße aus Birmingham, sie waren wohlbehalten aus dem Urlaub zurück. Tyler hatte noch ein paar meiner Tassen in seiner Wohnung in London gefunden und sie vorbeigebracht. Eine davon hatte wohl den Transport nicht überlebt.

No worries, tippte ich schnell zurück. So lieb hatte ich die Tasse nicht.

»Johannes hat mir das Foto gegeben.« Anjas perfekt gebügelter Blusenärmel erschien über dem offenen Autofenster.

»Hab ich mitgekriegt, ja.« Ich sah auf und blickte ihr geradewegs in die Augen. So ernst und direkt, wie ich nur konnte. »Du weißt nicht zufällig, wo Johannes ist, oder?«

Ihre Miene war nicht zu lesen.

»Ist er mal wieder abgehauen?«

Ich antwortete nicht.

Seufzend legte sie den rechten Unterarm auf dem Lenkrad ab. »Nein. Keine Ahnung. Aber du hast doch sicher seine Nummer, oder nicht?«

Schulterzuckend nickte ich. Alles andere hätte sich wie eine Niederlage angefühlt.

»Noch mal wegen des Fotos …«

Glockenhell übertönte ihre Stimme den laufenden Motor. In dieser Tonlage hätte sie Werbespots einsprechen können.

»Hab es Milo gegeben. Und er hat gute Neuigkeiten.«

Um nicht unhöflich zu sein, lächelte ich kurz zurück, doch in Gedanken war ich weit weg. Auf einer Wolke vielleicht. Wolke sieben bestimmt nicht, aber Wolke 338 war sicher noch frei.

»Und?«, fragte sie schließlich. »Kommst du mit?«

»Wohin?«

»Zum Shooting?«

Mein Herz stolperte. So musste es sich anfühlen, auf Wolke 338 spazieren zu gehen und ohne Vorwarnung irgendwo durchzubrechen, weil sie keine sechzig Kilo aushielt.

Mein Gehirn war noch immer im freien Fall. »Shooting?«, wiederholte ich wenig geistreich.

»Milos Vitamin B hat tatsächlich gewirkt«, verkündete Anja strahlend. »Sie wollen dich buchen.«

»Ich …« Da drang überhaupt erst zu mir durch, was sie gesagt hatte. »Was?«

»Die *Cosmopolitan* setzt in einer der nächsten Ausgaben verstärkt auf das Thema Bodypositivity.« Endlich stellte Anja den Motor ab. »Und sie möchten dich mitsamt deiner Narbe auf dem Cover haben.«

Meine Kinnlade klappte nach unten. Das war so ziemlich das Letzte, was ich erwartet hatte. »Johannes ... wollte euch das Foto geben, damit ihr bei der *Cosmopolitan* anfragen konntet?«

»Genau.« Anja nickte. Sie atmete tief durch. »Dann kann ich mit meinem Beruf wenigstens einmal was Gutes für meinen Sohn tun. Oder zumindest für die Frau, in die er sich verliebt hat.«

»Ich ...«, setzte ich an, brach jedoch ab. Das war es also gewesen. Johannes hatte gar nicht darauf abgezielt, mich von Milo gesellschaftstauglich schminken zu lassen. Im Gegenteil.

Er traute mir sogar zu, hübsch genug zu sein, um trotz Narbe das Cover der *Cosmopolitan* zu zieren. Vermutlich hatte er es als Überraschung geplant. Aber dennoch, diese Entscheidung hätte ich trotzdem gerne selbst gefällt.

Was brachte es schon, wenn ich mich dazu zwang. Einen Selbstbewusstseinsboost würde es mir ganz sicher nicht verpassen, wenn ich als Vogelscheuche auf einem der angesagtesten Magazine durch hunderttausend Hände wanderte.

»Morgen um neun fahre ich los.« Anja kramte in ihrem Handschuhfach. »Die haben ein externes Studio in München gebucht. Ich setze dich für das Shooting dort ab.«

»Nein«, sagte ich leise.

»Hm?« Sie wandte sich um.

»Tut mir leid.« Verlegen trat ich von einem Bein auf das andere. Ich räusperte mich und schüttelte den Kopf. »Ich kann das nicht.«

»Emma!« Anjas Gesichtszüge entgleisten kurz. »Das ist deine Chance, wieder in die Branche einzusteigen!«

»Ich … Nein. Sorry, es geht nicht.« Meine Entscheidung stand fest. Allein die Vorstellung, dass Milo, Anja und ein Team von der *Cosmopolitan* bereits mein Foto in der Hand gehabt hatten, ließ ein flaues Gefühl durch meinen Magen wabern. Niemals.

Die *Cosmopolitan* hatte bestimmt Auflagen von hunderttausend oder mehr. Die Leute würden sie in den Zeitschriftenständern im Kiosk sehen, im Supermarkt oder am Bahnhof. Sie würden auf mich zeigen und lachen. Die Vogelscheuche als Witzfigur. Nein. Niemals. Nur über meine Leiche.

»Emma! Überleg dir das gut, das ist …«

»Hab ich«, unterbrach ich sie und versuchte, meiner Stimme einen festen Klang zu geben. »Auch wenn ich das sehr lieb von euch finde. Meine Entscheidung steht. Bitte akzeptiert das.«

Anja seufzte. »Also gut.« Wieder beugte sie sich nach rechts und wühlte im Handschuhfach.

Zaghaft trat ich näher ans Auto. »Aber … könntest du Johannes vielleicht …«

»Ach, da ist es ja.« Sie streckte mir das Foto hin, das Johannes von mir geschossen hatte. »Johannes hat mich gebeten, dir das zu geben. Du kannst damit machen, was du möchtest. Vernichten oder behalten.«

»Okay.« Wieder nagte ich an meiner Unterlippe. Ich streckte eine Hand nach dem Foto aus, um es zu zerreißen. »Weg damit. Ist besser für uns alle … Oh.«

Erwartungsvoll sah Anja mich an. Aus dem Augenwinkel sah ich ihr Lächeln.

»Das …« Ich starrte auf das Bild. Irritiert und – wenn ich ehrlich war – mit einer gehörigen Portion Herzklopfen.

»Ja?«, machte sie leise.

Ich schwieg. Wusste nicht, was ich antworten sollte. Eigentlich hatte ich eine Fratze erwartet. Ein armes, bemitleidenswertes Mädchen. Stattdessen sah mich eine glückliche Frau aus dem Foto heraus an. Den Kopf stolz erhoben, die Schultern zurück, so strahlte sie in die Kamera. Und berührte irgendetwas in meinem Herzen. »Es ist … total schön geworden.«

Anja lachte. »Ist es. Hat mich auch überrascht, ehrlich gesagt.«

Verwirrt trat ich noch ein Stückchen näher, den Blick weiter auf das Foto geheftet. Es fühlte sich seltsam an, auf das Bild zu gucken, war diese Emma doch ganz anders als die in der *Vogue*. Anders, ja, aber nicht unbedingt schlechter. Sie strahlte etwas aus, das der früheren Emma gefehlt hatte. Etwas, das sie trotz der riesigen Narbe zu einem schönen Menschen machte.

Anjas Lächeln wurde zu einem schiefen Grinsen. »Also?«, fragte sie. »Kommst du morgen vielleicht doch mit?«

Unschlüssig starrte ich sie an, sehr darum bemüht, mir meine Aufregung nicht anmerken zu lassen. Mein Herz klopfte so heftig, dass ich Mühe hatte, einen Freudenschrei hinunterzuschlucken. Ja! Jein!

Tatsächlich machte ich mir fast in die Hose. Solche Angst hatte ich vermutlich noch nie gehabt. Ich freute mich. So sehr! Aber …

Es würde anders sein! So aufregend! Und peinlich, Gott, es würde peinlich werden!

Reiß dich zusammen, Emma. Zeig dich professionell, zumindest vor Anja.

Ich atmete tief durch, schwindelig vor Stolz und Überraschung. Überfordert – von all den Emotionen. »Ich freu mich auf das Shooting«, hörte ich mich sagen, während mein Kopf immer lauter *ABER, ABER, ABER* schrie. »Aber ich nehme den Zug.«

Kapitel 24

In der Eingangshalle roch es nach neuen Büromöbeln, nach weitem Raum und dem Parfum einer Frau, die vermutlich vor ein paar Sekunden denselben Weg genommen hatte wie ich. Still war es. Nur das Schaben der Automatiktür, die sich bei jedem Passanten öffnete, durchschnitt ab und zu die Stille und ließ die Geräusche des bunten Lebens herein.

Mein Herz klopfte unwirklich laut. Das war er also, mein großer Tag. Was sich beim *Vogue*-Shooting nach Stolz und Vorfreude angefühlt hatte, mischte sich heute zu gleichen Teilen mit Scham und Dankbarkeit. Ein undefinierbarer Gefühlscocktail, dem ein Coverfoto wie dieses die Kirsche aufsetzen würde.

»Hey. Schön, dass du da bist. Ich bin Sarah, und du musst Emma sein.«

»Bin ich. Hi.«

Mein Herz gab vorsichtshalber Vollgas. Während Sarah mich durch die Räume führte, konnte ich kaum klar denken. Wie durch einen Gedankenschleier folgte ich ihr. Sie stellte mich der Art-Direktorin und der Bildchefin vor, schob mich auf einen Stuhl und übergab mich schließlich an den Haare-Make-up-Artist.

»Hey, Emma. Ich bin Milo.«

Ich konnte ihm richtig ansehen, wie sehr er sich bemühte, cool zu wirken und keinen Blick auf meine Narbe zu werfen.

So ganz gelang es ihm nicht, doch inzwischen fand ich das nicht einmal mehr schlimm.

Jung schien er zu sein, kaum älter als ich. Blonde Löckchen drehten sich in Spiralen auf seinem Kopf und vermittelten mir ein Bild, das sein fester Handschlag ein paar Sekunden später wieder zerstörte.

»Hey.« Auf dem kühlen, weichen Kunstledersitz fand ich endlich Zeit, durchzuatmen. Ich stützte die Arme auf die Lehnen und ließ mich nach hinten sinken.

»Na, alles klar bei dir? Lehn dich zurück, entspann dich. Jetzt wirst du erst mal von oben bis unten poliert. Aber sieht aus, als wärst du nicht das erste Mal bei so was dabei, hm?«, plapperte er munter drauflos.

Seine Nervosität spürte ich trotzdem. Ich grinste schief. »Ja. Bin nur ein wenig aufgeregt. Man ist ja nicht alle Tage mit einer riesigen Narbe auf dem Cover der *Cosmopolitan*.«

»Du bist eine wunderschöne Frau.« Milo schob meinen Kopf in Position und begann, mich zu kämmen. »Ich habe das Foto gesehen, das Anja an die Chefredakteurin hier weitergegeben hat. Toll. Richtig schön.«

»Ja?« Ich musste schmunzeln.

»Der Wahnsinn.« Milo legte eine Hand an meinen Hinterkopf, damit der Kamm nicht so stark an meinen Haaren ziepte. »An was immer du gedacht hast, als dieses Foto entstanden ist, denk auch daran, wenn sie später das Coverbild von dir schießen.«

»Werde ich.«

Wehmütig starrte ich in den Spiegel. Johannes. Jede meiner Fasern hoffte, zwischen uns würde alles gut werden. Er hatte sein Handy bislang nicht wieder eingeschaltet. Ob er noch immer dachte, ich hätte ihn fallen gelassen?

Die glücklichsten Momente der letzten Tage verdankte ich ihm. Natürlich machte er mich zu keiner anderen Frau, aber er verstand es, meine beste Seite herauszukitzeln. Das, was ich sonst verbarg, was ich mir selbst nicht zugestand, sprudelte nach oben, als würde es dazu nur ein Fingerschnippen von ihm brauchen. Johannes hatte mich nicht verändert. Aber er hatte mir gezeigt, wer ich war. Und wer ich sein durfte.

»Eine unglaubliche Ausstrahlung.« Es klapperte, als Milo den Lockenstab aus seinen Utensilien hervorkramte. »Die Chefredakteurin war sofort begeistert. Das hättest du sehen sollen! Sie lässt sich immer gern auf solche Aktionen ein, aber da war sie wirklich hin und weg.«

»Das freut mich sehr«, sagte ich leise.

Und noch leiser meldeten sich Zweifel. Da blieb mir nur, zu hoffen, dass ich sie bei diesem Coverbild nicht enttäuschte.

Eine Weile beobachtete ich Milo im Spiegel, wie er mir mit dem Lockenstab die Haare eindrehte. »Ich habe schon so viel Gutes von dir gehört«, sagte ich schließlich.

»Ach ja?« Er grinste.

»Anja ist ganz begeistert von dir.« Dass sie mir ständig damit in den Ohren gelegen hatte, ich solle mich von ihm zu einem normalen Menschen schminken lassen, erwähnte ich nicht.

»Du bist auch vom Chiemsee, oder?« Auf mein Nicken hin gab Milo ein paar undefinierte Laute von Zustimmung von sich. Er war inzwischen an meinem Gesicht angekommen und trug eine leichte Foundation auf. »Aus demselben Ort wie Anja, schätze ich?«

Wieder nickte ich bloß, da er gerade so nahe an meiner Nase herumtupfte, dass ich mir mit Mühe ein Niesen verkneifen musste.

»Wunderschön. Am Chiemsee.« Milo nahm noch ein wenig Foundation nach. Sein Gesicht hatte einen schwärmerischen Ausdruck angenommen. »Das Flair, die Ausflugsschiffe, die tollen Cafés. Ich mache manchmal Kurzausflüge dorthin.« Fast ruckartig zog er den Schwamm von meinem Gesicht.

»Darf ich ein bisschen was auf die Narbe tupfen? Den minimalen Rest, der noch im Schwämmchen ist? So ein miniminibisschen?« Er hielt mir den Schwamm unter die Nase. »Guck, da ist nicht mehr viel drauf, das gibt fast nichts mehr her. Nur, damit sie nicht glänzt?«

»Klar.«

Vorsichtig kümmerte er sich um die Narbe. »Du sagst, wenn es wehtut, ja? Ich kenne mich da wirklich nicht aus. Du bist die Erste, wo ich … Man will doch nichts falsch machen, ja?«

»Nein, alles gut.«

Ganz wohl war ihm nicht, das sah ich ihm an. Klar, er überspielte es professionell, der Anblick schien ihn jedoch etwas aus dem Konzept zu bringen.

»Wie pflegt man so eine Narbe eigentlich?«, quasselte er weiter, vermutlich, um irgendetwas zu sagen.

»Narbengel. Und regelmäßige Termine bei der Narbentherapie.«

»Ah?« Seine erhobenen Augenbrauen signalisierten mir, dass ich weitersprechen sollte. »Wird da …? Die Narbe … Was macht man da?«

»Verschiedenes. Das vernarbte Gewebe wird massiert und gegeneinander verschoben«, erklärte ich. »Das sorgt dafür, dass die Narbe durchblutet wird und sich Verhärtungen lösen.«

»Mmmh.« Inzwischen war er bei den Augenbrauen angelangt. »Tut das weh, diese Massage?«

»Schon«, gab ich zu. »Aber es hilft.« Ich presste die Lippen zusammen. Hoffentlich fragte er mich nicht, warum ich die Narbe nicht operativ behandeln ließ. Die Entscheidung gegen eine OP war keine einfache gewesen.

Tatsächlich war ich diejenige, die am lautesten nach einer operativen Lösung verlangt hatte. Doch endlose Diskussionen mit meinen Eltern und den Ärzten hatten selbst mir klargemacht, dass die Erfolgsaussichten in meinem Fall gering waren. Vermutlich würde sich das Gewebe wieder entzünden – und dann …

»Wenn ich ganz ehrlich sein darf …« Bewaffnet mit Kajal, Wimperntusche und Lidschatten, widmete Milo sich meinen Augen. »Als Anja erzählt hat, dass du so eine riesige Narbe mitten im Gesicht hast, habe ich sehr mitgefühlt und … Ach, magst du kurz die Augen schließen, bitte? – Super … Ich habe lange überlegt, wie man die möglichst unauffällig überschminken könnte. Ohne dass das Make-up irgendwelche Wogen wirft oder abblättert, wenn du dich einen Millimeter bewegst.«

Ich schloss die Augen, als Milo mir den Lidstrich zog. Und da war er wieder, der Zweifel. *Was, wenn die Leute lachen, wenn sie die* Cosmopolitan *so herumliegen sehen? Mit mir und meiner Narbe vorne drauf?* Nervös biss ich mir auf die Lippen, wippte mit den Beinen, bis der Kosmetikstuhl von der Bewegung zu zittern anfing. Schnell riss ich mich zusammen, damit Milo keine Fragen stellte.

»Ich hatte unendlich Mitleid mit dir. Aber als Anja mit diesem Foto ankam …«

Irgendetwas klapperte, dann schien er ein wenig Farbe auf meinem beweglichen Lid aufzutragen.

»Wie wunderschön man sein kann, trotz so einer großen Verletzung. Das hätte ich nie gedacht.«

»Ich auch nicht«, sagte ich ehrlich.

»Schönheit kennt eben doch keine Kategorien. Wenn man ... Oh, die Augen ein wenig öffnen bitte.« Vorsichtig tuschte er mir die Wimpern. »Und so, wie du jetzt vor mir sitzt ...«

Kurz biss ich mir auf die Zunge. Auch wenn ich wusste, dass es ein Kompliment werden würde.

»... stellst du viele von denen in den Schatten, die es in den letzten Jahren auf das Cover der *Cosmopolitan* geschafft haben.« Milos Finger schwebten über einer Auswahl von Lippenstiften, unsicher, für welchen er sich entscheiden sollte. »Mmmmmmmh. Dieser hier. So ein knalliges Dunkelrot ist normalerweise schwierig, wenn ... Mmmmh, ja, doch. Der wird auch mit deinen kupferroten Haaren gut harmonieren.«

»Ich bin gespannt.« Zufrieden warf ich einen Blick in den Spiegel. Anja hatte nicht zu viel versprochen. Milo war ein Meister seines Fachs. Ein unaufdringlicher geschwungener Lidstrich, der ein klein wenig über die Augenwinkel hinausreichte, machte meine Augen größer. Leuchtend grün strahlten sie aus dichten Wimpern heraus. Meine Haut wirkte ebenmäßig und glatt, meine Narbe im direkten Kontrast aber umso schrecklicher.

»Der Fokus wird auf deinen Lippen liegen.« Milo hob mit zwei Fingern mein Kinn an und pinselte mir die Farbe auf die Lippen.

Der Geruch von Lippenstift stieg mir in die Nase.

»Hübsch. Sehr hübsch siehst du aus. Du wirst ein Vorbild sein. Alle werden es lieben. Besonders all die Menschen, die mit ihrem Äußeren hadern.«

Für einen Moment schloss ich die Augen. Die Wochen der Reha über hatte ich mich notdürftig unter einer Mütze versteckt. Ja, diese Zeit hatte ich gebraucht. Den Rückzug und die Vorsicht. Das zaghafte Akzeptieren des neuen Lebens. Doch inzwischen hatte sich einiges geändert.

Ich konnte nur heilen, wenn ich mich zeigte. Ein bisschen so, als würde man schmerzhaft ein Pflaster abreißen. Omas Stimme hörte ich deutlich in meinem Kopf: *Lass Luft dran, Mäuschen. Dann kann es heilen.* Sinn machte es. Doch den Mut, den es dazu brauchte … besaß ich den schon?

»Ja, ich tue das jetzt nicht hauptsächlich für mich«, sagte ich mit fester Stimme. Als könnte mir das helfen, meine Entscheidung nicht mehr anzuzweifeln. »Ich will das für all die anderen Unfallopfer tun. Und für alle, denen irgendein Vollidiot irgendwann in ihrem Leben mal eingeredet hat, sie wären nicht hübsch genug! Wegen was auch immer.« Ich holte tief Luft. »Narben. Cellulite. Schwangerschaftsstreifen. Falten. Krampfadern. Besenreiser. Zu wenig Haare. Haare an den falschen Stellen. Geheimratsecken. Hautfarbe. Größe. Körpergewicht. Wasser in den Beinen. Lippenspalte. Pickel. Muttermale. Zu kleine Augen. Zu große Augen. Schlupflider. Zu kleine Brüste. Eine zu hohe Stirn. Krumme Zehen … Whatever!«

Milo sah mich an. Ein Lächeln, mit einem Schuss von … was war es?

»Respekt«, sagte er leise. »Du bist eine starke Frau. Und jetzt geh da raus, und zeig es ihnen.«

Puh. Ich warf einen letzten Blick in den Spiegel. Zu der wunderschönen Frau mit Narbe im Gesicht. Ja, verdammt noch mal. Ich tat das nicht nur für mich. Sondern auch für alle anderen, die einem Ideal hinterherjagten, das sie sich nicht mal selbst ausgesucht hatten.

»Danke fürs Schminken.« Ich lächelte Milo zu. »Sieht wunderschön aus.«

Er lächelte zurück. »Sarah nimmt dich mit zum Fitting. Wir sehen uns später am Set, da muss ich noch mal nachschminken.«

Mein Herz machte einen Hüpfer, als ich der Mitarbeiterin folgte, die mir lächelnd die Tür aufhielt. »Danke schön.«

Gleich war es so weit. Meine Gedanken flogen in alle Richtungen. Das Fitting ging beinahe unbemerkt an mir vorüber. Ich schlüpfte in gerade mal zwei Kleider, bis sich die Umstehenden für ein schlichtes und trägerloses Kleid im Farbton Nude entschieden, um nicht von meinem Gesicht abzulenken.

»Und noch einmal darfst du mitkommen.« Lächelnd führte Sarah mich hinüber ins nächste Zimmer.

Weiß. Alles an diesem Raum war weiß. Außer etlichen Scheinwerfern, Reflexschirmen und Kabeln entdeckte ich kaum etwas. Hinter mir schlüpfte auch schon Milo in den Raum. So unauffällig und leise, dass ich ihn beinahe nicht bemerkt hätte.

»Emma ist da!«

Eine hübsch gekleidete Frau kam mir strahlend entgegen. In meiner Aufregung hatte ich gar nicht mitbekommen, wer sie eigentlich war. Vielleicht die Art-Direktorin.

»Sehr gut siehst du aus. Dann können wir gleich anfangen.«

Ich räusperte mich. Mein Hals fühlte sich trocken an. »Ich freue mich.«

»Wir haben einen der bekanntesten Fotografen Deutschlands hier, Michael Sander.«

»Hi, Emma.« Der Fotograf hob die Hand zum Gruß und grinste entspannt.

Lächelnd nickte ich zurück. »Hey.«

»Wir werden das jetzt ganz entspannt und locker angehen, ja?«

Mit einer einladenden Geste deutete die Dame auf einen großen Haufen Blumen, der mir in der Mitte des Raumes entgegenleuchtete. Rote Rosen. Hunderte. In einem satten Dunkelrot. »Wir würden dich zunächst einmal liegend fotografieren. Die Rosen arrangieren wir um deinen Kopf herum. Und unser Haare-Make-up-Artist wird dir noch Glitzersteinchen und ein paar winzig kleine, geschlossene Rosenköpfe auf deine Narbe kleben.«

»Der Kleber ist gut verträglich«, fügte Milo an. »Auch für deine Narbe.«

Ich nickte unsicher. »Alles klar.« Am liebsten hätte ich laut gejubelt. Die roten Rosen würden fantastisch mit dem Lippenstift harmonieren.

»Okay, Emma, leg dich schon mal zurück«, rief der Fotograf. »Ich werde von oben auf dich runter fotografieren. Übrigens wird der Ausschnitt ungefähr bis zur Taille gehen, also mach dir keine Gedanken um die untere Körperhälfte.«

Rosenduft benebelte meine Sinne, als ich mich rückwärts auf dem Fußboden platzierte. Ich kniff die Augen zusammen, um sie vor dem hellen Licht zu schützen, das mir entgegenstrahlte. Später würde ich entspannte, offene Augen brauchen.

»Nicht erschrecken«, hörte ich Milo neben mir, dann spürte ich den kühlen Kleber auf meiner Narbe. Mit einem Pinsel tupfte er Tropfen der klebrigen Masse auf das Gewebe, vorsichtig drückte er die winzig kleinen Rosenköpfchen hinein. Auch wenn ich keine Ahnung hatte, wie ich gerade aussah, so fühlte ich mich dennoch glamourös wie selten.

»Wunderhübsch«, kommentierte die Dame, die ich für die Bildchefin hielt. »Sieht aus, als würden ihr die Rosen direkt aus der Narbe wachsen.«

Die Augen noch immer geschlossen, spürte ich fremde Hände an meinen Haaren. Jede einzelne Strähne wurde in Form gelegt. Ein weiteres Paar Hände ordnete Rosen neben meinem Gesicht an. Die Fotoassistenten offenbar. Ich spürte die Blütenblätter seidig weich an Wangen und Schultern. Vorsichtig schielte ich zur Seite. Ein ganzer leuchtend roter Teppich schien sich über den Boden zu erstrecken. Und darin mein Haar. In Wellen, wie die Blumen seidig weich und glänzend.

»Mehr Blüten?«, rief jemand.

»Reicht«, antwortete eine Stimme, die ich dem Fotografen zuordnete. »Größer brauchen wir den Bildausschnitt nicht.«

Zufrieden beugte sich die Art-Direktorin über mich. »Sieht toll aus, Emma. Dann können wir starten?«

»Wow«, murmelte jemand im Hintergrund. »Sieht echt gigantisch aus.«

»So!« Die Stimme des Fotografen schallte durch den Raum. »Bist du bereit, Emma?«

»Bin ich.« Mein Herz klopfte, doch ich schob alle Zweifel beiseite.

Er nickte. »Dann legen wir los.«

Gleißend hell stach mir das Licht in die Augen, als ich zur Kamera hinaufsah. Alles war weiß, blendend. Doch ich konzentrierte mich auf meinen Körper, meine Mimik, mein Gesicht. Das hier war mein Moment.

»Sehr schön, sieht gut aus!«, hörte ich den Fotografen rufen.

Ich hob und senkte das Kinn, schlug die Augen nieder. Probierte einige Posen mit den Armen aus – wohl bedacht, die Rosen nicht zu zerdrücken, die sich unfassbar weich an meine Haut schmiegten.

»Mund ein kleines bisschen weiter öffnen«, kam die Anweisung vom Fotografen, und ich reagierte sofort. »Locker, ganz locker … ja! Genau so!«

Ich streckte meinen Hals ein wenig mehr, nahm das Kinn hoch und blickte zielgerichtet in die Kamera. Mit aller Stärke und Entschlossenheit, die ich in mir finden konnte.

»Yes.« Die Kamera klickte über mir, der Fotograf schien zufrieden. »Das machst du gut, Emma.«

Ich nahm die Schultern hoch, senkte das Kinn und blickte von schräg unten nach oben. Verletzlich.

»Auch schön!«

Die Kommentare des Fotografen feuerten mich umso mehr an.

»Gib mir mehr!«

Vorsichtig nahm ich beide Arme über den Kopf und neigte ihn ein wenig zur Seite. *Sinnlich. Sei sinnlich.* Ich öffnete die Lippen etwas mehr, schmeckte den Lippenstift in meinem Atem.

»Perfekt!« Im gleißenden Licht senkte sich der Arm mit der Kamera. »Von den Bildern im Liegen haben wir schon mal genug, oder?«

»Definitiv.« Die Art-Direktorin nickte.

»Gut gemacht.« Grinsend gab mir der Fotograf Fünf, und ich schlug ein.

Helfende Hände sammelten bereits die Blumen auf, um mich herum wuselte es wieder.

Milo bot mir einen Arm an, um mich aus den Rosen zu befreien. »Warte, ich helfe dir auf.«

»Danke.«

»Emma, magst du zwischendurch mal gucken?«, rief die Art-Direktorin schließlich, als mich Milo auf die Füße zog.

»Sehr gern.«

Es kostete mich meine komplette Selbstbeherrschung, nicht jubelnd und kreischend auf den Monitor zuzurennen, auf dessen Bildschirmrand ich eine ganze Reihe Fotos erkennen konnte. In der Mitte eins davon groß.

»Sieh dir das an.« Die Dame, die mit großer Wahrscheinlichkeit die Art-Direktorin war, strahlte. »Wunderschön sind sie geworden. Und ich habe auch schon einen Favoriten ... Das hier.«

»Wow«, rutschte es mir leise heraus.

Beinahe hätte ich mich nicht erkannt. In einem Bett aus roten Rosen lag ich, die Hände graziös über dem Kopf und die Haare in Wellen an meiner Seite. Meine weiße Haut bot einen starken Kontrast zum Dunkelrot der Blumen, die sich eins zu eins an den Farbton der Lippen anpassten.

Und da war sie – meine Narbe. Mit den aufgeklebten Blumen fügte sie sich in das Bild ein wie ein Kunstwerk. Nein, kein bisschen abstoßend sah sie aus. Eher so, als hätten sich die kleinen Rosenköpfe einen Weg gesucht, aus meinem Gesicht hervorzubrechen.

Keine zwei Fingerbreit darüber leuchteten meine grünen Augen katzengleich aus dem schwarzen Kajal heraus, mit dem mir Milo seitlich ein paar Millimeter hinzugemogelt hatte.

Mein Blick faszinierte mich. Stark und entschlossen schaute ich geradewegs in die Kamera. Um einiges stärker, als ich mich tatsächlich fühlte.

Beeindruckt betrachtete auch Sarah das Foto. »Eine beneidenswert starke Frau.«

Offenbar. Wenn ich nicht gewusst hätte, wie es in meinem Innersten aussah, hätte ich vermutlich dasselbe gesagt.

Sprach da etwas aus meinem Herzen, von dem ich noch gar nicht wusste, dass es existierte?

Kapitel 25

Als ich von der Bushaltestelle den Heimweg antrat, senkte sich bereits die Dämmerung über den Wald. Der Rucksack schnitt mir nach dem langen Weg in die Schultern.

»Wann kommt Emma zurück?«, hörte ich den Schmidt Peter durch die Bäume schreien, hinter denen ich die Silhouetten einiger Leute ausmachen konnte. »Nicht, dass sie heimkommt, und es gibt noch nichts zu essen.«

»Keine Ahnung. Aber ich habe zur Feier des Tages sooooooo einen großen Schweinebraten gemacht.« Opa stand auf der Terrasse und gestikulierte so euphorisch, dass er beinahe ein paar Teller vom Tisch gefegt hätte. »Der ist in einer Stunde fertig.«

Schmunzelnd blieb ich hinter einer Birke stehen. Es traf mich mitten ins Herz, zu sehen, wie sie sich alle mit mir freuten.

»Partyyy!«, rief Opa und umarmte Oma stürmisch, die gerade ein paar Teelichter anzündete und sie auf dem Tisch verteilte. »Emma kommt auf das Cover der *Como… Cosmo…* Wie heißt das noch mal?«

»*Cosmopolitan.*« Bienes zarte Stimme trug der Wind beinahe davon. »Ich bin so stolz auf sie.«

»Und ich erst!« Übermütig warf Opa Gabel und Messer auf jeden Teller. Es klirrte so laut, dass er sich von Oma einen strengen Blick einhandelte und schuldbewusst die Arme hob.

»Der Wahnsinn, oder?«, rief der Schmidt Peter. »Die *Cosmopolitan* ist die glamouröseste Zeitschrift, die ich kenne.«

Sofort stieß ihn Lotte mit dem Ellenbogen in die Rippen. »Und die einzige, die du kennst.«

Opas dröhnendes Lachen schallte über die Wiese. »Wie lange hast du geübt, das auszusprechen?«

»Gar nicht.« Peter winkte belustigt ab. »Ich kaufe die immer für Lea, inzwischen kann ich das.«

»Sollen wir noch was herrichten?«, rief Opa. »Vielleicht kommt sie doch schon viel früher, und wir sind noch gar nicht fertig!«

Oma klopfte auf den Gartenstuhl neben sich. »Setz dich einfach und entspann dich. Und wenn du magst, kannst du nachher den Schweinebraten mit Bier aufgießen.«

»Ja, aber …«

»Franz.« Oma seufzte. »Emma wird sowieso vermutlich erst mal bei Johannes vorbeischauen. Zumindest hoffe ich, dass sie das tut.«

Biene setzte sich auf. »Ist der wieder da?«

»Angeblich.«

»Stimmt.« Opa plumpste wenig galant neben sie auf einen Sitzplatz. »Johannes und Emma. Wäre echt schade, wenn sich die beiden wieder aus den Augen verlieren.«

Unschlüssig lehnte ich an der Birke. Ihr Stamm roch harzig und moosig. *Angeblich.* Bei dem Gedanken an Johannes stolperte mein Herz für ein paar Takte, dann drehte ich mich um und schlug den Weg zum Bauwagen ein. Wenn er sein Handy inzwischen wieder eingeschaltet hatte, war er hoffentlich wirklich an seinen alten Stellplatz zurückgekehrt. Die Hoffnung klopfte zaghaft in meinem Herzen an, als traute sie sich nicht recht über die Schwelle.

Da war er.

Unscheinbar stand der Bauwagen im fahlen Licht der Dämmerung.

Im Wald war es ungewohnt still. Die Vögel hatten für einen Moment aufgehört zu singen, nur die Wellen des Chiemsees plätscherten unbeirrbar im immer gleichen Rhythmus an das Ufer.

Ich legte meinen Rucksack auf der obersten Stufe des Bauwagens ab. Erst jetzt bemerkte ich das Blinken meines Handys. Während des Shootings hatte ich es auf stumm gestellt und anschließend vergessen, den Ton wieder hochzudrehen. Drei verpasste Anrufe von Johannes. Mein Herz machte einen Hüpfer, und ich klopfte zaghaft an die Tür.

»Moment!«, schallte Johannes' Stimme durch das Holz, und ich biss mir auf die Lippen.

Die Tür des Bauwagens öffnete sich leise knarrend, heraus kam Johannes – und mit ihm der warme Schein der Laternen, die sanft flackernd das Innere des Bauwagens erhellten. Ein erleichtertes Lächeln flog über sein Gesicht. »Emma.«

»Johannes.«

»Es tut mir so leid.«

Seine Augen sagten alles. Ein paar tiefe Blicke, mehr brauchte es nicht, um zu wissen, dass jetzt alles gut werden würde.

Johannes legte seine Arme um meine Taille und zog mich an sich. Dicht an dicht mit ihm schloss ich die Augen. Meine Hände tasteten über seinen Körper, glitten unter sein T-Shirt. Bei diesem Kuss wollte ich Johannes so nah sein wie möglich. Ihn Haut an Haut spüren, seinen Duft atmen und seine Lippen schmecken.

Sanft begegneten sich unsere Lippen. Weich, warm, liebevoll. Ich lehnte mich in den Kuss, als erschüfe er zwischen uns eine Welt, die nur uns beiden offenstand. Mit jeder Berührung wagten wir uns ein Stückchen weiter darin vor. Folgten dem Feuerwerk der Gefühle, bis unsere Herzen im gleichen Takt schlugen.

»Das war schön«, wisperte ich, als wir uns voneinander lösten.

Johannes schwieg, doch das Strahlen in seinen Augen sagte mehr, als ich aufnehmen konnte.

Eine Weile standen wir nur so da. Dicht beieinander, die Buchregale seines Bauwagens im Rücken, und zwischen uns nichts, das uns voneinander hätte trennen können.

»Es tut mir leid«, sagte Johannes. Und seine Stimme klang tiefer als sonst.

»Mir auch.«

Im schwachen Licht der Kerzen wirkten seine Augen fast schwarz.

»Du bist wieder weggelaufen«, stellte ich fest, und Johannes nickte stumm. »Hast du wirklich gedacht … wegen eines kleinen Streits werfe ich alles hin, was zwischen uns ist?«

»Das ist die natürliche Konsequenz von Fehlern.« Johannes schluckte. »Man wird fallen gelassen.«

Traurig sah ich ihn an.

»Da kann man nicht mehr viel tun. Nur eins, verschwinden, bevor der andere dich von sich stößt.«

»Weil das noch mehr wehtut.«

»Genau.« Er nickte. Seine Stimme war so leise, dass ich seine Worte mehr ahnte als hörte.

Meine Hand tastete nach seiner. »Sie hat viel kaputt gemacht, deine Mutter. Aber die Geschichte wiederholt sich nicht. Ich bin anders.«

Ein Lächeln wischte die Sorgenfalten von seinem Gesicht.

»Wenn du mit einem schrecklich sensiblen Idioten wie mir klarkommst …«

»Sowieso.« Ich grinste.

Gut, dass ich ihn so schnell nach unserem Streit angerufen hatte. Jede Verzögerung hätte ihn nur in seiner Befürchtung bestätigt, dass man sich Liebe hart erarbeiten musste – und sofort abgeschrieben wurde, wenn man gelegentlich scheiterte.

Eine Weile standen wir nur da und sahen uns an. Durch das gekippte Fenster drang frische Abendluft. Das Kerzenlicht ließ die Wände flackern, ein paar Schatten huschten vorbei, als die Flammen im schwachen Luftzug loderten.

Gerade, als Johannes sich zu mir herunterbeugte und mit den Fingern zärtlich die Striemen nachzeichnete, die die Riemen des Rucksacks auf meinen Schultern hinterlassen hatten, fiel mir noch etwas ein. »Da gab es ein Missverständnis.«

»Offenbar.«

»Ich dachte, Anja wollte mit Milo sprechen, damit er meine Narbe überschminkt, sodass ich mich nicht mehr schämen muss, wenn ich unter Leute gehe.«

Johannes strich mir eine Haarsträhne hinters Ohr. »Diesen Blödsinn habe ich ihr schon ausgeredet.«

Liebevoll sah ich ihn an. Liebevoll – und ein kleines bisschen beschämt, schließlich hatte ich ihm tatsächlich zugetraut, dass er gemeinsam mit Anja und Milo über Schadensbekämpfungsmaßnahmen in meinem Gesicht diskutierte. »Ich wollte mich bei dir bedanken.«

»Ja?«

»Dass du nicht müde geworden bist, mir immer wieder zu sagen, ich wäre schön genug fürs Modeln.«

Johannes' Lächeln wurde zu einem schiefen Grinsen. »Ich wusste, du würdest hinfahren. Du bist … Bist du?«

Meine Wangen wurden heiß. »Ja.«

»YES!« Lachend schlang er seine Arme um meine Hüfte und warf mich hoch.

Quietschend landete ich in seinen Armen. Wie durch ein Wunder merkte mein verletztes Bein nichts davon. Zumindest beschwerte es sich nicht. »Vorsicht«, ermahnte ich ihn trotzdem schmunzelnd. »Ich bin nicht ganz so belastbar wie andere Frauen.«

Er grinste. »Keine Sorge. Inzwischen weiß ich, welche Teile von dir zerbrechlich sind und welche nicht.«

Ich küsste seinen Hals, atmete seinen Duft. Als ich einen Fuß ausstreckte, stieß ich gegen ein Bücherregal. Doch jede meiner Fasern genoss das Gefühl, in seinen Armen über dem Boden zu schweben. Sicher gehalten zu werden. Und die Stille war für einen Moment so laut, dass ich glaubte, die Erde drehte sich nur noch für uns.

»Ich habe übrigens was für uns dabei«, flüsterte ich zwischen zwei Küssen. In einer halben Stunde würden wir bei meinen Großeltern erwartet, doch eine Sache galt es vorher noch zu klären.

»Ach ja?«

Mit Mühe löste ich mich aus seinen Armen, die sich so wohlig warm, so stark und sicher anfühlten wie kein anderer Ort auf der Welt. Vorsichtig setzte er mich auf dem Boden ab, und ich ging hinaus, um in meinem Rucksack zu kramen.

Draußen roch es nach Wald. Nach Tannennadeln und frischem Laub, nach Moos und Seeluft. Grillen zirpten, und die aufsteigende Dunkelheit kühlte den Abendwind, der die Blätter der Bäume flüstern ließ.

»Ich kann mir schon denken, was es ist«, hörte ich Johannes' Stimme dunkel und leise aus dem Bauwagen.

Einen Griff nur kostete es mich, dann hielt ich das Buch in der Hand, den samtigen Einband weich zwischen meinen Fingern.

»Die schöne Königstochter.« Johannes kam aus dem Bauwagen. Seine Hand tastete nach meiner und zog mich schweigend mit sich – hinunter zum See.

»Bist du bereit dafür?«, fragte ich, als er ein paar Blätter von der Holzbank fegte. Wir setzten uns – und hielten uns weiterhin aneinander fest. Wellen rollten heran. In der Stille der Dämmerung hörte sich ihr Rauschen unwirklich laut an. Ich kuschelte mich an Johannes. Warm fühlte ich seinen Oberkörper an meiner Seite, seine Linke streichelte zärtlich über meinen Bauch.

»Ja«, sagte er, und ich spürte seinen Atem an meinem Ohr, als er mit der Rechten um meine Taille griff, um die richtige Seite aufzuschlagen.

»Liest du?«, fragte ich. Und als er nickte, schloss ich die Augen. Ich atmete seinen Duft und wusste genau, mit dieser Geschichte würde ein neues Kapitel zwischen uns entstehen.

»Es war einmal eine Königstochter«, begann Johannes.

Und wie damals wartete ich auch heute gespannt darauf, die Geschichte zu hören.

Doch sie wusste nicht, dass sie eine Königstochter war. Sie war so schön, dass alle Vögel sangen und alle Pflanzen erblühten, wenn sie vorüberging. Doch sie wusste nicht, wie schön sie war. Sie lebte in einem Schloss, das ganze sieben Schritte lang und fünf Schritte breit war. Doch sie wusste nicht, dass es ein Königreich war.

Eines Tages trat ein edler Ritter in ihr Leben. In sich trug er ein weiches goldenes Herz. Er verstand es, mit den Her-

zen der Menschen umzugehen, doch sein eigenes verschloss er gut. Er hütete es wie ein zerbrechliches kleines Baby, denn es war schutzlos und verletzlich. Wind und Wetter vergangener Tage waren rau gewesen, der Sturm hatte zu oft daran gezerrt, Äste und Zweige Furchen hineingeritzt. Einige davon hatten bis ins Innere durchgeschlagen, andere seine Oberfläche verletzt, bis die äußere Schale hart, verkrustet und vernarbt war.

Eine schönere Frau habe ich niemals gesehen, *sprach er, als er der Königstochter gegenüberstand.* Ich bin ein Ritter von edlem Geblüt und will sehen, ob ich es schaffe, mir Euer Herz zu verdienen.

Der gute Ritter kümmerte sich liebevoll um sie. Dabei blieb er immer darauf bedacht, sie nicht zu bedrängen. Sein eigenes, hässliches Herz versteckte er tief in seinem Inneren, sobald er der Königstochter unter die Augen trat. Er machte ihr Geschenke – und half, wo er nur konnte. Auf ihn war Verlass. Was auch immer die Königstochter gerade brauchte, war er bereit zu geben.

Nach einiger Zeit wurde der Ritter müde, und er fragte sich, wie viel er wohl geben musste, bis er sich das Herz der schönen Königstochter verdient hatte. Denn bislang schien sie nicht daran interessiert, ihm als Gegenleistung auch nur ein kleines Stückchen ihres Herzens zu übergeben.

Was braucht es, um Euer Herz zu verdienen?, *fragte der Ritter die schöne Königstochter.* Was wollt Ihr dafür haben? Alles habe ich versucht, Euch zu geben, doch nichts war Euch kostbar genug, um mir Euer Herz zu übergeben. So sagt, was es mich kosten wird.

Ihr gebt Euch alle Mühe, perfekt zu sein, *gab die Königstochter zur Antwort.* Aber Ihr werdet Euch mein Herz niemals verdienen können, egal, was Ihr tut.

Da ging dem edlen Ritter ein Schmerz durch das vernarbte Herz. Alle Bemühungen waren umsonst gewesen, sein ganzer Einsatz ohne Erfolg.

Ich verstehe Euch ja, *gab der edle Ritter zu – und zum ersten Mal in seinem Leben öffnete er das Tor seines Herzens. Schüchtern wies er hinein.* Seht her. So gern ich Euer Herz auch besessen hätte, ich an Eurer Stelle hätte es mir für kein Geld der Welt überlassen. Seht her, wie meines aussieht. Die Narben, die Verhärtungen. Scheint nicht so, als könnte ich auf Herzen achtgeben, die in meiner Obhut sind.

Blank lag es da, sein Herz. Beschämt wollte er das Tor wieder schließen, doch die Königstochter kam ihm zuvor.

Ihr Blick traf tiefer, als ihm lieb war. So tief, wie er nie zuvor einen Blick vorgelassen hatte. Er schloss die Augen, fühlte, wie ihr Blick sich auf seine Wunden legte wie ein kühles Seidentuch. Dann öffneten sich ihre beiden Herzen weit, streckten sich die verletzlichsten Ecken und Enden entgegen.

Was für ein hässliches Herz, *riefen die Leute der Königstochter zu.* Kannst du ein Herz voller Schrammen und Narben lieben?

Den perfekten Mann kann doch jeder lieben, *entgegnete die schöne Königstochter.* Erst, wenn der andere Fehler hat, wird die Liebe wirklich wertvoll.

Und so hielt sie dem beschämten Ritter ihr wunderschönes Herz hin.

Alles habe ich versucht, Euch zu geben, *sprach der Ritter.* Aber nichts war Euch kostbar genug, um mir Euer Herz zu überlassen. So sagt mir: Was wollt Ihr dafür haben?

Nichts, *sprach die Königstochter.* Liebe bekommt man geschenkt – oder man bekommt sie gar nicht.

Johannes' Blick war intensiver denn je, als er mich ansah und nach meiner Wange fasste. Vermutlich hatte ich mich in meinem ganzen Leben nie verletzlicher gefühlt als in diesem Augenblick – und gleichzeitig geborgen. Seine dunklen, warmen Augen waren das Letzte, was ich sah, bevor ich mich seinem Kuss hingab.

Und mit diesem Kuss schlugen wir gemeinsam ein neues Kapitel auf – mit der wunderschönen Überschrift *Liebe*.